終わりの歌が聴こえる

本城雅人 Masato Honjo

幻冬舎

終わりの歌が聴こえる

カバー写真
飯田信雄

ブックデザイン
鈴木成一デザイン室

目次

プロローグ

地下鉄の出入り口の階段を、彩薫《あやか》は両手でキャリーケースを持ち上げて昇った。地上に出たところで、一度マスクをずらして呼吸を整える。外は強い日射《ひざ》しがアスファルトで弾《はじ》かれ、建物も車も黄色く溶けたように歪《ゆが》んでいた。

「まったく憎たらしいほどのお日様だね。まだ六月で夏は始まったばかりなのに、これじゃ先が思いやられるわ」

隣に立つ上司の村木由紀《むらきゆき》が恨めしそうに太陽を眺めてから、頭に載せていたオーバルのサングラスをかけ、彩薫のより一回り大きいキャリーケースをゴロゴロと引く。

彩薫は背中に担いだリュックから帽子を出し、ショートボブの頭に被った。

「おっ、彩薫ちゃん、準備いいね。だけど十代なんだから、気にしなくていいんじゃないの」

「私、すぐ日焼けするんですよ。気づいたら黒くなってるから嫌になっちゃいます」

高校生の時は友達とプールにも海水浴にも行っていたが、この春から契約社員として働くイベント企画会社『ライブジェット東京』には、村木のように美意識高い系の社員が多いので、彩薫も肌の手入れに気を付けるようになった。

「だけど本当に台風なんて来るんですかね。怪しい雲なんてどこ探してもないですよ」

彩薫もキャリーケースを引きながら真っ青な空を見上げた。今年は梅雨《つゆ》入りしてからも雨は少なく、好天が続いている。予報によるとこのあとの天気は下り坂で、小笠原近海で発達した台風が非常に強い勢力で北に進み、明日には関東地方を直撃するらしい。とはいえ広い空に千切れていく白い雲はあっても、不穏さを孕《はら》んだものはどこにも見当たらないのだが。

「台風の方が避けてくれたんじゃないかな。土曜の横浜は上陸するのはやめとこうってさ」

口笛でも鳴らすように村木が調子よく話す。

「うちのライブのためにですか。それって主催者側のリスクマネージメント意識に欠けてませんか?」

「あたしだって普段はこんなお気楽ではないよ。だけどあの木宮保《きみやたもつ》が二十二年振りに地元横浜に帰ってくんだよ。台風だって少しは遠慮して、予定進路を変更してくれてもよくない?」

「台風が音楽好きだったらありえるかもしれませんけど」

「まあ彩薫ちゃんには分かんないわな。メアリーの頃は生まれてないんだから」

村木はサングラスの脇から横目で見て、白い歯を見せた。

「あっ、また主任の若者いじめが始まった! 私、メアリーは好きって主任になんべんも話したじゃないですか」

「はいはい、お母さんの影響で聴いてたんだっけ。メアリーのシーアリーナの時、あたしは彩薫ちゃんと同じ十八だったんだよな。大ファンだったのに、学生でお金なくて行けなくて。あれがラストだと分かってたら、バイト増やしてでも行ったのにさ」

かつてカリスマ的な人気を博したロックバンド、メアリーのボーカルが木宮保で、明日六月十二日土曜日、横浜シーアリーナでソロライブが予定されている。そのライブの企画制作を請け負っているのがライブジェット東京だ。

福岡を皮切りに八都市で行う全国ツアーはすでに大成功といえるほど盛況で、通常公演は残すところ横浜だけになった。ラストとはいえ、村木がこれほどまでに横浜にこだわるのは、メアリーの最後のライブが、二十二年前の一九九九年、この横浜シーアリーナで行われたからだ。今回のツアーも、先に横浜の日程を決めてから全体のスケジュールを組んだ。

チケットの売れ行きがいいことで一回だけ、七月八日の追加公演が決定した。ライブジェットは武道館クラスの会場で調整していたが、木宮側の希望で、シーアリーナにキャンセルが出た木曜日で決まった。平日開催にもかかわらず、チケットは即日ソールドアウトとなった。

彩薫は村木とともにシーアリーナの関係者口から入り、忙《せわ》しなく行き交う舞台美術さんたちに「お疲れ様です」と挨拶《あいさつ》しながら奥へと進んだ。階段を営業担当の男性社員が下りてくる。

「山本《やまもと》さん、言われたグッズ一式、持ってきましたよ」と声をかけたが、隣の村木が思い出したように立ち止まり、「ごめん、山ちゃん、伝え忘れてた」と手を合わせた。

「公式ホームページのことですよね。中止にするかどうかは明朝の天気予報後にリモート会議で決めて、正午に発表するって。それなら彩薫ちゃんから聞いて、もう段取りしてますよ」山本がすまし顔をした。

「彩薫ちゃん、電話してくれたんだ？」

「はい、今朝の会議が終わったあと、すぐに」

「さすが彩薫ちゃん、これは帰りにビール奢《おご》んなきゃ、だね」

気前がいい村木は、仕事帰りによくご馳《ち》走《そう》してくれる。

「それって村木さんが飲みたいだけでしょ？　彩薫ちゃんは未成年なんですから気を付けてくださいよ」

「あたしが十八の時は三軒くらいハシゴしてたよ」

「村木さん、勘弁してくださいよ」

「嘘《うそ》だよ、山ちゃん、あたしだって主任になって立場をわきまえてるから」

「大丈夫です、山本さん。私は毎回ウーロン茶で、ご飯を食べさせてもらってるだけですから」

山本が不安そうにしていたので彩薫が口を出した。

「まっ、村木さんの長酒に付き合えるだけでも彩薫ちゃんはたいしたもんだよ」

山本は苦笑いを浮かべながら去っていった。

イントレが組まれたアリーナ内は、大勢のスタッフがピリピリした雰囲気で仕事をしていた。木宮保は相当に神経質で、音の反響、マイクや照明の位置など注文が煩《うるさ》いようだ。他の仕事があって彩薫は現場にいなかったが、先週の名古屋公演ではなにに不満があったのか分からないが、ファンのアンコールに応えることなく、早々とステージをあとにしたらしい。

ステージ上は仕事が一段落ついた様子で、ライブジェットの若手社員の塚田《つかだ》と照明スタッフが談笑していた。塚田は椅子に腰掛け、アコースティックギターを持つ格好をして、木宮保のように薄く目を瞑《つむ》り、喉を震わせた。

「朝の陽が眩《まぶ》しい　頬を動かす優しいさえずり〜」

十七年前の木宮保のソロデビュー曲『リトルバード』だ。当時はまったく売れなかったが、三年前、五十二歳で再ブレイクしたのち、昔の歌まで次々話題となり、この曲もCMで採用された。

塚田が村木に気づいた。「やべっ、主任、すみません」と直立不動になる。「アーティストに失礼なことをするな」が口癖の村木はこういった悪ふざけを許さない。

「いつもならデコピンもんだけど、今のは上手《うま》かったから、特別に許したげるわ」

「マジっすか、主任。じゃあ今度、カラオケで主任の前で歌っちゃいます」

「塚っちゃん、調子に乗っててんじゃないよ」

村木が笑いをとって、スタッフの緊張がほぐれた。


明日のライブの中止が決まった——夜十時、関係者控室で部長からそう聞かされた時、彩薫は台風が原因だと思った。アリーナにこもって仕事をしているうちに、急に風が強くなり、夕方に外へ出ると、空がおどろおどろしいほど赤く染まっていた。

子供の頃に母から「台風前の夕焼けは赤い」と教わったのを思い出し、その段階で嫌な予感はあった。午後九時くらいから雨が降りだし、台風三号は猛烈に速度を上げて、三浦半島に接近しているそうだ。ただし部長が言うには、公演中止はライブジェットが決めたわけではなく、木宮サイドからの要求らしい。

「本当に台風がキャンセルの理由なんですか。明日にはもう通り過ぎてるかもしれないのに」

村木が部長に食ってかかる。

「それがよく分からないんだよ。事務所もとにかく中止したいの一点張りで」

「振替公演はどうすると言ってました？」

「中止って明日だけですよね。もしかして追加公演もやらないとか？」村木だけでなく、塚田も部長に詰め寄った。

「振替はなし。四週間後の追加公演も未定にしてほしいと言われたよ」部長は唇を嚙《か》みしめて顔を左右に振った。

「未定って、明日は天候を理由にできますけど、次も中止ならキャンセル料が発生しますよ」と村木が両手を開く。

「それはこっちでなんとかすると言われたよ」

「そんな無茶苦茶な話、ありますか？」

社員のやりとりを彩薫はやるせない思いで聞いていた。今も会場作りに汗を流している職人やスタッフは聞けば落胆するだろうし、なによりもファンが悲しむ。

それにしても前日にドタキャンして、その理由も話さないとは、木宮保はどれだけいい加減な男なのか。

ミュージシャンなんて、やっぱりロクでもない人間ばかりなんだな。彩薫はそう思った。

Song 1 ヴィスタビーチ・リゾート

1

右手にピックを持っているつもりで、ズボンの外側の縫い目を弾く。

「伴《ばん》さん、なんか楽しそうですね」

背後から後輩刑事に話しかけられ、伴奏《かなで》は慌てて右手をズボンから離した。たまに無意識で、ズボンの縫い目を弦のつもりでエアギターしてしまう。さすがに左手でコードを握ることはないが、頭の中では歪《ひず》んだギターの和音が鳴っている。そんなことをするのは待機番だからであって、捜査中はけっしてやらないが。

伴はふと思い出し、スマホで時間を確認した。午前十一時五十五分。

「いけね、遅れるところだった」席から立ち上がり、「声をかけてくれて助かったよ、サンキュー」と後輩の肩に手を置いてから、刑事部屋を出た。

約束の時間を失念したのは、今朝、四歳の娘が見ていたアニメのＢＧＭが、エリック・クラプトンの『いとしのレイラ』の有名なギターリフと似ていて、耳から離れなかったこともある。だがギターにでも意識を集中しないことには気が収まらなかった。

——伴、一カ月ほど、別捜査をやってくれ。

昨日、捜査一課の北村《きたむら》管理官に呼ばれ、沖縄県警の要請で、沖縄から来た刑事の調べを手伝うよう命じられた。そのため土曜日のこの日も、伴は警視庁捜査一課の大部屋に出勤してきたのだった。

上司からの命令なので従ったが、内心はどうして自分が他県の刑事の案内係などをしなくてはならないのかと不服だった。二週間前に通り魔殺人を解決した殺人犯捜査七係は、今は待機番だが、殺人犯係がこの先一カ月も暇でいるとは考えられない。いずれどこかで殺しが起きて捜査本部が立つだろう。その時、仲間より遅れて帳場に入ったところで、伴だけ捜査から出遅れてしまう。

気が進まないまま応接室のドアをノックして開けると、雨で髪を濡らした男が、ソファーで丁寧に折り畳み傘を畳んでいた。よく日焼けした顔に、目がくりくりした学生のような若者だった。今後の捜査準備で来るのなら、ある程度、階級が上のベテランが来るものだと決めつけていただけに、伴は拍子抜けした。

立ち上がった相手が名刺を出して挨拶した。

渡真利猛《とまりたけし》。沖縄特有の珍しい苗字《みょうじ》だ。それより意外なのは階級だった。警部補とある。巡査部長の伴より一つ上だ。

「警部補さんでしたか、これは大変失礼しました」

伴は両手で名刺を受け取って頭を下げた。

「警部補といっても昇任したばかりですので」

「失礼ですが、渡真利警部補はお幾つですか」

「三十です」

見た目よりも年齢はいっていた。それでも伴より九歳も年下だ。

「あまりにお若いので三級職かと思いました」

三級職とは昔の名称で、キャリアのことである。

「私はそんなに優秀ではありませんよ」

それでも三十歳で警部補昇任は結構早い。さっそく渡真利から捜査協力の概要を聞いた。

「つまり渡真利警部補は十九年も前に起きた事件の再捜査を、上司に願い出たということですか」

殺人事件の時効が撤廃されたからといって、普段なら、そんな昔の事件では今さら掘り起こしは無理だと冷めた気分で聞いていただろう。ところがこの日の伴は、途中から動悸《どうき》が収まらなくなった。渡真利が話した事件が、伴が若い頃に夢中になって聴いた四人組のロックバンド、メアリーに関係するものだったからだ。

バンドを組んでギターを弾き、大学卒業後はアルバイトをしながらプロデビューを目指した伴は、メアリーのギタリスト鈴村竜之介《すずむらりゅうのすけ》の高度なギターテクニックに憧れた。だが同時に、べースを弾きながらボーカルを取る、木宮保の渋い歌声にも聞き惚《ほ》れた。

そのメアリーは十九年前の二〇〇二年六月十八日、事実上解散している。沖縄のリゾートホテルで鈴村竜之介が泥酔し、部屋の浴槽で溺死したからだ。

事件性を疑う報道もあったが、事故死で決着した。警察は発表しなかったが、鈴村竜之介はドラッグを使用していて、それが死因だったと週刊誌などに出ていた。その記事を読んだ伴は、心酔していたミュージシャンに裏切られたショックで、しばらく食事も喉を通らなかった。

ところが事故死で片付いていたものが、十九年経《た》った今頃になって、殺人事件として俎上《そじょう》に載せられた。渡真利によると、被疑者に挙がっているのはボーカルの木宮保だというのだ。

鈴村の死後、しばらく表舞台から姿を消していた木宮保だが、いつしかソロになっていて、三年前のシングル『カラー&フレグランス』のスマッシュヒットを機に、再びメインストリームに躍り出た。今や「元メアリーのボーカル」などと昔の肩書きを持ち出さなくとも、誰もが知るトップアーティストの一人である。

「ですが渡真利さん、その従業員の証言だけで、木宮保による殺人と決めつけるのはいかがなものですか。その従業員は別容疑の被疑者なわけですし、そもそもリゾートホテルに、誰にも見られない脱出ルートなんて存在するんですか」

メモを取りながら聞いていた伴は、滔々《とうとう》と説明する渡真利に疑問点をぶつけた。

鈴村の事故死が急に蒸し返されたのは、一週間前、那覇市内のビジネスホテルで働く男がコカイン所持で逮捕されたことがきっかけだった。その男は十九年前、鈴村が死亡したヴィスタビーチ・リゾートに勤務していて、木宮から「まずいことが起きた。鈴村が死んだ。至急、部屋に来てくれ。それから例の脱出ルートを教えてくれ」と電話がかかってきたと話したそうだ。言われた通りにその従業員が部屋に行くと、すでに木宮は去ったあとで、浴槽の中で鈴村が溺れ死んでいた。

「それがその男、比嘉高雄《ひがたかお》が言うには、脱出ルートと呼ばれる地下通路は実在していたようです。ホテルは市街地から離れた丘の上に建っていますし、当時は周辺が今ほど開発されてなく、他のホテルやショップもなかったので、館内で宿泊客にさえ見られなければ、逃走も可能だったそうです」

「そのルートを教えた従業員が、木宮保に代わって第一発見者になったということですよね。当然、警察から詳しく事情を訊かれて、疑われもしたでしょうし、そんな危険を冒してまで木宮保の身代わりになりますかね」

「比嘉はメアリーが宿泊した際の専属の世話係で、木宮から借金もしていました。指示に従った代わりに、借金は帳消しになり、百万円の報酬も貰《もら》ったと話しています」

「これまで黙っていたことを、なぜ今頃になって暴露することに？」

「おそらく今回のコカイン所持での逮捕に関係していると思います。初犯ですが、押収量が三十グラムあり、売人だった疑いがありますので」

営利目的だと初犯でも執行猶予はつかない。

「大量購入の動機について、本人の供述は？」

「足がつかないよう一度にまとめて買ったと言うだけで、購入先もアメリカ人と言ったきり、黙秘しています」

「なるほど、十九年前の事件を暴露することで、司法取引に持ち込めるのではないかと考えたわけですね。日本の警察が麻薬捜査で応じるはずがないのに」

「はい、その通りです」

「その証言を沖縄県警は信じたのですか。それこそ、その比嘉って男が、実刑逃れのために嘘をついてるんじゃないですか」

「我々も証言を交換条件にするつもりなんてありません。ただ調べていると他にも気になることが複数出てきました」

「気になることとは？」

「そのホテルで一番広い五〇一号室が専用ルームと呼ばれるくらい、鈴村は年間百日ほどその部屋に宿泊していました。そして年に一、二回、メンバーもホテルに集まっていました。ちょうど鈴村が亡くなった時もそうだったようです。鈴村はなぜそのホテルに泊まっていたと思いますか？」

「渡真利警部補は、薬物を常用していたからだと言いたいのでは」

「年上の警視庁の方に警部補なんて言われるとこそばゆいので、渡真利と呼んでください」

「それでは渡真利さんにします」

渡真利は軽く頷《うなず》くと先を続けた。

「伴さんのおっしゃる通りです。比嘉も、鈴村がコカインを使うための部屋だったと供述しています。実際、死亡時に、その部屋からコカインが出ましたし」

「それがどう木宮保の容疑に関わってきます？　今のところ木宮保から電話があって脱出ルー

トを訊かれたと薬物被疑者が話しているだけですよね」

「私の同期の薬物捜査員が聞いたところ、比嘉は五〇一号室に行くだけでなく、部屋に残されていたベースを、木宮の五〇四号室に戻すようにも頼まれています」

「木宮保が鈴村竜之介の部屋でベースを弾いてたってことですか？　そんなことありえますかね？」

「ないですか？」

「メアリーは九九年に最後のアルバムを出してから鈴村竜之介が亡くなる二〇〇二年までの三年間、活動らしい活動はしていません。それは木宮保と鈴村竜之介の不仲が原因だと言われています」

伴がファンになった九五年頃から度々解散の危機や、木宮か鈴村のどちらかが脱退してソロになるなどの噂《うわさ》が絶えなかった。そんな険悪な関係だった二人がオフの時間に、しかもホテルの部屋で楽器を共に弾いて過ごすなど、彼らをよく知るファンであれば到底考えられない。

「比嘉は、ベースは救急車を呼んでいる間に木宮の部屋に戻したと言い張っています。私と同期の捜査員は、嘘ならなにもそんな話を持ち出さないだろうと話しています」

「では木宮保のベースは鈴村竜之介の部屋にあったとしましょう。さっき、気になることが複数出てきたと言ってましたよね。他には？」

「当時、警察はメンバーのアリバイも調べ、木宮は近くのダイナーで午後三時から飲んでいたことになっていました。ですが私が調べたところ、アリバイは嘘でした。ダイナーの店主が言うには、木宮は沖縄に来るたびに店に寄ってくれる上客だったので、頼まれた通りの虚偽の証言をしたそうです」

「渡真利さんがアリバイを崩したのですか」

さすがに驚きは隠せなかった。ただし、ダイナーにいなかっただけで、他人に知られたくない場所にいたのかもしれない。あるいは鈴村と前の晩に激しい言い争いでもしていて、疑われたくなかったとか。渡真利がじっと顔を向けている。まだなにかありそうだと、「他には？」と質問を重ねた。

「はい、今回のことで当時の捜査記録を探して目を通しました。読んでいてこれは再捜査が必要だと確信しました」

「読んで気になった点でも？」

「死亡時、鈴村の血中アルコール濃度はかなり高かったんですが、コカインは吸っていなかったんです」

「えっ、コカイン使用が死因ではなかったのですか。でもさっき部屋からコカインが出てきたって……」

「所持はしてましたが、体内からは検出されていません。少なくとも鈴村は、亡くなる前の数日間は吸っていなかったことになります」

伴は頭が混乱した。

「待ってください。だったらどうして沖縄県警は事故死だと発表したのですか」

「湯船の中での死亡者数は年間一万数千人にのぼり、交通事故の死者数をはるかに上回ります。それに鈴村の遺体からは、溢血点《いっけつ》や爪の間の皮膚片など、争った形跡が見られなかったようです」

「それらを根拠に事故だと結論づけたんじゃないですか」

「だけど風呂で溺死するのは大概は高齢者の心臓発作です。相当酔っぱらっていたとはいえ、そう簡単に三十八歳の鈴村が溺れないと思うんです」

「鈴村竜之介は意図的に溺死させられた可能性がある。だから渡真利さんは殺人事件として捜査すべきだと進言したということですか」

「はい、監察医に聞いたら、押さえつけられて大量の水を誤嚥《ごえん》すれば、一分もあれば窒息死すると言っていました」

遺体に争った形跡はなかったと聞いたばかりだ。しかしなぜ渡真利がそう主張するのか改めて考えると、背筋に冷たいものが走った。バンドメンバーだった木宮保なら、不意をつくように酔った鈴村を水に沈め、そのまま溺死させることも可能だと言いたいのだろう。

「それでしたら警察は鈴村の体内から薬物が出てこなかった段階で、徹底的に捜査すべきでしたね」

伴が渡真利の立場でも、次々と当時の証言が覆された上に、捜査記録に齟齬《そご》が露見すれば、上司に再捜査を申し出ていたかもしれない。

「はい、その杜撰《ずさん》な捜査のおかげで、一カ月という条件で出張許可が出ました。こう言ってしまうと自分の警察本部を批判することになりますが、木宮が今、売れてるから許可が出たということもあります」

「それは当然ですよ。警察の予算は国民の税金から出ているわけですから」

話題性があるから捜査をする――罪の大小だけでなく、逮捕時にどれだけ注目されるかも捜査着手や捜査員増員の指針になる。本来、罪はすべての人間に平等に償わせるべきだが、一般市民より有名人、それもメディアが飛びつくスターを逮捕する方が、国民の関心が警察へと向くし、ひいては社会に警鐘を鳴らすことにも繫《つな》がる。

「でも少し謎が解けてきました」伴が言うと渡真利が首を傾《かし》げた。「僕が呼ばれた理由です。実は僕は大学を卒業してから二十四歳までバンドをやってたんです。鳴かず飛ばずで解散しましたけど」

「CDとかも出されてたんですか」

「さすがにそこまでは……」

伴は苦笑して言葉を濁したが、本当はメンバーでお金を出し合って、一枚だけ自主制作したことがある。だが二年で諦め、たまたま自動車免許の更新に行った警察署で、警察官募集のポスターを見て願書を出した。当時のメンバーも全員、今は音楽からは足を洗っている。

「では音楽にはかなり詳しいんでしょうね」

渡真利が頰を緩ませた。

「もしかして誰かから聞きましたか」

普段からズボンの縫い目でエアギターする癖があるくらいだから、伴が音楽好きであることくらい、観察力のある刑事は全員気づいているだろう。

「いえ、なんか音楽が好きそうな人の名前だなと、名刺を見た時に思いました」

「ああ、そっちですか」

思わず口をすぼめた。渡真利は伴の氏名を「ばんそう」と読んだのだろう。音楽好きの両親から、「歌い手を引き立てるような、人を支える人になってほしい」とつけられた名前は、子供の頃よくからかわれた。バンドをやっている時も伴の名前を知る他のグループからくすくすと笑い声が漏れ聞こえた。そのたびに伴は「俺がやっているのは演奏であって、伴奏じゃねえよ」と不満に思い、「かなで」と洒落《しゃれ》た名前を付けた親に腹を立てたものだ。

だがこんなことで表情に出すのは大人げないと、今度は伴が感じた疑問を話した。

「渡真利さんは沖縄の人のイントネーションは出ないですね」

沖縄の人間はもっと独特の抑揚があってゆっくり話すイメージがあるが、喋《しゃべ》り方は東京の人間と変わらない。

「私は中学から東京の一貫校で寮生活だったんです。本当は警視庁に入りたかったのですが、父がくも膜下出血で倒れまして、母と妹だけでは介護が心配なので、沖縄県警に入りました」

警視庁ではなくて警察庁のキャリア志望だったのではないか。学歴が申し分ないから沖縄県警でも出世が早いのだろう。

「大学の時は駒場に住んでいたので土地勘もあります。木宮は今、私が住んでいたアパートから徒歩で行ける三軒茶屋に一人で住んでいます。木宮本人の姿はまだ見ていませんが、宅配業者がインターホンを押したあとに荷物をドア前に置き、しばらくしたらドアが開きましたから在宅しているはずです」

「もうそこまで調べたんですか」

頭脳明晰《めいせき》なだけでなく行動力もあるようだ。

「本音を吐きますと、昨日までは、警視庁のお手を煩わせてガセだったらどうしようと気を揉《も》んでいたのですが、でも安心しました」

「安心したって、なにかありましたっけ？」

「今日、行われるはずだった木宮のコンサートが、急遽《きゅうきょ》中止になったんです」

「横浜シーアリーナのライブですか」

もちろんライブがあることは知っていたし、ツアー発表時は、思い出の横浜で二十二年振りに木宮の生声を聴きたいと思った。だが所轄から警視庁に上がってからは休みが取りづらく、さらに家庭の事情もあって諦めた。

「中止は、台風が理由では？」

「そうなんですけど、主催者は、振替公演はしないと発表しました。どうしてやらないんだって、ファンがネットでざわついています」

「体でも悪いんですかね？」

「自分に捜査の手が及んでいることに気づき、それで中止したのではないでしょうか。ここまで慎重に捜査してきましたが、比嘉の逮捕は地元紙に出てしまいましたし、ダイナーのオーナーから伝わったセンも否めません」

渡真利は突然のライブの中止で、木宮の関与の疑いが増したと考えたようだ。そう決めつけるのは早計な気がするが、ライブの中止は不可解だった。台風の速度は思いのほか速くなり、すでに南関東は通過している。始発から一部止まっていた交通機関も先ほど動き始めた。

十九年前の事件とあって、これから隠滅される物的証拠はないと思うが、木宮が警戒しているのであれば、一刻も早い調べが必要だ。だからこそ北村管理官は沖縄県警の要請に応じ、七係の大矢《おおや》係長は音楽好きの伴を適任だと選んだのだろう。

知らず知らずのうちに耳の中に彼らのヒット曲が流れ、ライブで観《み》た演奏シーンが甦《よみがえ》っていた。メアリーの曲は静かに始まるものが多かった。ギターの味本和弥《あじもとかずや》がアンニュイさが漂う重厚なバッキングを弾き、ドラムの辻定彦《つじさだひこ》はタイトなビートを刻む。鈴村竜之介のリードギターで曲に彩りを与え、木宮保がベースでボトムを支えながらエッジボイスで歌いだす。四人のバランスは見事に取れていた。

ところがその完璧なバランスが時として崩れていくのが、他のバンドと絶対的に異なる彼らの特徴だった。突き刺すようなギターソロで感性のまま掻《か》き乱していく鈴村に対し、木宮も音程が当たらなくとも構わず、魂を震わせて歌い続けた。そういったバンドは音がバラバラになって聞こえるが、彼らはスリリングで新しいグルーヴを生み出していた。

ファンの間で伝説とされる一九九九年のラストライブで、伴は幸運にも目撃者の一人になることができた。メンバーそれぞれがステージ上でやりたいことを表現しながら、それでもライブ全体を一つの作品としてまとめ上げていく姿を目の当たりにして、自分も将来、彼らのようなロックバンドを組みたいと憧れた。

だが憧れだけでプロになれるほど甘い世界ではなく、仲間うちでバンドを組んだものの、喧《けん》嘩《か》別れに近い形で解散、紆《う》余《よ》曲折を経て殺人犯係の刑事になった。そんな自分が、鈴村竜之介の事故死を再捜査するとは、どれだけ不思議な巡り合わせなのか。しかも容疑者は木宮保だなんて。

さりとていくら関係が悪化していたとはいえ、バンド内で殺しなど起きるだろうか。渡真利の説明は信じられないことばかりで、今後、どこからどう捜査すれば解明できるのか、伴には皆目見当がつかなかった。

2

寝起きから体が重いと思ったら、スネアドラムをロールするような音を立てて、雨が窓ガラスを叩いていた。

台風は昨日の早い時間帯に都内を抜けたが、台風一過とはいかず、空はぐずついている。今年は空梅雨かと思っていたのが、すっかりいつもの鬱陶しい季節に戻った。

藤田治郎《ふじたじろう》は普段から晴れていてもカーテンを閉め、エレベーターもない狭い1DKの賃貸マンションで、ラジオを聴きながら原稿を書いて一日を過ごす。出版社の打ち合わせもほとんどがメールなので、外出するのは一日一度、夕方に近くの中華料理店か喫茶店で食事をして、コンビニで酒とつまみを買って帰る繰り返しだ。

だがこの日は午前中から、首回りが伸びきった部屋着を開襟シャツに着替えた。雨避《よ》けにウインドブレーカーを羽織り、十分歩いて下北沢駅近くの喫茶店に着く。傘の水滴を払っていると、雨粒が垂れる窓越しにマスクをした中年の編集者が、柄物のマスクの若い女性と並んで着席しているのが見えた。もっとも売れている週刊誌『週刊時報』の高山《たかやま》である。

塗装が剝《は》がれかかった古い扉を開けるとドアベルが鳴った。「おや、治郎さん、どうしたのよ、休みの日に」マスターが目を見開く。向こうの予定なんだよと、治郎は顎《あご》をしゃくった。

女性編集者は立ち上がったが、高山は気づかぬ振りで座っている。それでも近づくと「日曜なのにすみません、治郎さん」と高山は会釈した。木曜発売の週刊時報は、基本的に月曜が原稿の締め切りなので、土日は取材の追い込みだ。これまでだって呼び出されたことは幾度もある。

「今日は新人を連れてきました。といっても営業から配転になったので入社三年目ですが」

「生田弥生《いくたやよい》です」小柄でふっくらした顔の女性が名刺を出した。

「言ってくれたら名刺を持ってきたのに」

「いえ、大丈夫です」

「で、なによ、急に」昨晩連絡を寄越《よこ》した高山を一瞥《いちべつ》してから足を組んだ。

一月に五十九歳になった治郎より、高山はひと回り以上も年下だが、付き合いが長いので高山に遠慮はない。ロック系音楽雑誌で細々と記事を書いていた治郎は、十年前、人気絶頂で急逝した女性シンガーのバイオグラフィーを週刊時報で連載した。連載は単行本化され、五十万部の大ヒットとなった。その時の編集者が高山だ。それをきっかけに、しがないライターだった治郎は音楽関連の書籍を多数刊行し、「音楽評論家」「ロック評論家」という肩書きがつくようになった。

「今回はすぐに書いてほしいといったお願いではないんですよ」

「天下の週刊時報がいきなり書かせてくれるなんて最初から思ってないよ。どうせ事件の情報提供だろ？　今回は誰だよ？　俺が知る限り、怪しい話はないぞ」

ロックミュージシャンに限らず芸能関係者の暴行や薬物、反社会的勢力との交際、不倫や離婚などのスキャンダルを摑《つか》むと、高山は治郎に連絡を寄越す。そこで知っていることを話すと、《業界関係者》という匿名でコメントが使われ、謝礼が支払われる。

他の雑誌同様に、音楽誌は減る一方で、執筆依頼はここ数年急減した。記事を単行本にまとめる機会も減り、去年は本を一冊も出せなかった。最近は本業のライターより情報提供やコメントによる収入の方が多い。といってもそれでは一回数万円程度。この収入でやっていけるのは、所詮は独り者だからだ。

いつもなら会うなり前のめりになって「治郎さん、○○って知りませんか？」と質問してくる高山が、この日はなかなか口を開かない。コーヒーカップを持ち、含み笑いを浮かべている。

「なんだよ、高山ちゃん、用件があるならちゃっちゃと頼むよ。こっちは日曜でも仕事を抱えてんだ」貧乏揺すりをして、せっついた。

「昨日は残念でしたね」

コーヒーを飲んでから高山はそう口にした。

「はぁ？」

「なにが、はぁですか。木宮保のコンサートですよ。まさか横浜をドタキャンするとは思わなかったですよね」

「ドタキャンって、あれは台風が原因だろ？」

「またまた、知ってるくせに、惚《とぼ》けないでくださいよ。行くつもりだったでしょうから、関係者から聞いてるでしょ？」

レコード会社の知り合いに頼めば、関係者席を融通してもらうことはできただろうが、行く予定はなかった。だがそう言うと怠慢だと思われるので「そりゃ、横浜だからな」と適当にごまかした。

横浜は木宮保の出身地であり、治郎が生まれ育った町でもある。さらに横浜シーアリーナは、木宮保と鈴村竜之介という二人のミュージシャンの間に火花が散るのが見えたほど、互いの才能がぶつかり合ったメアリーのラストライブの舞台である。

「俺は台風以外、理由は聞いてないけど」

「治郎さんは惚けるのが上手だからなぁ。まぁいいや。生田、説明して」隣の部下に命じる。

「はい、どうやら木宮保の事務所が先に中止を伝えてきたようです。振替はやらないし、七月八日に予定している追加公演も未定だと。木宮側の都合となると違約金が発生しますが、生じるならそれも払うと言ったようです」

「違約金って数千万はいくだろ。シーアリーナで完売だったら億だぞ」治郎は驚きを隠しながら聞き返す。

「細かい数字までは聞いていませんが、結構な金額になるでしょうね。保険でまかなえる分もあるでしょうけど」

近年の活躍からすればけっして払えない額ではないだろう。三年前にブレイクしてから、木宮保は新曲だけでなく、箸にも棒にもかからなかった十年以上前の曲まで売れだした。メアリーではメディア嫌いで有名だった男が、今は歌番組なら内容を問わずテレビにも出演している。

「メアリー時代ならまだしも、ここ数年は出演取りやめとかのトラブルも聞かなかったですし」女性編集者が言った。

「メアリー時代って、あんた、メアリーなんて知らないだろ？」

入社三年目なら二十四、五か。解散となったのが十九年前の二〇〇二年、実際は九九年から
バンドは休止状態だったから彼らを知るには二十二年前まで遡《さかのぼ》らなくてはならない。

「両親がファンだったんです。だから子供の頃から私もよく聴いていました」

「なんだ、親かよ」

ふと自分に当て嵌《は》めた。普通に結婚していたら、彼女くらいの子供がいてもおかしくない。

「だけど高山ちゃんが俺を呼んだってことは、キャンセルになにか事件が関わってるってことか？」

治郎はコーヒーカップに口をつけ、高山を上目で見た。

「さすが治郎さん。勘が鋭い」高山は目も合わせることなくコーヒーを啜《すす》った。

「それしかないだろ。でも木宮なんて俺はなにも知らないぞ。雑誌のインタビューさえまともに受けないのに」

若いライターが何度も通ってどうにかインタビューを実現した。ところがそのライターはソロの今より、メアリー時代のことばかり質問した。木宮保は気分を害したのか「ここまでだ」と席を立った、そのような逸話は枚挙にいとまがない。

「なんか今日の治郎さんは惚けてばかりですね。俺、信用されてないのかな」高山が首筋を搔きながら口の周りに皺《しわ》を寄せる。

「惚けてるのはそっちだろ。意味ありげなことばかり言って」

「治郎さん、メアリーに密着してたんでしょ。彼らのデビューしたての頃からの仲間で、四六

時中一緒に過ごしていたそうじゃないですか」

「どうして、それを……」

高山に話したことはない。少なくともメアリーが事実上解散となった以降は他の誰にも。メアリーに同行していた頃も音楽ライターの仕事をしていたが、専業にしたのは二〇〇四年、鈴村竜之介が死んだ二年後だ。木宮保がソロになったのと同時期だが、木宮とは関係ない。音楽雑誌の編集部を回り、対談のテープ起こしのような地味な仕事から始めた。音楽評論家として名が知られるようになってからは、木宮についてもメアリーについても一本も記事を書いたことはない。

「治郎さんと知り合ってしばらくして、音楽雑誌の編集者から聞いたんです。メアリーって個人事務所だったんですってね。その頃、治郎さんが事務所を仕切ってたとか」

「仕切ってなんかねえよ。少し手伝ってただけだ」

社長の肩書きだったのは隠した。会社は実質、リーダーの鈴村竜之介のものだった。彼らからは次から次へと問題を押しつけられ、振り回された。それでも治郎は離れようとしなかった。理由は単純だ。メアリーの音が好きだったからだ。

「治郎さんのことを当時レコード会社にいた人に聞くと、あの気難しいメアリーが唯一心を開いた人だとみんな口を揃《そろ》えて言ってましたよ」

心を開く？　そんな生易しい関係じゃねえよ。胸の中で毒づきながらも、治郎は「バンドが解散してからは、ほとんど付き合いもなくなったよ。木宮とはその後、一度も会ってないしな。だけど高山ちゃんもやらしい男だな、知ってたのなら早く言ってくれよ」と意識して口角を上げた。

「メアリーは鈴村が死んで解散になったし、ソロになった木宮は最初、全然売れてなかったですからね。下手《へた》に治郎さんの前で口にして、終わったバンドの本を出版したいなんて言われたら困りますから」

終わったバンド――そんなワードで片付けられるものに俺は大事な二十代から三十代後半を捧《ささ》げたのか。無慈悲な言葉に心が抉《えぐ》られる。

「なんだよ。メアリーのことならいくらでも覚えてるのに」腹が立ったのでそう返した。

「覚えてるたって、解散して十九年ですよ。結成は？」

「一九八四年だ」

「今から三十七年も前ですか……つまりこういうことですよね。治郎さんは十八年間、彼らと一緒にいたけど、その後十九年間は会ってない。最近も会ってるならまだしも、昔の話は覚えてないでしょ？」

「馬鹿言うなよ。俺は業界でもメモ魔で有名なんだぞ。大昔に観にいったエアロスミスやクイーンのライブまで、当時のメモを起こして本にしたんだから」

「初期のメアリーのことまではメモしてないでしょ。せいぜい売れてからじゃないですか？」

「してたさ」

考えることなく返答していた。メアリーだけは特別だ、それくらいリアルタイムで見たことを忘れないようこまめにメモを取った。

「そのメモ、捨ててしまったんでしょうね」

「捨ててねえけど、あんた、まさか……」

不毛なやりとりの謎が解けたところで、高山の顔に喜色が浮かんだ。

「高山ちゃん、ここまでの話、全部、誘導尋問か？」

「とんでもないです。治郎さん、うちの雑誌で伝説のバンド、メアリーのルポをやりませんか。もちろん単行本化前提で」

まんまと乗せられた。高山がじりじり話を進めてきたのも治郎に喋らせるためだったのだ。メモはすべて捨てたと今から言い直してもよかったが、彼らがなぜ急にそんなことを言い出したのか、その興味が怒りを上回った。

「急にどうしたんだ。さっきは終わったバンドだと馬鹿にしてたじゃないか」

「あの頃とは木宮保の価値が違いますよ」

「今回のキャンセルの件となにか関係するのか？」

「さすが治郎さんですね。まっ、ここだけの話ですけど、警察が動いているらしいですよ」

高山が身を乗りだし、右手を口に添えて声を潜めた。

「容疑はなんだよ」

「それはまだ言えないですけど」

「言えないんじゃ、俺がなにか情報を摑んでてもコメントできないぞ」

「分かりましたよ。言いますが、ここだけの話にしといてくださいね。あるとしたら薬物じゃないですかね。治郎さんは木宮のその手の噂は知りませんか？」

「しつこいな、知らねえよ。木宮とはもう付き合いがないと言ったろ」

「一度くらいは会ったことあるでしょ？」

「いや、一度もない」

　高山だけでなく女性編集者まで治郎の顔を凝視してくる。

「……ああ、そうだよ。高山ちゃんの言った通りだ。俺はメンバーの一員のように過ごしたよ。でもそれは鈴村が死んでメアリーが解散になるまでだ。鈴村の葬式後、ギターの味本やドラムのサダ坊とは何度か会ったが、保とはない」

　保と呼んだことに高山が「だんだん調子が出てきましたね」と茶化してから「木宮がドラッグをやっていた可能性はどうですか。鈴村は酒に酔って風呂で溺死したと発表されましたけど、当時の週刊誌にはコカインの過剰摂取による死亡と出てましたよね。木宮はやってませんでしたか」と質問を変えた。

「知らないな」

「本当ですか？　ずっと一緒にいたのに？」

「保はやってなかったよ」

「ＬＳＤとかＭＤＭＡはどうですか？　当時から使ってると噂される芸能人がたくさんいましたよね。今でいう脱法ハーブとか」

「ない」

「木宮は一切の薬に手を出していなかったということで間違いないんですね」

　畳みかけるように訊いてくる。なかなか勘の鋭い男だ。

「その通りだ。ない」

高山の目を見返してからそう答えた。

「分かりました。木宮がドラッグに手を出したとしたら、それはソロになってからですね」

返事はせず、今度は治郎から確認する。

「つまり週刊時報としてはこういうことか。まもなく木宮保は逮捕される。そうなれば話題になる。そこで俺に暴露本を出せと」

「暴露本ではないですよ。治郎さんが必死に取材したものが世に出るように企画してるだけです」

「薬物犯の美談なんか雑誌に載せたら、ネットで炎上して会社に批判が殺到するぞ」

「だったら木宮保への捜査とは関係なしでお願いしますよ。十八年も一緒にいたんなら、すぐに書けるでしょう。メモも残っているようだし」

「そりゃ、書けなくはないけど」

「それに治郎さんが知っている話って、美談だけではないでしょ？」

摑みどころのない顔で高山にそう言い返され、治郎の胸はざわついた。

「けっ、やっぱり暴露本なんじゃねえか」

胸中を悟られないように舌打ちする。

「そういう体《てい》には持っていかないようにしますから頼みますよ。メアリーと木宮保のすべてを知るベテラン音楽ライターが描く、日本ロック史の一幕です」

「まったく、モノは言いようだな」

他の媒体なら断って席を立っているが、週刊時報は情報料でも結構な金を貰っているし、原稿料も高い。「検討してみる」と答えた。

二人は立ち上がり「では早速、執筆の方、よろしくお願いします」と頭を下げた。

あんなに強く降っていた雨が、喫茶店を出た時には止《や》んでいた。湿り気のある生ぬるい風が頬を撫《な》でる。

せっかく久々に午前中から外に出たのだからと、途中でカレー屋に寄り自宅に戻った。一日一食なのでこの日の食事はこれで終わりだ。

飯を食いたいと言えば高山が出してくれただろうが、彼らとあれ以上、一緒にいたくはなかった。いったい高山は、治郎の過去を誰から聞いたのか。メアリーに密着し、バンドの一員のように過ごしたのは、当時関わった音楽関係者には周知の事実だ。いっときだが事務所を仕切っていたこともある。だが高山が言ったのはそれだけではなかった。

——治郎さんが知っている話って、美談だけではないでしょ?

薬のこと以上に、その言葉に衝撃を受けた。

知り合ってから最初の十年近くは、四人の男が音楽に真摯《しんし》に向き合い、自分たちの価値を世に認めさせようと立ち向かっていく姿に、治郎は心を奪われた。だがその透き通った記憶が、次第に大雨で増水した川のように濁っていった。治郎が記録したのは熱い友情や苦労話だけではない。嫉妬や憎悪も多分に含まれている。そしていつしかその泥濘《ぬかるみ》の中に自分も巻き込まれた。

シーアリーナ級のハコではなかったが、ライブの中止はメアリー時代にもあった。メディア出演のドタキャンならザラだ。そのたびに治郎はレコード会社の担当者と、局、イベンター、スポンサー各社に頭を下げて回った。女性編集者が言ったように、ソロになってからの保にその手の噂は聞いたことがないから、キャンセルは今回が初めてだろう。急に中止の通告を受けたことに、関係者はてんやわんやだったに違いない。

台所から椅子を運び、寝室の押し入れ前に置いた。天袋に積んだ段ボール箱を一つずつ床に下ろし、一番奥の箱を手前に引いた。十数年分の埃《ほこり》を払って中を開ける。以前必死に捜して見つからなかったCDがいきなり出てきた。さらに、むっとした臭《にお》いがする更紙《ざらがみ》の音楽雑誌、日付と番号がつけられた五十冊近い大学ノートを取り出していく。ノートの一冊をめくる。水性ボールペンで早書きした文字が、ところどころ滲《にじ》んでいた。

手を突っ込み、箱の底に眠っていた茶封筒を引っ張り出した。封筒の中からは、右上を大きなクリップで留めたおよそ千枚の原稿用紙の束が現れた。

色褪《あ》せた原稿用紙の表紙にはタイトルと自分の名前があり、それをめくると癖のある文字がぎっしりとマス目を埋めている。結成十五年に当たる一九九九年、メアリー最大のヒット曲『ラスティングソング』をリリースしたあと、溜《た》め込んだノートを形にしようと、治郎は本格的に執筆を始めた。

自分の目で見たメアリーのすべてがここに書いてある。そしてメアリーが事実上の解散となった二〇〇二年六月十八日で、この原稿は途切れている。

3

娘の蒼空《そら》と手を繋いで、日なたになっているバス通りに出た。身長一八〇センチの伴は、娘に合わせて少し前屈みで歩く。こうして娘を保育園まで送ると、父親になったことを実感する。車が近づいてきたのを察して振り返ると間近に迫っていた。EV車のためエンジン音が聞こえなかった。

「危ないよ、蒼空」

手を引っ張って、娘を路側帯に寄せた。蒼空は小走りで伴の太腿《ふともも》の裏に隠れた。車は静かに通り過ぎていく。前後には同じように子供を保育園に送る母親がいた。車道側に子供を歩かせていたのは伴だけだった。

「蒼空、こっちを歩いて」

恥ずかしさを隠して右から左に繋ぐ手を持ち替える。「なにが父親になった実感だ」小声で独りごちて、拳骨《げんこつ》で自分の頭を叩いた。

「ねえ、お巡《まわ》りさんっていつがお休みなの」

歩きだしたところで蒼空から言われた。

「ごめんな、蒼空。本当は昨日休みだったんだけど、今週はたまたまお仕事が入ってしまったんだよ。ママ、怒ってたろ?」

英語指導教員として、杉並区内の小学校に勤務している妻の睦美《むつみ》のお腹《なか》には、妊娠五カ月目の子供がいる。不満を言われたわけではないが、日曜も仕事が入ったと伝えた時、睦美は一瞬、眉をひそめた。

「ううん、ママはお巡りさんはみんなを守らないといけないから、お休みの日も働かなきゃいけないと言ってたよ」

本来なら父親の仕事は警察官だと外で言わせない方がいいのだが、話したところで四歳の蒼空にはなぜダメなのか意味が分からないだろうとまだ説明していない。

「それに蒼空は、奏くんに毎日送ってもらえるからいいの」

娘は伴のことを「奏くん」と呼ぶ。それは彼女が睦美の連れ子で、初めて会った時、睦美が「奏くんよ」と紹介したからだ。

睦美とは荻窪《おぎくぼ》署勤務だった二年前、彼女が勤める小学校で保護者が教師に暴力を振るった捜査で知り合い、去年の今頃から交際に発展した。当時、睦美は前夫と別居していたが、まだ離婚は成立していなかった。不倫が警察の上層部にバレると問題になるからと、睦美に離婚の手続きを急いでもらい、三カ月前、妊娠が分かったのを機に籍を入れて同居した。

実父とはすでに離れて暮らしていたが、蒼空はそれまで何度か顔を見せていた伴が急に家族の一員として一緒に暮らすようになったことに明らかに戸惑っていた。彼女にとってのパパは永遠に実父であることに変わりはなく、そう簡単に伴のことを「パパ」とは呼べないのだろう。それでもよくできた子で、仕事を終えて帰宅すると、その日起きたことを伴に一所懸命話してくれる。子供と自分のどちらが遠慮気味かと言えば、それは間違いなく伴の方だ。

保育園に到着し、保育士に預けた。

「バイバイ」

蒼空は大きく手を振った。保育士の前では、蒼空はけっして「奏くん」とは呼ばない。

約束の五分前に到着したのに、渡真利はすでに来ていた。思わず「渡真利さんって、沖縄の方ですよね？」と言ってしまった。

慌てて話を変えようとしたが、先に渡真利から「沖縄の人間って時間にルーズだって言いたいんですね。でもそれは事実です。私が変わり者なんです」と言われた。伴は「失礼なことを言ってすみません」と謝罪した。

捜査の相談をされた時、渡真利からは「動くのは週明けからで構いません」と言われたが、一カ月の期限で東京出張に来た彼の時間を無駄にするわけにはいかないと、伴は日曜の昨日も出勤した。

昨日の午前中は雨の中、当時のメアリーを知る関係者を回った。メアリーをマネージメントしていたのは個人事務所で、大手芸能事務所と業務委託契約を結んでいたが、あまり口出しすると鈴村や木宮から文句が出るため、委託先はライブやレコード、グッズ販売等の契約の仲介、管理に徹していたようだ。当時から在籍する社員にメアリーや木宮について聞いても「あまり知りません」とろくな証言は得られなかった。

天気が回復した午後は、三軒茶屋の木宮保の自宅を確認した。一応、鉄筋コンクリート造のようだが、有名ミュージシャンが住んでいるようなデザインの凝った豪邸とは異なる、こぢんまりした二階建てだった。

「木宮保って一人暮らしですよね」

「はい。近所の人に確認したら皆さん、木宮保の家だと知っていました。楽器の騒音はまったくないと言ってましたから、室内は防音になっているんじゃないですかね」

自宅に簡易なレコーディングスタジオを持っているミュージシャンは多いが、木宮の自宅は大きさ的にそこまでの設備はなさそうだ。そこにタクシーが停《と》まって、車から降りた髪の長い女性が玄関へと入っていく。三十代前半くらいに見えた。

「完全な独り者ってわけではなさそうですね」

「人気ミュージシャンの木宮保ですからね。女なんて選び放題でしょ」渡真利はそう言いながらも「木宮って五十五歳ですけど、今の女性、どう見ても二十歳以上は離れてますね」と呆《あき》れた顔をしている。

「ミュージシャンは、あれくらいの年の差は普通ですよ。ミック・ジャガーは七十三歳で四十四歳下の女性と子供を作りましたし、ジミー・ペイジは七十一歳で確か二十五歳の女優と交際してましたからね」

有名ミュージシャンを挙げていくが、渡真利はミック・ジャガーは知っていたものの、「ジミー・ペイジというのはレッドツェッペリンのギタリストですよ」と説明しても「はぁ」と言うだけで、通じていなかった。

結局、昨日は一日回って捜査の参考になる情報はさっぱりだったが、話を聞いた一人が、メアリーのレコーディングに参加していたエンジニアを教えてくれた。今日はこれからそのジョニー笹森《ささもり》という男に会う予定である。

麻布の音楽スタジオで笹森を呼び出してもらうと、腹がせり出したたらしない体軀《たいく》に金髪でピアスをつけた、センスがいいとは到底言えない風貌の男が現れた。これからあまり知られていないアイドルグループのレコーディングをするらしい。

「メアリーなんて名前、何年か振りに聞いたな。なんか蕁麻疹《じんましん》が出そう」

名前を出した途端、スタジオ内のソファーに座る彼は嫌悪感を示した。

「そんなに嫌な記憶ですか」

伴が尋ねる。今回の捜査の主体は沖縄県警で、伴は手伝いに過ぎない。だが警務畑が長く、刑事経験が浅い渡真利は音楽にも詳しくないとあって、「伴さん主導でお願いします」と捜査初日に言われている。

「もうサイテーだったね。人を顎で使うくせにやってることはブレまくりなんだから」

「ブレまくりって音楽の方針がですか？」

八〇年代末から九〇年代にかけて立て続けにヒット曲を出したメアリーは、音楽番組には滅多に出なかったが、ＣＭソングやドラマの主題歌になったり、凝ったミュージックビデオの作りもあって、その作品は広く知れ渡った。

スタジオ録音されたＣＤにはシンセサイザーやシーケンサーなどの音も入っていたが、ライブはギター二本、ベース、ドラムの生楽器のみで、四人ですべてを演奏していた。そういう意味ではブレていたというよりは、自分たちのスタイルを貫いた印象の方が強い。

そのことを話すと、「ブレるというのはベルと保のことだよ」と笹森は口をすぼめた。

「ベル？」

渡真利が聞き返したが、笹森より先に伴が「鈴村竜之介のことです。ファンの間でもベルさんで通ってました」と説明する。

「ああ、鈴って意味ですね」

渡真利は即座に理解した。それより笹森の話の続きを知りたい。

「二人の仲がよくなかったのは聞いていますけど、実際どれくらい不仲だったのですか」

「もう最悪だよ。この前までベルがいいって言ってたものを、保もいいと言い出すと、ベルが反対する。保も似たようなもんさ。たぶん最後の三、四年は口を利くどころか、目も合わせなかったんじゃないかな」

「お笑い芸人のコンビが一緒に行動しないのと同じですか」

渡真利は真顔で訊いたが、伴にはピント外れに聞こえた。

「全然違うよ。芸人はテレビや舞台では上手くやるけど、ベルと保はステージの上でもそっぽを向いてたから」笹森が鼻先で笑う。

「それでもバンドの音は一つになっていたから、たいしたものでしたけどね」

伴が割って入ったが、「あれは曲がよかっただけさ。他のバンドがやってたらもっといいデキになってたよ」と、よほど嫌いなのか笹森は不快感を露《あら》わにする。もっともそのよかったという曲も、鈴村と木宮の合作であるのだが。

「笹森さんはスタッフの一員だったわけでしょ。解散はショックだったんじゃないですか」

昨日のうちに伴は保管しているメアリーのすべてのCDブックレットを確認したが、ジョニー笹森というクレジットはどこにも載っていなかった。

「死んだらしょうがないじゃん。それにラスティングソングを出して以降、新曲を出してなかったわけだし」

「どうして出さなかったんですか。その曲なら私も知ってるのに」

渡真利が口を挿《はさ》んだ。メアリーファンの伴なら、頭の中で答えが分かり質問をやめてしまうが、無知であるがために渡真利は先入観なしで訊ける。

「あれだけ売れるとなかなか次は出せないものだよ」

予想した通りの答えだった。売れたアーティストなら同じ悩みに陥るだろう。早々とバンドを諦めた自分には羨ましい悩みだ。

その後も笹森はメアリーの悪口を吐き続けた。スタジオに呼ばれてもレコーディングまで発展せずに、交通費すら貰えなかった、鈴村の思いつきでの急な呼び出しが多く、少しでも遅れると、くどくどと文句を言われたなどなど。

「二人の仲が悪かったことと、鈴村さんが死んだこととって関係してますか?」

堂々巡りのため、伴は話の腰を折るようにして質問を変えた。

「それ、どういうことよ?」

「たとえば事故死ではなく、バンドがうまくいかないことで思い詰めて死んだとか」

これが殺人事件の捜査だと明かすのはさすがに早急だと、あえて的外れなことを訊く。

「ベルが自殺ってこと? ないない、そんな噂も出たみたいだけど、俺は絶対ありえないと思ったもん」

「事故死だったらありうるんですか」

「まぁね」

「それはなぜ？」

その質問は渡真利がした。

少し悩んでいたが、渡真利の大きな目で見られることに耐えられなくなったのだろう。「クスリやってたから」と声を細くして答えた。

「笹森さんは鈴村さんがコカインを使っていたことを知っていたんですね」

「見たことはないよ」

「見てないのにどうしてそう言えるんですか」

渡真利が追及すると「やけにテンション高い日があったたし、仲間内では有名な話だったたから……」と語尾を濁す。この男もやっていたのではないかと疑問が湧いた。どれくらいの頻度で鈴村は薬物を使用していたのかも知りたかったが、見たことはないと言い張るのであれば訊いたところで無駄だろう。伴には、笹森がさきほど断言した言葉の方が引っかかった。

「さっき笹森さん、自殺は絶対にありえないと言いましたよね。それはどうしてですか」

「それは……ああ、ベルに新曲ができたからだよ」

少し思案してから意外なことを口にした。

「新曲があったんですか？」

伴は無意識に声が大きくなった。刑事としてというより、ファンの一人としての反応だ。

「確かツブっていうおかしなタイトルだったけど、いい曲だったよ。ベルが作ったデモテープを聴いただけだけど」

「それって木宮さんも聴いてるんですか」

「もちろんさ。メアリーの曲は、作曲はベル、作詞は保が担当だったんだから。あの時、そこから保が詞をつけることになってた」

「もしや事故がなければ、沖縄でその曲のレコーディングをするつもりだったんですか」

「まぁね。東京から他のスタッフも呼ばれてスタジオも借りてたからな。でも沖縄のスタジオの機材はショボかったし、保の詞ができてたわけではないから、本当にレコーディングが実現したかどうかは分かんねえけど」

メアリーに幻の新曲があったとは、表に出ていないすごいニュースを聞かされた気分だった。

確かにそんな時に自殺はないと誰もが思う。そう考えたところで笹森が呟《つぶや》いた。

「俺は、警察は殺人事件として捜査してると思ったけどね。警察は俺らスタッフに、薬物検査を受けさせたくらいだから」

伴は隣の渡真利を見た。渡真利は首を左右に振る。そこまでは聞いていないとの意味だろう。

「警察は誰かを疑っていたんですか?」

警察が容疑者を口外するはずがなく、愚問だったと反省した。だが笹森はぞっとするようなことを漏らした。

「俺は保しか考えられないと思ってたけどな」

「どうしてそう思ったんですか」

伴が勢い余って問い質《ただ》したせいか、笹森は動揺し、急に声に覇気がなくなった。

「だって保はその後ソロになったじゃん。保にはオファーがひっきりなしにあったし、新曲できたらバンド続けないといけないわけだし……」

そんな適当な理由かとガッカリする。

「別にバンドを続けていてもソロ活動はできるし、そんなリスクを背負ってまで、殺さなくてもいいでしょう」

「まっ、そうだよな。じゃあ保はないか」

自分から言い出しておいて、笹森はあっさり意見を取り下げた。

4

《オール・アバウト・ザ・ベスト・バンド
（メアリー・ルポルタージュ１９８４〜）

藤田治郎

このルポルタージュはメアリーというバンドの草創期から密着していた私が、日々書き溜めたメモを基に起こしたものだ。メアリーはすでに超人気バンドとなり、たくさんのロックファンから愛されているが、私が出会ったのは、彼らがまだアマチュアの時だった。その頃から私は、彼らは間違いなく売れると確信していた。そして私が思い描いた通り、いやそれ以上に彼らはスターバンドとなった。

ただしこれは単なる人気バンドの紀伝ではない。私から見た彼らの人物評であり、彼らが公表することをけっして望まない、陰の部分も書き綴《つづ》るつもりでいる。

彼らと知り合ってからすでに十五年を超える歳月が過ぎている。当然、私がリアルタイムで感じたのと、今この時点の感情は異なる。しかし幸いにも私は、結成時から彼らの演奏や歌声に触れ、四人の心臓の鼓動までが聞こえるほど近くで行動を共にしていたのだ。できるだけ当時書き留めたメモに忠実に書き記していく。

一つ、断りを入れておかねばならないのは、彼らの出会いを書く前に、私がどうして彼らと知り合い、彼らの活動に関わることになったか、私自身のことを書かねばならない。それほど彼らとの出会いは衝撃的であり、初見した瞬間こそがメアリーというモンスターバンドの正体を、もっとも如実に表していると思えてならないからだ。メアリーのことだけを知りたい読者は、ここからの冒頭は読み飛ばすなり、判断は各々に委《ゆだ》ねたい。

税理士をしていた父と、見栄《みえ》っ張りで習い事が大好きな母の次男として、私は一九六二年一月、横浜市保土ヶ谷区で生まれた。兄とともに近所から礼儀正しい子供として知られていた私は、四歳からクラシックピアノを習った。ずっと音大に行きたいと夢を抱いていたが、高校生の時点で自分にそこまでの才能がないことに気づき、私大の経済学部に入学した。将来は音楽ライターの仕事をしたいとうっすらと考えていたが、なるにはどうすればいいか、ラジオに葉書を出したり、音楽雑誌に投稿したりする以外に方法が分からず、給料がいいという理由だけで証券会社に就職した。しかし大量の名刺を持って顧客回りさせられるのに嫌気がさし、二週間で会社をやめた。

会社をやめたことは親に言わなかったから、毎朝、スーツ姿で家を出て、一日中図書館で過ごした。そんな倦《う》んだ生活の鬱憤を晴らそうと、大学時代の軽音楽部の友人に呼びかけてバンドを復活させた。私がギターとボーカル、他はベースとドラムの三人組で、彼らが勤める信用金庫とスーパーマーケットとでは休日が異なるため、集まれるのは金曜の深夜だけ。それでもスタジオで演奏していると、将来のことや、仕事をやめたことを親にどう伝えるかなど、心を覆った靄《もや》が晴れていき、非日常の世界へと誘《いざな》ってくれた。

ゴールデンウィーク中の五月四日も、私たちは地元、相鉄線・和田町《わだまち》駅前の貸しスタジオに集まった。演奏するのはオリジナル数曲と、レッドツェッペリンやブラックサバスのコピーである。一時間ほどで休憩になり、私は便所に行こうと部屋を出た。深夜零時を過ぎてもスタジオは満室だった。学生向けの安い貸しスタジオなので、どの部屋からも音漏れがする。必ず小窓から中の様子を覗《のぞ》くのが私の習慣だった。

「なみだ〜の、リクエ〜ス」

隣の部屋では高校生くらいのグループが上半期にヒットしたチェッカーズの曲を演奏していた。ダボダボのファッションから真似《まね》をしている。文化祭ででも披露するつもりなのだろう。新しいスタイルが次々と出てきては、若者たちが模倣する。私が高校に入学した頃はエレキとフォークギターが半々くらいだったのが、在学中にキーボードが流行《はや》りだし、オフコース、YMOをコピーするバンドまで現れた。時代の移り変わりは激しい。

その隣の部屋では私より少しだけ年下らしき四人組が演奏していた。さっきの部屋とは一変して、暗い雰囲気が漂う。それはスモークがかかっているのかと思うほど、部屋がタバコで煙っていたからだ。

こちらは完全なロックバンドだった。聴いたことのない曲だったのでオリジナル曲なのだろう。だが様子が変だった。ドラム、ベース、そしてギターの三人はスムーズに演奏しているが、目が隠れるほど前髪を伸ばし、上下とも黒服で決めた美男子風のもう一人のギターは、隣のギターの指の動きに目を配り、コードを確認しながら弾いていた。どうやら曲を覚えていないらしい。私が部長を務めた大学の軽音楽部にもこうした不熱心な輩《やから》はいた。

ただコードを覚えていないにしては、美男子のギターの音はまったく外れていなかった。

便所から戻り自販機でコーラを買うと、さっきの煙った部屋から歌声が聞こえてきた。語りかけるような低音だった。再び小窓から覗く。ベースをピックで弾きながら、天パーなのか寝癖なのか分からないボサボサ頭の男がマイクに口を寄せて歌っていた。曲がサビに入る。それまで静かに歌っていたのが一転、ざらついたハスキーボイスでシャウトする。私の体の芯まで届くほど、その声はよく響いていた。

仲間が待っているため、私は自分たちの部屋に戻った。私の歌唱力も軽音楽部ではそれなりのレベルだと自負していたが、ボサボサ頭の歌声が耳に残ったまま歌っていると、自分の稚拙さを感じずにはいられなかった。

四十分ほどで終了時間になったため、ドラムとベースは便所に行った。エフェクターを片付けた私の足は自然と他のスタジオに向かう。

隣の部屋では高校生がまだチェッカーズを練習していた。その隣室から音漏れはなかったが、窓が煙っていたからまだ彼らがいるのは分かった。休憩中のようだ。さきほど練習不足を露呈していたギターの美男子が椅子で足を組み、物思いに耽《ふけ》るように一服していた。

髪を立てたもう一人のギターと、短髪でタンクトップのドラムはタバコを吹かしながらお喋りしている。ボーカルをしていたボサボサ頭に目をやると、彼も鼻は高く、ギターの美男子に見劣りしないほど精悍《せいかん》な顔だった。ただしギターの美男子が細身でボンボン風なのに対し、ベースは少しやんちゃな印象だった。

ボサボサ頭が吸っていたタバコを床に捨て、おもむろにピックでベースを弾き始めた。

一人で遊んでいるのかと思ったが、途中からドラムとともにとんがり頭のギターが入った。ドラムはやや倦怠《けんたい》感のあるリズムを踏み、ペダルでハイハットを開け閉めする。

Am、G、D9、Fmaj7、Am、G、D、E

聴いたことのあるコード進行だったが、知っている曲はイントロにピアノが入るため、その曲とは特定できなかった。

歌がないまま、Aメロ、サビ、Aメロと弾いたところで、タバコを咥《くわ》えた美男子が、サンバーストのレスポールを抱え、火が付いたままのタバコをヘッドに挟んだ。外タレのモノマネかよ――ろくに練習もしてきてないくせにカッコだけは一丁前だと、私は笑いそうになった。

美男子が間奏のギターソロを弾き始める。

「治郎、なに覗いてんだよ」

トイレから戻ってきた友人二人が近づいてきた。覗き見していることを気づかれたくなかった私は人差し指を口に当てた。

「なんだ。ホワイル・マイ・ギター・ジェントリー・ウィープスじゃん」

横で友人が鼻を鳴らした。

「ビートルズかよ、ダセ」

もう一人が嘲笑した。

やはり私が思っていた通りの曲だった。当時、私たちにとってビートルズを演奏するのは格好いいことではなかった。ポールでもジョンの曲でもない、ジョージ・ハリスンが制作し、ボーカルを取った曲。名曲ではあるが、完コピなら私にもできた。

ただし私は友人たちのように馬鹿にしていなかった。それは美男子のギターソロが、チョーキングとスライドを複雑に重ねる、アマチュアではまず見たことがない高度なテクニックを駆使していたからだ。

間奏二コーラスがまもなく終わる。いよいよ歌に入ると思ったが、終わり際にベースが長めのフィルを入れながら、とんがり頭に顎でなにか指示をした。突然音が乱れたように聞こえた。また間奏の頭に戻って、無理矢理転調させたのだ。だが美男子はすぐに気づき、左手を「Am」から「Bm」のポジションに動かした。突然一音転調したにもかかわらず、美男子はなにもなかったかのように一回目とは違うギターソロを弾いた。コーラスをひと回ししたあと、今度はドラムのフィルインを合図に、目配せしたドラムとベースがリズムを倍の速さに変えた。美男子は気色ばむが、滑らかにローからハイポジションに移動して、ハードロックのような速弾きのソロを弾く。目を閉じたまま、彼はギターのフレットを見ることもなかった。

二度目の十六小節が終わるが、まだ歌に入らず、また間奏の頭に戻った。ベースとドラムも元のテンポとコードに戻している。今度は美男子が、とんがり頭に耳打ちし、それまでバッキングを弾いていたとんがり頭が『ホワイル・マイ・ギター～』のギターソロをオリジナルのまま弾き始めた。三人が弾くのは完全なビートルズのコピーだが、美男子だけは、好き勝手なソロを弾いていた。

最後には同じビートルズの『サムシング』の有名なフレーズを挿し込んだ。それでもちゃんと『ホワイル・マイ・ギター～』に聞こえたから不思議だった。結局、彼らは間奏を三回まわし、歌を入れないまま、四人が体を向き合わせて即興のセッションを終えた。

ベースボーカルのボサボサ頭が、この切ないギターソロにどのように声を乗せるのか聴いてみたかった。だが歌なしでも私は充分打ちのめされていた。彼らは歌詞抜きで、この曲に込められた「女性に去られた男の部屋からギターの啜り泣きが聞こえる」という物憂げなストーリーを完結させていた。

ビートルズを馬鹿にしていた友人たちも、あまりのレベルの違いに、笑えなくなっていた。美男子がギターヘッドからタバコを取り、気持ちよさそうにひと吸いして床に捨てる。他の三人も各々吸い始めた。そこでボサボサ頭がぎょろりと目を開き、こちらを睨《にら》んだ。覗いていたのがバレたことに気づき、私たちは逃げるようにスタジオを出た。


翌週、大阪でグリコ社長を誘拐した犯人から、青酸ソーダ入りの菓子を店頭に置いたとメディアに脅迫状が届いた。世間は大パニックとなり、友人が勤めるスーパーも社員総出で商品の片付けに追われたため、バンド遊びどころではなくなった。

私が一日中イヤホンで聴いていたFMラジオでも脅迫犯たちが名乗った「かい人21面相」の話題でもちきりだったが、私の耳からあの四人組の演奏が離れることはなかった。

練習中止となった金曜の夜、私は一人で和田町のスタジオに向かった。ひどく煙った一室から、最初に覗いた時に耳にしたオリジナル曲が漏れ聞こえた。あの時はコードを覚えていなかった美男子は、仲間を引っ張るほどリフを弾きこなしている。

演奏が終わると、ボーカルのボサボサ頭がベースを担いだまま、私が覗く窓に向かって真っ直《す》ぐ歩いてきた。私に逃げる間もなく、彼が扉を開けた時には、部屋に充満したニコチンの臭いが鼻孔に入り、咳《せ》き込んだ。

覗いてるんじゃねえと怒られるのかと思ったが、ボサボサ頭は目尻に細かい皺を寄せた。

「そんなとこで見てねえで入れよ」

目が痛くなるほど煙たいというのに、彼は澄んだ瞳をしていた。

全員が私より年下に見えた。それなのにボサボサ頭は「その辺に座ってろよ」とタメ口で言う。「は、はい」戸惑いながらも、私は床に腰を下ろした。

「あんた、先週も覗いてたよな」

レスポールを持つ美男子が口許《くちもと》を緩める。この日も前髪は目にかかっていたが、近くで見るとくっきりした二重で、やはり美しい顔をしていた。前回は椅子に座って演奏していたが、この日は立っている。背丈は一七五センチくらいか。ベースともう一人のギターも同じくらいで、ドラムだけ小柄だった。

ボサボサ頭が私の隣に胡座《あぐら》を組んで座り、炎が大きく立つように改造した百円ライターで、ショートホープに火をつけた。

「俺は木宮保」

咥えタバコで手を出した。

「藤田治郎と言います」

私は控えめに握り返した。

「こいつは鈴村竜之介、俺らはベルと呼んでる」

木宮はギターの美男子を指差した。

「おまえ、二つも年下なんだからベルさんだろ？」

鈴村は文句をつけるが「一度対バンしてんだし、バンドを組んだら上下関係は邪魔になるぜ」と木宮は煙を吐きながら言い返した。

「こっちのギターは味本、ドラムは辻定彦だからサダ坊だ。この二人は、俺のことをちゃんとベルさんって呼ぶけどな」

鈴村が残り二人を紹介してくれた。四人の中で鈴村だけが二歳年上らしい。

「対バン」「組んだ」という語句で、前回鈴村が味本の手の動きを見ながら弾いていた理由が腹落ちした。鈴村は先週、このバンドに初めて参加したのだ。演奏曲やコードも知らされない、ジャムセッションの形で。

そうなるともう一つの疑問が湧いた。

「この前のホワイル・マイ・ギター・ジェントリー・ウィープス、あれはなんだったの？」

「こいつらが俺を試したのさ。三人で勝手に始めて、突然転調したり、リズムを変えたり、あの日はそんな嫌がらせばかりをやられたよ。こいつらは俺がちゃんとついてくるか試してたんだ」

鈴村は文句を言いながらもタバコを旨《うま》そうに吸う。

「試したのはベルだろ。おまえ、途中から味本にソロ弾かせて、自分は違う曲を弾いて、俺たちを惑わそうとしたじゃねえか」

唇を丸めて木宮も煙を吐く。

「ところでバンド名はなんて言うんですか」

「そういや、まだ決めてなかったな」

鈴村が吸い終えたタバコを床で踏み消した。

「ベルが俺たちのバンドに加入したんだ、スピルバーグのままでいいだろ」と木宮。

「それ、三人で『E.T.』を観にいった帰りに大泣きして付けた名前だろ？　やだよ、俺、あの映画で泣いてねえし」

鈴村が腹を押さえて小馬鹿にする。

「だったらベルもなにかアイデア出せよ」

「ミッシェルがいいんじゃねえか」

鈴村がビートルズの曲を歌いだした。ボーカルでも通用しそうなハイトーンのいい声をしていた。

「ならメアリーだ」

すぐさま木宮が対案を出す。

「なんだよ、メアリーって。理由は？」

「いいんだよ、理由なんて。あとから入ってきたベルに決められるのだけは気に食わねえ」

「いいじゃん、メアリー」

味本と辻も相次いで同意した。

「多数決で決定だ。文句ねえよな、ベル」

「しゃあねえ、従ってやっか」

渋々同意するような言い方をしたくせに、鈴村はこれで決定とばかりに、レスポールを構えてAのコードを鳴らした。

こうして私は偶然にも、メアリーが結成された場に居合わせることができたのだった。》

Song 2 セロファン

1

焼きたての餃子《ギョーザ》を口に入れ、伴がバリバリと音を立てて嚙み砕くと、カウンターの隣席で渡真利が花椒《ホワジャオ》の香りが漂う担々麵を啜った。二人とも餃子と担々麵を頼んだが、渡真利はほぼ食べ終えている。

「荻窪は中華屋さんが多いんですね、さっきの通りにも二軒ありましたし」

「ラーメンの聖地と言われてますからね。町中華《まちちゅうか》も充実して、旨い店が多いんです」

「結構駅から離れているのに、こんないい店があるとは驚きました」

「僕は荻窪署に四年間いたので、このあたりは詳しいんですよ」

今いる店は環八沿いで、ＪＲの荻窪駅からは二十分歩く。西武新宿線の井荻《いおぎ》駅の方が近い。

この日は昼食抜きで捜査に回り、最後に行った先が伴の自宅がある荻窪だった。その間、渡真利は腹が減ったとも言わず、午後五時まで休憩も取らなかった。

「午前中にジョニー笹森ってエンジニアが、殺したのは保しか考えられないと言った時はドキリとしましたけど、やっぱりいい加減でしたね。胡散臭《うさん》いやつだとは思ってましたけど」

ティッシュで口の周りを拭きながら、渡真利がため息をついた。そのあとメアリーの最後の曲、といっても鈴村竜之介が死ぬ三年前だが、『ラスティングソング』のレコーディングにチーフエンジニアとして関わった男に話を聞いた。南暁佳《みなみあきよし》という名はCDのクレジットにもあった。南もジョニー笹森同様、事故現場の沖縄のホテルに宿泊していたそうだが、捜査記録に名前はなかった。

「ジョニーが言っていたことでしたら、本気にしない方がいいですよ。あいつはメンバーのただのパシリでしたから」

南は蔑《さげす》むようにそう話した。笹森は浮薄で不真面目《ふまじめ》で、アシスタントの仕事もまともにできず、ただ誰よりもメンバーに取り入って沖縄に連れてきてもらっただけの存在だったようだ。

南からは有意義な情報を得た。二〇〇二年はサッカーの日韓W杯が開催され、鈴村が死んだ六月十八日は、宮城スタジアムで決勝トーナメントの一回戦、日本―トルコ戦が行われた当日だった。レコーディングをするからと前日までに東京から呼ばれた南たちスタッフだったが、正午から二時間ほど打ち合わせをしてその後は自由となった。死亡推定時刻の午後三時半前後、南は他のスタッフと那覇市内のスポーツバーで日本戦を観戦していた。そこに味本和弥と辻定彦はいたが、木宮保はいなかったそうだ。

「正統派ロッカーだった保さんがアコギ一本で売れるんだから、分からないもんですよね。べルさんも生きてたら当時とは違った音楽やってたのかな」

笹森とは違い、南はメンバーを「さん付け」で呼んで、懐かしそうに振り返った。アコギ一本といっても、ライブではバックミュージシャンとコーラスはいるが、メアリー時代と今とでは曲調も歌い方も大きく変わった。

「今の木宮さんをどう思いますか」

「年取って体に厚みが出たせいか、声域が広がりましたよね。ファルセットなんて昔は使わなかったのに。でも変わったのは歌より性格かな。相変わらず口下手《くちべた》だけど歌番組にもちゃんと出てますし。私にとっての保さんは、床で胡座を掻き、寝癖のついたボサボサ頭で考え事をしながらこうタバコ吸ってる姿です」

そう言うと南は意図的に眉を寄せ、電子タバコを親指、人差し指、中指の三本の指で摘《つ》まんで吸って頭を掻いた。こういう仕草をよくしていたのだろう。「ベルさんはこうでした」今度は人差し指と中指に挟む。これだけなら珍しくはないが、南は指を上に向け、Ｖサインの形で電子タバコを吸った。

「なんか、キザですね」と渡真利が指摘すると、南は「キスしてるみたいでしょ？　普通の人がやったら笑われますけど、細身でいつもピタピタの革パンを穿《は》いてたベルさんがやったら、すごくセクシーでしたよ」と笑った。

「木宮さんはセクシーという感じではなかったんですか？」

渡真利が続けざまに疑問をぶつける。

「保さんはいつもラフな服装で、性格もシャイだったから、女性ファンからは可愛《かわい》いとか言われてましたけどね」

年上の木宮を可愛いと思ったことはないが、恥ずかしがり屋なのはライブのMCなどを見ていると分かった。数少ないテレビ出演でも、司会者から振られた質問に答えていたのは、鈴村の方が多かった記憶がある。

「ところで笹森さんからは、木宮さんと鈴村さんは目も合わさないくらい仲が悪かったと聞きましたけど、それも適当な発言ですか」

「それは事実に近いですね。まぁ、一番の揉め事は女性関係でしたけど」

「女性ってなにかあったんですか」

「ラスティングソングの頃だからバンドとしては晩年ですけど、二人が同じ女性を取り合って……その女性、保さんが最初に付き合ったんです」

「鈴村さんはメンバーで唯一、結婚してましたよね」

いつまでだったか記憶が定かではないが、メアリー時代にモデルと結婚していた。

「その頃は離婚してましたけどね。でも独身、既婚とか関係なしに、普通は保さんを選ぶって、みんな思ってましたよ」

「木宮さんの方が人気があったということですか」

「女性人気ならベルさんも負けてなかったですよ。でも私は九一年のセカンドアルバムのレコーディングから手伝いで参加していましたが、売れていくとともにベルさんの生活が荒れ始めて。女癖の酷《ひど》さは結婚しても相変わらずで、中にいる全員が、うんざりしてましたから」

「それで離婚したんですか」

「家では毎日修羅場だったみたいで、顔に絆創膏《ばんそうこう》貼ってくることも珍しくなかったです。なのにベルさんは全然懲りてなくて。離婚する前、酔ったベルさんがスタッフに、うちの嫁と3Pしていいぞ、と言ったんです。言われた一人がジョニーですよ」

「それで、どうしたんですか」

「さすがに軽薄なジョニーもやれなかったんじゃないですか。だってベルさんの見てる前でって、言われたそうですから」

「自分の見てる前で、奥さんとですか?」

「ベルさんって、ミュージシャンとしては尊敬すべき人でね。楽器の管理からすべてに於《お》いて細かくて、レコーディングスタジオは必ず室温二十度、湿度五十パーセント。室温が一度、湿度が一パーセントでも違うと、これじゃ音がパーンと割れてかねえんだよ、と言うほどストイックだったんです。でも……」そこで一呼吸入れた。「私生活は天才にありがちな、ちょっとイカれた人でしたね」

南は人差し指を側頭部に置いて、苦り切った表情をした。

「さっき奥さんと他の男性をやらせようとした件、南さんは酔ってと言いましたが、ドラッグで意識が朦朧《もうろう》としてたのではないですか」伴が指摘すると、南の顔色が変わった。

「その質問は勘弁してもらえますか。正直、やってるとは思ってましたけど、現場を見たことはないし、亡くなった人に適当なことは言えません。それにあの時は、私らまで尿検査もさせられましたからね。結局、誰からも検出されなかったんですけど」

鈴村についてはろくな話がなかったが、木宮に話題が変わると南の表情が明るくなった。

「レコーディングを終えて、前のテイクよりすごくよくなってますと言うとニーッと笑ってくれるんです。その笑顔に何度、それまでのしんどさが吹っ飛んだことか」

「褒められたら普通は喜ぶんじゃないですか」渡真利が身も蓋もない言葉を返す。

「お世辞じゃダメなんです。本当によくなった時だけ。でないと保さんも喜んでくれません。だから保さんの満足そうな顔に、こっちも感覚が一致したと嬉《うれ》しくなるんです」

「プロ同士って、感性の一致が一番嬉しいものなんですね」伴が言う。

「スタッフにも優しかったですよ。若いやつが二日酔いで来て、私はまずいと思ったんですけど、保さんが、しんどかったらこれ飲めよと薬をくれて。以来、若いのは二度と深酒をしなくなりました。そういう思いやりがある面と、他のバンドとかと喧嘩になったら真っ先にかかっていくやんちゃな面がほどよくミックスされてて、男としても憧れましたよ」

自分の妻を他の男に抱かせようとしたという鈴村の話を聞いた時、伴はメアリーに夢中になった青春時代を穢《けが》された気がした。だが木宮の話を聞き、その不快さは晴れていった。

「そんな木宮さんでも、鈴村さんの暴走は止められなかったのですか」

「二人は永遠のライバルでしたからね。保さんも自分が注意したら、ベルさんが余計に聞かなくなることが分かっていただろうし」

「逆に木宮さんが臍《へそ》を曲げるとか？」

「保さんは自分のことで精いっぱいという感じで、年中、作詞で悩んでいました。私も何度か、もっと楽な感じでいいんじゃないですかって声をかけましたけど、それだけは聞いてくれなかったです。レコード会社がもっと分かりやすいものって注文をつけるもんだから、余計に暗喩《あんゆ》的な表現にこだわって」

「暗喩的？」

メモしていた渡真利がよく聞き取れなかったのか、聞き返した。

「そのものを書くのではなくてなにかに喩《たと》えるんです。それで人の内面を描こうとする。ファイトバックがそうでした」

南はサードアルバム『スピニングワールド』に収録された曲を挙げた。「保さんにメアリーの曲のどれが好きかと訊かれた時、私はあの曲を出したんですよ」

「人間に虐《いじ》められた子猫が出てきて、抵抗する歌詞でしたよね。でも猫だった主人公が途中から教師に無実の罪を被《かぶ》せられた女子生徒に変わって、最後は友達が応援してくれる。あれは若者の抵抗を歌った曲ですよね」

「刑事さん、メアリーに詳しいんですね。嬉しいな。でも私もあとで聞いて知ったんですけど、あの歌の主人公、保さんの中ではまだ幼児だと言うんですよ」

「子猫だからですか、でも幼児というと……」

思いついたが、違うかと思って黙った。

「虐待ですよ」

想像した答えで合っていた。「だから一番では猫の体が濡《ぬ》れていたのが、二番では猫の心が汚されたとなるんです」

「じゃあ、《仲間たちが立ち上がる》は？」

「あれは立ち上がってほしい、けど大人は誰も味方になってはくれず、見て見ぬ振りをされるという意味じゃないですかね。英語で言うＩＦ ＯＮＬＹです」

「なんでしたっけ、それ？」

伴は分からなかったが、隣から渡真利が、「後ろに過去形の文を伴うことでなになにであればいいのにな、という事実に反する願望を表します」と助け船を出してくれた。

「そうです。だからラストは《当たり前のきょうが　あしたは普通に来るように》で終わりますし」

南は頷きながら言った。虐待だと思えばそのフレーズですべてが完結する。

「木宮さんは幼少時に虐待されてたんですか」

渡真利が訊く。当時も親の虐待はあっただろうが今ほど社会問題にはなっていなかった。

「ないと思いますよ。保さんのお母さんはとてもいい人だと味本さんや辻さんが言ってましたから。でも小さい時にいなくなったお父さんがそうだったのかな。よく分かんないです。そういう個人的な話はしなかったので」

いくらでも話は出てきた。捜査とはあまり関係がなさそうなので、伴は質問を変えた。

「笹森さんが言ってましたけど、亡くなる寸前に新曲ができた話は本当ですか」

「それは事実です。ツブって曲です」

「木宮さんは詞を完成させたんですかね」

「ベルさんが生きてれば翌日のスタジオでやることになってましたから完成したとは思いますけど、見てるとしたらベルさんだけだと思いますよ」

こちらを見る渡真利の視線が気になった。鈴村が完成した詞を却下したことで、木宮が殺《あや》めたという新たな動機が出てきたと言いたいようだが、伴は首を左右に振った。木宮の詞に対するストイックさは聞かされたばかりだ。メンバーにNGを出されれば、当然、木宮は作り直しただろう。

「伴さん、予定があるならここでいいですよ」

担々麺のスープを飲みながら、五時半を示した壁時計を見たのを渡真利に気づかれた。

「すみません。保育園に娘を迎えにいかなくてはならないんです」

大変ねと言って送り出してくれた睦美だが、土日連続出勤に内心、気を害しているのではと伴は気になった。それで「今日は早く帰れそうだから俺がお迎えに行くよ」と調子のいいことを言ってしまった。

「伴さん、お子さんいらっしゃるんですか」

「というより急に四歳の娘ができたんです」

「どういうことですか？」

「女房の連れ子なんです。僕は初婚なので、まだ三カ月目の新米パパです」

結婚相手に連れ子がいるというと大概は、相手は悪いことを聞いたかのようになり、会話がしんみりする。今はシングルマザーという言葉が認知されているのに、古い警察社会では「あいつ、コブツキと結婚したそうだぞ」と女性を愚弄することを言う年配刑事もいる。伴はそういう声は気にしないことにしている。

「だったら早く迎えにいってあげてください」

「渡真利さんを井荻駅まで送りますよ」

「大丈夫です。今は地図アプリがありますから」

渡真利はスマホを顔の横まで持ち上げた。荻窪駅近くの保育園に行くには、今から急いでも六時ぎりぎりになるため助かった。

「実は妻のお腹に五カ月の子供もいるんで、早く上がらせてもらえるのはありがたいです」

「でしたら奥さんの負担を楽にしてあげないといけませんよ。熟年離婚を考える奥さんに、旦那さんに一番腹が立ったのはいつかと訊くと、二人目が生まれた時という答えが一番多いそうですよ」

「そうなんですか」

「小さな子供を抱えて次の子供が生まれた時、旦那が仕事や遊びで手伝ってくれないと、うちの夫は私が一番大変だった時、子育てにまったく協力してくれなかったと一生恨みを忘れないそうです」

「なんか急に現実味を帯びて怖くなりました。すみませんが、ではお言葉に甘えて」

伴は立ち上がって二人分のお代を店員に渡した。背後から渡真利に「出しますよ」と言われたが、伴は「ここはいいです。お先に失礼します」と一人で店を出た。

鈍色《にびいろ》の空　降り出した雨
息苦しい校舎　飛び出した子猫
細い足を捕まえ　責める卑怯《ひきょう》ものたち

体を濡らしたきみは　まなじりを吊り上げて睨んだ
ファイトバック　背後に閃光《せんこう》
ファイトバック　権威への抵抗
無言のきみの反乱に　仲間たちが立ち上がる
当たり前のきょうが　あしたは普通に来るように

保護者カードを首からぶらさげて保育園の玄関に入ると、一人でブロックで遊んでいた蒼空が伴に気づき、顔をくしゃくしゃにして手を振った。保育士に付き添われた蒼空を引き取り、下駄箱から出した靴を履かせると、同じクラスの子を迎えにきた母親に会った。

「蒼空ちゃん、今日はパパがお迎えなんだ」

「うん」蒼空の声が弾んでいる。

「いつもお世話になってます」

伴は頭を下げた。この母親に会うと、入籍前、まだ蒼空と一緒に住んでいなかった時の出来事を思い出す。

その日、伴は一人で蒼空を連れて公園に行った。途中で蒼空をびっくりさせようと遊具の陰に隠れた。そのタイミングで係長から電話があり、三十秒もしないで切ったが、遊具の陰から出ると蒼空の姿が見えなくなっていた。

誰かに連れ去られたのではないかと頭の中が真っ白になり、付近を必死に捜し、買い物に出かけていた睦美にも電話した。睦美も〈私は公園とは反対方向を捜すから、奏くんは公園の周りを見て回って〉と焦っていた。ところが伴が公園に戻ると、見知らぬ女性の手を引っ張るようにして、蒼空が公園に歩いてきた。

――蒼空ちゃん。

胸を撫で下ろし、伴は蒼空のもとへ走る。

――あっ、奏くん。

蒼空はそう言い、そこで急に泣きだした。女性は呆然《ぼうぜん》としていた。それで伴は、自分は蒼空の母親と交際していて、まもなく入籍する予定だと説明した。

――そうだったんですね。蒼空ちゃん、一人で公園から出てきて「カナデくんが迷子になった」と言ったんです。私、てっきりカナデくんというお友達がいなくなったと思ったんですけど、お父さんのことだったんですね。

――すみません。まだ私は父親になれるレベルに達してなくて。

――なんだか、ほほえましいわ。

あの時ほど焦ったこともないが、あとになれば驚きの方が強い。伴がいなくなったことに、蒼空が泣いている姿を思い浮かべた。実際の蒼空は、この町に不慣れな伴の方が迷子になったと心配し、偶然会った同じ保育園の子の母親と一緒に捜してくれようとしたのだ。さすがに伴の顔を見て泣きべそをかいたが、四歳の女児がここまで考えるとは思いもしなかった。

そうした発見は毎日のようにある。赤ん坊の頃から接している実親なら肌感覚で伝わるであろうことが、急に父親になった伴には分からず、その都度驚いて感心する。戸籍上、彼女は「伴蒼空」になった。だが伴が彼女の本当の父親になるにはまだまだ時間がかかる。

頭の中でまた『ファイトバック』がかかった。あれが幼児虐待の歌だったとは考えたこともなかった。独身の頃なら気づかなくても仕方がないにしても、父親になった今なら、真意を感じ取らなくてはいけなかった。伴は継父になった時、どんなことがあっても子供に手を上げないと心に誓った。そんなことをすれば実父にされるより蒼空は傷つく。ファイトバックではないが、明日を望むのではなく、今の幸せが毎日普通に続いていくようにしたい。

蒼空と手を繋いで保育園から戻ると睦美も帰宅していた。朝、「たまには女子会でもして羽を伸ばしてきたら」と伝えたのだが、伴に蒼空の世話を任せるのが心配で帰ってきたのだろう。

「待機番って言ってたけど、仕事が入ったんでしょ。明日は私が迎えにいくからいいわよ」

土日連続出勤したのだから、仕事が入ったのは見え見えだ。とはいえ前夫は家庭を顧みず、それが原因で夫婦仲に亀裂が生じたと聞いた。殺人犯係は捜査本部が立てば泊まりになる。渡真利には申し訳ないが、木宮の犯行を疑う事件の核心に近づくまでは、早めに帰らせてもらうことにした。

2

《ベルのファズがかかったギターが鳴ると観客席の歓声が一気に膨らんだ。強い目力の保が、スタンドマイクに唇をつけて歌いだす。ライブハウス全体は完全に彼らのゾーンに陥っていた。

メアリーは着々とライブの動員数を増やし、チケットの販売数は安定して百枚を超えるようになった。出入り口付近で見ていた私は、開いたノートに彼らの演奏シーンを細かくメモ書きした。外は雪が降るほど寒いのに、熱気で汗がノートに滴《したた》り落ち、紙の表面は波を打っていた。

一九八五年二月、メアリーの四人と知り合い九カ月が過ぎ、私の生活も大きく変わった。実は証券会社をすでにやめていてこれからは音楽の仕事をすると伝えると、父親に家を追い出された。安アパートを探し、定食屋でアルバイトを始めた。

普通のサラリーマン家庭で、音楽の専門学校に通っていた味本和弥、辻定彦、そして専門学校を中退した母子家庭の木宮保の三人もバイトをしていたため、バンドの練習はいつも深夜だった。鈴村竜之介だけは学校にも行かず、たまに割のいいバイトをするくらいで昼間も自由だった。他の三人同様に言葉遣いは乱暴だが、所作の随所に育ちのよさを感じた。

ベルがインターナショナルスクールの仲間五人と組んでいたバンドは、横浜では相当名が知られていたようだ。一方、保は公立高校の同級生である味本とサダ坊と、スリーピースバンド『スピルバーグ』を結成した。その二つがたまたまライブで共演した。ファンはベルのバンドの方が圧倒的に多かったが、その日のうちにベルは自分のバンドを解散し、保たちに声をかけた。その誘い文句がベルらしい。

「ベルは、俺のバンドに入れと言ってきたんだ。だけどベルは一人だったんだぜ。スピルバーグに入れてくれと頼むのが筋じゃねえか」

その話をする時、保はいつも呆れていたが、ベルはもっと呆れていた。

「保は、テストしてやるから来いと言ったんだぞ。どこのライブ会場かと思ったら、それが高校生が練習するようなスタジオでよ。ハマ中のバンドが欲しがる鈴村竜之介様をテストしてやるって言うだけでも厚かましいのに、そんなスタジオに呼ぶとはよ。本当に保って頭がおかしいだろ、なぁ治郎」

そう振られたら、二人の顔を立てて私は愛想笑いだけを浮かべておく。

「それがなんだよ。いくらテクニックがあったって、俺たちにとって必要なギタリストじゃなきゃ意味はねえ。治郎もそう思わないか」

味本とサダ坊は四つ上の私を「治郎さん」と呼んだが、保は「ベルが治郎と呼ぶなら俺も治郎だ。俺はベルと呼んでるんだから」と訳の分からない理屈で私を呼び捨てにした。

当時、メジャーデビューするには「ポプコン」「イーストウエスト」といったイベントで優勝するのが近道だった。保は力を試したがっていたが、ベルは反対した。

「なんで出ねえんだよ、ベル」

「出たって俺たちのサウンドを理解してくれるか分からねえだろ」

「ポプコンからもイーストからも大物ミュージシャンが出てるじゃないか」

「そういう問題じゃねえんだよ。コンテストみてえなもんに、俺は無駄な労力を使いたくねえだけだ」

私は鈴村竜之介という男は、でかい口を叩く割には怠け者で、負けることを恐れているのかと思った。だが次第に、この男は本気で自分たちの実力を信じているのだと考えが変わった。怠け者という評価はまるで見当違いだった。

ベルは練習までの空いている時間を利用して、毎週のように新曲を作ってきた。まずリズムマシンを鳴らして、カセットデッキに向かってギターを弾いて録音する。次にもう一台のデッキでそのテープを流しながら、ベースを弾いて音を重ねる。このやり方でギターソロ、歌まで多重録音して曲を完成させ、それをメンバーに聴かせた。

「C、$A^{\flat}$、$B^{\flat}$、Gで循環させるのか？　なんだか妙なコード進行だな」

新曲を聴きながら、保が疑問を呈すると、ベルは「頭で三度転調させたと見せかけて、しれっと元のキーに戻る。王道のテクニックだぜ」としたり顔をして、皆を納得させる。

「今度はCからE_7、F、Fmで循環なの？　ここはG_7じゃないの？」

味本がフレットに指を置く仕草で首を傾げると、「G_7なんて使わなくても循環できる。しかもノンダイアトニックが半分だ。この浮遊感がロックなんだよ」とギターで模範を示しながら述べる。

「ベルさんの言ってること難しくて全然分かんねえよ」

味本とサダ坊はすぐに音を上げたが、そういう時は保が「ベルの頭に浮かんだ曲がどっかからコードを連れてくんだろう。きっとこれは名曲になる」とベルの味方になった。

のちにヒットメーカーになったメアリーについて、音楽関係者の間では、ベルのギターが目立つのはバッキングギターの的確さやフレーズ作りにあるからだと、味本のセンスを評価する声があった。味本が裏で支えているからこそ、ベルがリフやソロを自由に弾けるのだと。

だが味本には申し訳ないが、そう評価されるのは、ベルがギター二本のアレンジの細部まで考えて曲を作っていたからだ。味本は指示通りに弾いていたに過ぎない。

ベルの手作りのデモテープを全員で繰り返し聴き、演奏する。ベルは聴き手にインパクトを与えるように、時にわざと音をぶつけて不協和音を作るので、耳で拾うだけでも大変だった。

ところがせっかく音階を正確に理解できても、途中でドラムのサダ坊のリズムが狂ったり、味本がコードを間違えると、ベルはなにも言わずにギターを止めた。

ベルは理由を一切説明せず、「頭から」と指示する。間違えた者は仲間に申し訳ないという気持ちだけが残る。ベルが音楽に人生を賭けているのは全員が承知していたが、性格は陰湿で、そのたびに誰かが傷ついた。

練習後は毎回、深夜営業のファミレスに寄った。そこでもベルの説教タイムが始まる。

「今日の曲でCから始まってBsus4、B7、Bm7、Em7の部分があったろ。コードというのは二つ目が勝負だ。聴いてる連中を二つ目のコードでどこに連れていけるかなんだよ。味本はダラダラ流さないで、もっとそれを意識して弾けよ」

三人は黙って聞くしかない。ベルからは外タレミュージシャンの名前が頻繁に出た。

「サダ坊、俺がこの前言ったＴＯＴＯのレコード、すり減るほど聴いたか？　ジェフ・ポーカロはあんな退屈なタム回しはしねえぞ」

「味本、俺が作ったリフになにかアレンジを加えてやろうって欲はおまえにはねえのかよ。オールマン・ブラザーズ・バンドやキース・リチャーズを聴け。必ず発見があるから」

食事が終わると、ベルはライブハウスのバイト代で買ったという中古のフェアレディZで東急東横線の日吉駅近くの自宅に帰る。相鉄沿線のためベルと方向が違う私と保とサダ坊は、親のミラージュを借りてきた味本が送ってくれた。満腹なのにもう一軒、ファミレスに寄るのが常だった。

「巧いミュージシャンのレコードを聴けというのは分かるよ。だけど俺たちはベルさんほど金持ってねえんだよ」サダ坊が愚痴りながらデザートをやけ食いする。

「あの人、性格が歪んでるよ」味本も文句を垂れた。

だが二人が不満を吐き出した頃合いを見計らって、保が「ベルは寂しがり屋だからな。俺たちが難しい指示にもついてくるのが嬉しくてしょうがねえんだよ」と擁護する。

「そんなことねえよ、保。あの人、日頃の鬱憤を俺たちにぶつけてるだけだ。あんなのいじめだよ」

「違うよ、味本。あいつは今まで本当の仲間がいなかったんだよ。俺たちを仲間だと思ってくれてるからこそ、絶対にプロになって売れてやる、そう思って、厳しく言ってくれてるのさ」

ベルを庇《かば》う保も、一度烈火のごとく怒ったことがあった。それはベルが「保、もっと魂を込めろ。おまえの歌はそんなもんじゃねえだろ」と叱り、「保は男のボーカリストばかり聴いてんだろ。もっと女のボーカルも聴け。そしたらボーカルの幅が広がる」と言った時だった。

「おまえに言われなくても聴いてるわ」保は即座に反論した。

「嘘つけ。この前、ジャニス・ジョプリンの名前も知らなかったじゃねえか」

「知らなかったからって、それがなんなんだよ」

いきり立った保がベルに詰め寄る。慌てて味本とサダ坊が止めたが、一歩遅れればスタジオ内で殴り合いの喧嘩が起きていただろう。

次第に保は、ベルが作った新曲の歌詞にケチをつけるようになった。《静かな夜ふけ　眠った町に向かって俺は叫び声を上げた》とあると、保は「夜は静かなもんだろ。町だって眠るさ」と言い、《音の消えた大都会　躙《にじ》り寄る恐怖に俺は魂に火を灯《とも》す》と勝手に歌詞を変えてしまうのだ。演奏中に変更するたびに、ベルは保を睨んだ。

ベルが以前のバンドで演奏していた中に、容姿のことで男子にからかわれる女子が戦いの狼煙《のろし》をあげる『ロンリーアンリ』という曲があった。その中の《顔をあげろ　勇気を持ってさぁあいつらを打ちのめそうぜ》の部分を、保は「ベルの歌詞はなんか部活のセン公みてぇで偉そうなんだよな」と指摘した。

「どこが部活のセン公なんだよ。だったら《さぁ顔をあげろ　おまえたち全員罰走百周だ》にしてるさ」

嘲笑するベルに、保は真顔で言い返した。

「《俺を見てと声がした　顔を上げると　きみがほほえんでたんだ》くらいがシンプルでいいよ。元気になれって、他人から命令されたくないだろ。自分が好意を持っている人が味方になってくれたと気づいた方が、自信が持てるし、なにも悪口を言ってくるやつらを打ちのめす必要なんてないんだから」

保の歌詞はいつも外から強制的に励ますのではなく、主人公の内面を守《も》り立てた。

「ちぇ。保の方がいい歌詞なのは認めるけど、保って高二まで童貞だったんだよな。よく中一から女を知ってる俺に女の気持ちで説教垂れられるよな」さすがのベルも降参した。

「ベルさん、これまで避妊したことないってマジ？」味本が興味深そうな顔で訊いた。

「ないよ。だけど俺が中坊の頃、家庭教師の女子大生とやって、終わってから危ない日だって言われてよ。コーラ持ってきてって言うから、冷蔵庫から急いで出して、それで女が風呂場に行って洗ってたことがあったたな」

「ベル、おまえ、そんな大昔の嘘伝説、信じてたのかよ」保が本当に嫌そうに、顔をしかめる。

「でも妊娠しなかったんだからいいだろ」

話は横道に逸《そ》れたが、以後ベルが作るデモテープから歌詞が消え、詞は保の担当になった。


八五年の夏になると大きなハコでのライブやプロアマが交じるイベントからの誘いが増えた。女性ファンが増え、「保〜」「ベル〜」と黄色い声援が止まない。言葉に力を感じさせる歌声の保も、腰を揺らしてギターを掻き鳴らすベルも、味本もサダ坊も絶好調だった。ライブが終わると、私は自信作三曲を録音したカセットテープを売った。スタジオで一発録りしたものをテープにダビングしただけだから音質は粗かったが、あっという間に完売した。

プロのレコードより売れることもあるから嫉妬も出た。ライブ後の楽屋でプロのバンドが「おまえら調子乗ってんじゃねえぞ」と挑発してくる。保は「先輩、さ〜せん」と運動部の挨拶のように頭を下げて謝るのだが、背後でベルが苦笑した。

「おい、なんだ、そのスッ惚けた笑いは」

相手の一人が前に出てきてベルのブラックスーツの襟元を摑んだ。

「プロなのに俺たちより人気ないんじゃ可哀想《かわいそう》だなと思っただけだよ」

ベルも喧嘩を買った。

「おまえ、ふざけんな、この野郎」

相手四人が向かってくると、それまで謙虚だった保の顔色が変わり、ベルと一緒になってかかっていき、他の二人も加勢する。保とサダ坊は腕っ節が強くて喧嘩慣れしていた。体が細いベルと味本は、急所を蹴ったり髪を引っ張ったりするから、相手も退散するしかなかった。

そのハコからは出禁を言い渡されたが、四人は「俺らはステージでも楽屋でもプロに勝った。ざまあみやがれ」と誇らしげで、その夜は朝まで祝杯をあげた。

ベルも保も、人から指示されるのが大嫌いの臍曲がりだった。ライブハウスの店長に「この前の曲みたいのでいいから」などと言われると、ベルは「みたい？」と不快さを露わにしてセットリストを変える。別のライブでは珍しくベルがエレキギターからアコースティックギターに持ち替えると、客から「フォークロックかよ」とヤジが飛んだ。すると保がベルに耳打ちし、五曲目に用意していたノリのいいロックもアコギを使ったバラードに変えた。保の感情がこもった歌に、一部のファンは聴き入っていたが、盛り上がらないステージに、そのライブハウスからは二度と呼ばれなくなった。

私はこうしたことも細々とノートに書き留めた。

「治郎、おまえ、俺たちのことずっとメモしてるけど、どうするんだよ」

ある時、ベルに指摘された。いつか彼らの本を出したいと思っていたが、そう話すのが照れくさくて「あとでなにかに使えるかもしれないだろ?」と私ははぐらかした。

「治郎、おまえ、俺たちの本を書けよ」

私の待ち望んでいた言葉が保の口から出た。

「それがいい。メアリーはいずれトップに立つからな。そしたらベストセラーになって、治郎も有名音楽ライターの仲間入りだ」

ベルも歓迎してくれ、「いろんなバンドの自伝やルポがあるけど、デビュー前からそばにいたライターが書いたものなんて読んだことねえし」と続けた。

その通りだ。こんなチャンスに巡り合えることは奇跡でしかない。私は彼らに密着しながら、日々その思いを強くしていた。

「書けたらおまえらにちゃんと見せるから」

それが当然だと思って言ったが、保からもベルからも「要らねえよ」と断られた。

「治郎が見たメアリーを書くんだろ？　だったらそれはおまえの作品じゃねえか」

ベルが言った作品というフレーズに体が痺れた。

「みんなが書いてほしくないことが出てくるかもしれないぞ」

「それがなんだよ。俺たちが気に入らねえことでもそれは事実なんだろ？　事実を書くのが本物のノンフィクションじゃねえか」保も似た意見だった。

それからというもの、以前にも増して細かくメモを取るようにした。今すぐにでも原稿用紙に書き始めたかったが、まだ早いと気持ちを抑えた。彼らの物語はどこまで続くのか分からないのだ。まだ私には彼らについて知らないことがたくさんあり、新鮮な発見は毎日のようにある。執筆はそれらすべてが溢《あふ》れ出てからでいい。


十二月になり、伊勢佐木町のライブハウスの楽屋にリーゼントの男が肩をそびやかして入ってきた。それまでもいろいろなライブ会場でよく見かけた男で、ガタイがよく、毎回色の違うダブルのスーツを着て目立っていた。メンバーは陰で「トラボルタ」とあだ名をつけていた。

「ねえ、あんたたち、うちでマネージメントをやらしてくれない？　あんたたちなら必ず売れるわ」

強靭《きょうじん》そうな外見に反して、トラボルタはオネエ口調で名刺を配った。《ロンカバード代表取締役社長　池之内《いけのうち》貴志《たかし》》と書いてあった。全員がその名刺から目を離せないでいた。ついに音楽事務所からオファーが来たのだ。コンテストに出ることもなく、結成一年半で。

事務所がつけば、スタジオ代やギターの弦などの消耗品も面倒を見てもらえ、大手レコード会社と交渉して、メジャーデビューへの道も開ける。サダ坊と味本は喜んだが、ベルと保はそんな単純ではなかった。

「ギャラの配分は何対何だよ？」

「レコード会社を選ぶ時は俺たちにも相談してくれよ。絶対に勝手に決めんなよ」

彼らより体が大きな、十歳は年上であろう社長は苦い顔をしたが、最後は「分かったわよ、その条件でいいわよ」と了承した。》

3

伴と渡真利は、新幹線三島駅から伊豆箱根鉄道駿豆《すんず》線に乗り換え、一駅行った三島広小路駅で下車した。

「まだ時間がありますから、お昼を食べていきましょう」

そう言って事前に調べてきた鰻屋《うなぎや》に向かう。静岡で鰻と言えば浜松が有名だが、この三島にも名店が軒を連ねていることを、出発直前にネットで調べるまで伴は知らなかった。

目当ての店はすぐに見つかり、幸いにも開店直前に着いたことで並ばずに入れた。出てきた鰻重《うなじゅう》は、関東風の背開きで、一度蒸して身をふっくらさせてから焼いていた。

店員に訊くと、三島が鰻で有名になったのは、昔、三嶋大社の池に鰻がいて、神の使いとされていたとの言い伝えがあること、また市内には富士山からの湧き水を源泉とする清流がいくつも流れていて、多くの店がそのきれいな水で鰻を泳がせることで泥臭さを消しているかららしい。実際、駅から歩いてくる途中には小川があり、旅行客らしいカップルが手を浸して、冷たいとはしゃいでいた。

「伴さんってなんでも熱心ですよね。初めて入った店で、店員さんになかなか訊けませんよ」

渡真利が肉厚でほくほくした鰻を口に入れながらそう呟いた。

「熱心なのではなく、僕は単に知りたいだけなんですよ。別に知ったからといって人に蘊蓄《うんちく》を披露したいわけではないんですが」

「伴さんが知識をひけらかすような人でないのは分かってますよ。それに伴さんの豊富な知識のおかげでずいぶん助かってますし」

残り少なくなったことで、渡真利は重箱を持ち上げて掻き込んだ。渡真利は箸の使い方が下手で、食事をするたびに気になる。これなら娘の蒼空の方がよっぽど上手だ。ただ頭脳明晰で仕事熱心で、刑事としてだけでなく人間性も完璧な男だけに、それくらいの欠点があった方が可愛げがあっていい。

渡真利からは助かっていると言われたが、それはいわゆるオタク気質のことなので少々照れくさい。それでもこの日は凝り性の自分の好奇心が大いにそそられる一日になりそうだ。

静岡県三島市に来たのは、木宮保のベースを持っているギター収集家がいるという情報を、渡真利がインスタグラムで発見したからだ。

——渡真利さん、これはすごいネタですよ。木宮のベースが他人の手に渡るなんて考えられないことですから。

——どうしてですか、伴さん。ミュージシャンなら楽器なんていくらでも持ってるでしょ。

——普通はそうです。でもメアリーのファンなら木宮のベースに特別な価値があることは知っています。

そう言ってからその理由を説明した。

——例えば、鈴村はたくさんのギターを使い分けていました。僕が観にいった横浜公演でも、フェンダーのストラトキャスターからテレキャスター、レスポール、アコースティック、十二弦ギターまで用意していました。でも木宮のベースは一本でした。

——弦が切れたりしたらどうするんですか。ベースの弦は切れないんですか？

——そういう時のために一応サブを用意していたはずですけど、実際に弾いたのは一本だけです。僕はメアリーのライブビデオを持ってますが、そこでも木宮のベースは薄いイエローベージュのリッケンバッカー４００１。このベースは木宮保がメアリーを結成した十八歳の時に買ったものなんです。とても十八歳の若者が買えるものではない名器ですが、ローンを組んだり工面したんでしょうね。ちなみにそのベースはポール・マッカートニーやディープパープルのロジャー・グローバー、イエスのクリス・スクワイアなどが使ってます。

口に出してから、また知識をひけらかしてしまったと反省する。

――すみません、専門的な名前を出して。

――いえ、ポール・マッカートニーはもちろん知ってますし、ディープインパクトも聞いたことがあります。

ディープインパクトはバンドではなく馬ですよ。笑いそうになったが、話を合わせてくれた渡真利に配慮して、そこは聞き流した。

ただ、譲渡はありえないと言いながらも、頭の中で勝手に謎解きを始めていた。木宮はソロデビュー後、アコースティックギターを弾いて、メアリー時代とは曲調が異なるバラードやミドルテンポの曲を歌っている。鈴村が死んだことで解散必至となり、その時点でアコギ一本でやると決めた？　いや、仮にそうだとしてもデビュー以前から使っていた思い入れの強いベースを手放すだろうか。

昼食後に着いたリフォーム会社の社長宅は、五、六百坪はありそうな大豪邸だった。事前の電話で「事件の容疑者がＳＮＳでベースを見たことをアリバイにしているので見せてほしい」と苦しまぎれの説明をした。社長は「それならＢＳ番組じゃないですか。この前、自宅拝見という番組に出たので」と了承してくれた。地下がオーディオルームになっていて、さらに一定の湿度が保たれた特別な部屋があり、陳列棚のガラス戸越しに百本近いギターが飾られていた。限定モデル、有名ミュージシャンのサイン入り、実際使用した楽器まであり、まるで博物館のようだった。

「あのベースですね」伴はイエローベージュのリッケンバッカーを発見した。

「はい。私のコレクションの中でもトップ３に入ります。なにせ六百万も出しましたから」

往年のロックバンド、ＺＺトップを思い出すような山羊鬚《やぎひげ》を伸ばした社長が、ガラス戸を開け、棚の中から取り出した。木宮がソロデビューした翌年に購入したそうだ。ビンテージの価格はピンキリだが、一流アーティストが使っていた唯一無二の楽器だとすれば六百万円は安い。

「これ、サインもない普通のベースですよね。失礼ですが、購入された時に、木宮さんが使用していたものだという証明書はあったのですか？　専門家に鑑定を受けたとか？」

渡真利が言葉を選んで疑問を発した。

「鑑定なんて必要ないですよ」伴が答えたが、社長が言いたそうだったので譲ることにした。

「刑事さん、このピックガードを見てください。傷が激しいでしょ」

社長が白のピックガードを指さす。プラスチック同士が擦《こす》れ合った細かい傷なので一見しただけでは激しいとまでは分からないが、ベースを斜めに向け、天井のダウンライトを当てると、無数の細かい擦り傷が浮かんだ。

「この傷がなにか？」

「ベースは八〇年代くらいから指で弾くことが多くなったんです。チョッパーって言葉、刑事さんは聞いたことがありますか？」

そう言って社長は親指で弦を弾いたあと、人差し指と中指で短いフレーズを弾いた。コレクションするだけでなく演奏も巧そうだ。

「ベースってそうやって弾くんですよね」

渡真利には指弾きの方が自然のようだ。伴のバンドのベーシストも指弾きだった。

「でも木宮さんはずっとピックで弾いてたんです。だからピックガードに傷がつくんです。彼は十八歳のメアリー結成から解散する三十六歳まで、このリッケンバッカーをすべてピックで弾いてました」

「つまりこの細かい傷が、その証明だということですね」渡真利が尋ねる。

「はい。それにこの部分を見てください」ボディーの上側、ピックアップマイクの上を指す。

「この部分だけ色褪せが激しいですね。どうしてこんなになるんですか」

「ピック弾きのベーシストだと、このあたりまでピックが当たり、使い込んでいくうちに塗装が剝がれてしまうんですよ。こうやって弾きますからね」

社長はベースのストラップを肩にかけ、ポケットからピックを出して激しく演奏する振りをする。変色した部分までピックの先が上下した。

「メアリー中期のライブのレーザーディスクがあるのですが、特典映像に、楽屋に置いてあったこのベースがアップで写っています。塗装の剝がれ方はこれとまったく同じでしたから、間違いなく木宮さんのベースですよ」

「木宮さんはこのベースを何度もリペアして大事に使っていたんでしょうね」伴が口添えすると社長は嬉しそうに顎鬚を触った。「それにしてもこんな貴重なものがよく手に入りましたね」

「お金に苦労したんじゃないですか。木宮さんはソロになってしばらく売れなかったでしょ。売れたのが三年前だから、何年くらいかかりました?」社長が上目で指を折り始める。

「ソロになったのが二〇〇四年で、ブレイクしたのが三年前の二〇一八年ですから、十四年間は低迷してます」伴が答えた。

「金に困り、それで手放さざるをえなかったと、これを売ってくれた人は言ってましたよ」

社長はネックに指を滑らせた。ネックの裏側も色が褪せ、エイジングを感じる。

「木宮さんはソロになってからベースは使ってないので、背に腹は代えられなかったのかもしれませんね」

このベースが事件に関わっている可能性があるなどと余計なことを口走り、コレクターの喜びを壊したら可哀想だと、伴は話を合わせた。

「私もまさか名ベーシストの木宮さんがアコギをやるとは思わなかったですよ。メアリーというと鈴村さんのギターと木宮さんの歌と言われますが、木宮さんのベースも見事でしたからね。彼はギターソロの最中でも細かいフレーズを弾いて、まるで鈴村さんを挑発するみたいで、カッコよかったですな」

社長は木宮のベースの腕前も熟知していた。木宮のベースにはピック弾きならではの疾走感があり、それが曲調や声とよくマッチしていた。木宮は歌わない間奏や後奏になると、複雑で印象的なベースラインを弾いた。裏方であるベースは、普通はギターの邪魔になるようなことはしないが、メアリーは違った。ギターとベースが対立することで独特の世界観を作った。それを可能にしたのは彼らに技術があり、高いレベルで互いの音をぶつけ合っていたからだ。

社長はベースをチューニングし、ピックを持った。

「出会った時の感動なんて薄っぺら　あの時は好きだという感情しかなかったのだから～」

メアリーの名曲『ラスティングソング』の出だしを歌った。

「今の歌、木宮保っぽく聞こえましたよ」

「お恥ずかしい。急にカラオケのオハコを刑事さんたちに披露したくなりまして。でもオハコにするまで十年くらいかかりましたけど」

メアリーの歌は変調するわ、歌詞は字余りが多いわで、素人《しろうと》ではなかなかうまく歌いこなせない。

「好きなミュージシャンの楽器を持てるなんて夢のようですね。僕もメアリーは大好きだったから余計に羨ましく思います。さすがに六百万は出せませんが」

「今なら木宮さんはお金をたくさん持ってるでしょうから、倍の値段でも買えなかったでしょうね。最初に買い取った人は、もう少し安かったと聞いてますが」

「最初って、社長は比嘉というホテルマンから買い取ったのではないのですか」

「ホテルマンが木宮さんから譲ってもらったものだとは私も聞いています。でも私が買ったのはそのホテルマンからではありません」

「仲介者がいるってことですか」

「はい。その人がホテルマンから買い取ったと言ってましたから。たぶん四百八十万くらいでしょうね。その人からは他にも楽器を買ってますけど、毎回二割はマージンを取りますから」

三島駅に戻り、新幹線のこだま号に乗車して新横浜で下車する。ＪＲで石川町まで行き、ネットで調べた住所を探した。リフォーム会社の社長が言うには、ベースを仲介した相手は芸能事務所の社長だそうだ。事務所のホームページを開いたところで所属アーティストの名前もなかったが、社長の顔写真は載っていた。鷲鼻《わしばな》で髪をリーゼントで決めていた。

「ここですね」

渡真利が指さす。元町のメインストリートから一つ入った雑居ビルに「ロンカバード　3F」と看板が出ていた。エントランスから花柄のシャツに七分丈のパンツ、脇にクラッチバッグを持った初老の大柄な男が出てきた。

「あの人じゃないですか」

渡真利が声を出すと初老の男が振り向いた。ホームページのリーゼントとは異なり、髪を下ろし、頭の天辺《てっぺん》は薄いが、鼻の形は同じだった。男は咄嗟《とっさ》にバッグを両手で抱え、血相を変えて逃げだす。

「ちょっと待ってください。どうして逃げるんですか。池之内さん」

伴が追いかけると、渡真利が追い抜いていき、すぐに池之内の横に並んだ。伴も追いつき、渡真利の反対側から池之内の体を押さえた。

4

《私の中で初期のメアリーの映像は白黒映画のようである。それは遠い記憶であることより、彼らが黒い衣装を着るのが多かったことに起因しているように思う。相変わらず目が隠れるほど前髪を伸ばしていた鈴村竜之介、長髪を逆立てていた味本和弥の二人は、黒の細身のスーツに、中は黒か柄物のシャツだった。髪に櫛《くし》を入れたことがないのではないかと思うほど外見に無頓着な木宮保は、Tシャツの上にサテンジャンパー――一番気に入っていたのは色褪せたブルーのフライトジャケットだったが――で、下はほぼジーンズ。短髪の辻定彦もダーク系のタンクトップかTシャツの袖を肩までまくり、太い二の腕を強調して演奏していた。当時は小さなライブハウスが多く、スポットライトが弱くて薄暗かったこともモノクロームの記憶に影響を与えているのかもしれない。そしてスタジオが必ず煙っていたことも。

保は歌い終わるとベースを置き、胡座を掻いて紫煙をくゆらせた。

ベルは椅子に座って足を組んで吸うことが多かった。

あとの二人もチェーンスモーカーだった。

だが映像はモノクロでも、私の中の彼らはつねに輝きを放っていた。

ロンカバードという横浜の事務所に所属した一九八六年以降、メアリーのライブは増え、毎週末には東京か横浜、北関東や静岡まで足を延ばした。メンバー四人だけでなく、私にもマネージャーとして十五万円ほどの月給が支払われるようになり、私はアルバイトをやめた。

池之内は練習スタジオに毎回顔を出すほど熱心だった。しかし彼が約束した大手レコード会社との交渉はなかなか捗《はかど》らない。レコードは出せても、新星堂やディスクユニオンの隅のインディーズコーナーにひっそりと置かれるだけで、大々的に宣伝されることもなかった。

それでも当時の彼らはプロとしてステージに立てることを喜んでいた。ハイスペックなスタジオで新曲を演奏し、そのたびに池之内が「ベルちゃん、バラスーシー、保ちゃんもメロ先《せん》でこんな歌詞を作るなんて素敵よ」と業界用語で褒める。みんながハッピーだった。

それが半年ほどして、ベルから突然、ファミレスに集合がかかった。

「あのカマオヤジ、俺たちのことを売りやがったぞ」

「売ったってどういうことだよ、ベルさん」

カツ定食を食っていた味本が、口から飯粒を飛ばす。

「きみたち明日からジグソー所属ね、といきなり言われたんだよ。これまでよりもっといいスタジオで練習もできるし、これでメジャーデビューもできるわよん、だとさ」

「ベルさん、それっていいことじゃないの」

口の周りをジャンバラヤのトマトソースで汚しながらサダ坊が聞き返す。

「だけど俺たちを売った値段、いくらだと思う？」

「いくらなんだよ」

全員が前のめりになった。

「三百万だとよ」

「たった？」

味本とサダ坊が脱力した。だがベルの隣に座る保は急に高笑いを始めた。

「それがなんだよ。損したのはあのカマオヤジだぜ。俺たちに払ったこれまでの給料だけでも三百万は超えてるだろ」

「あいつだってライブの出演料やグッズでたんまり儲《もう》けてるぞ。だいたい三百万しか出さなかったってことは、ジグソーも俺たちにそれほど価値はないと見てんだよ」

ベルの言う通りで、ライブなどで共演した中には、一千万を超える移籍金で大手プロダクションに移っていくバンドもあった。

「ベル、それがなんだってんだよ。あとで後悔させりゃいいだけの話だろ。俺たちはこれからビッグになってテッペンを獲《と》んだから」
「保の言う通りだな。しゃあねえからテッペン獲って悔しがらせるか。あんたたち、なんてこ
としてくれるのよん、って」
鼻に指を当てたベルの口真似に全員が爆笑した。
その話はライブハウスの店長などにも伝えたが、皆口を揃えて「それはよかったよ」と言っ
た。聞くと、池之内は薬物での前科があり、裏社会とも繫がっているという噂から、大手レコ
ード会社はメアリーとの契約に二の足を踏んでいたというのだ。池之内も本当はもっと高く売
りたかったはずだが、足下を見られたのだろう。
「一度、あの社長に銭湯に連れてってもらったんだ。背中に入れ墨が入っててびびったよ」
風呂なしアパートで一人暮らしをしているサダ坊が言った。
「おまえ、よくついていったな。触られたりしなかったのか？」
「背中洗ってくれたけど、ケツまで洗ってくるんだよ。逃げようとしたら、味本ちゃんは洗わ
せてくれたわよんと言われた」
「味本、そうなのか？」
全員の視線が味本に移った。
「サウナに誘われたから行ったよ。だけど俺はサダ坊みたいにケツは触らせてねえよ」
「おまえらいったいどこまでお人好《よ》しなんだ。というよりバカだ」
保がからかう。ベルも「そういう時の池之内は勃起してんのか」と好奇心に満ちた顔になっ
ていた。

「知らねえよ。見ねえようにしたし」と味本。

「俺には、味本ちゃんはもっと先まで応じてくれたわよん、と言ってたぞ」

「サダ坊、おまえ自分が掘られたからって、デタラメ言うな」

しばらく二人は言い合っていたが、ジグソーに売られてよかったということで、話は落ち着いた。

「今度こそメジャー契約できるな」

大手プロであるジグソーには、ニューミュージックからアイドル、演歌まで多くのアーティストが所属している。

「だけど、保。ジグソーだろうが、レコード会社は俺たちで決めるぞ。ワーナー、CBS、EMI、そういう世界的なレーベルだ」

「さすがに海外のレコード会社は無理だろうけど、海外進出まで考えているなら東芝EMIとかRCAビクターとか、海外のレーベルと提携しているレコード会社がいいんじゃないか」

私が口を挿んだ。提携しているからといって、本家でレコードを出せるわけではないが、当時のメンバーは語りだしたら止まらないほど、いくらでも夢が溢れ出てきた。

数日後にはジグソーに挨拶に行き、課長と担当の若い社員から説明を受けた。課長は長身で髪がアフロのような癖毛、部下は小柄、二人とも同じ色のスーツを着ていたので、メンバーは二人に「おぼん・こぼん」とあだ名を付けた。

私は「自分はマネージャー兼ライターで、いずれ彼らの密着ルポを書こうとしています」と話した。上司のおぼんから「あまり勝手なことはしないでくれよな」と忠告された。

しばらくしてレコード会社の選定に入った。メンバーは「俺たちで決める」と息巻いていたが、会社同士の交渉に彼らが介入する余地はなく、バチスタ・ジャパンに決まった。超大手ではなかったが、ロックとニューミュージックに特化した大手のレコード会社だった。

「俺たちらしいレーベルだからよしとすっか」ベルは満足していた。

「ああ、バチスタといえばメアリーと言われるようになろうぜ」保も興奮していた。

練習用にリハーサルスタジオが用意され、三カ月後には大物ミュージシャンが使うレコーディングスタジオを予約したと言われた。

だが、そこからなかなかレコーディングに入れない。バチスタの社員や彼らが用意したプロデューサーが求める曲と、メンバーが収録したい曲が一致しないのだ。ベルや保がやりたいのは王道のロックだが、「そういうのは古い」と却下される。会社はシンセサイザーやパーカッション、管弦楽器まで入れ、聞こえのいいアレンジを加えようとした。

「そんな演奏してもすぐ飽きられますよ」保が不満を露わにする。

「どうしても鍵盤を入れたいなら、それも俺たちでやります」ベルも譲らない。

「きみたちの考えじゃ時代遅れでファンはつかないと言ってんだよ。音楽は時代とともに進化してんだから」

「それがなんなんですか」

保が反発し、ベルも「音楽というのはすべてが派生的に生まれたもので、もう世に出し尽くされています。それを新しいと感じさせるのが俺たちの演奏であり、保の歌なんですよ」と論理的に反論した。

いくら言い返したところで、社員は木で鼻を括《くく》ったように冷笑するだけでまともに聞いてくれない。ベルと保のルックスが良いがゆえに、会社が求めたのはアイドル性の高いロックだ。衣装まで「ボーダーで揃えるのはどう？」「いっそメイクしてみたらどうかな」などと勝手に決め始める始末だった。

それでもメジャーレーベルからデビューできるならと、気が短い保も、プライドの高いベルも我慢していた。保の詞作りが間に合わなくなり「もう時間切れ。こっちで用意した楽曲でやろう」と言われた時にも、切れかかったベルを保が宥《なだ》め、「もう一日待ってください、明日までにいいのを作ってきますから」と頼んだ。バンド名を変えろと言われた時も「一晩考えさせてください」と持ち帰り、翌日「やっぱりメアリーでやらせてください」と四人で頭を下げた。

アルバムどころか、シングル一枚も出せないまま一年以上が経過した。

「あいつら、なにかと言うと、横浜ではそのやり方で通用したかもしれないけどって、それしか言えねえんだもんな」

リハ帰りのファミレスで保の不満が破裂した。

「保が、だったら教えてくださいよ、バンド名とか衣装とか上っ面なものではなくて、と迫ると、あいつら、歯軋《ぎし》りするだけでなにも言えなかったもんな。あの時、俺はスカッとしたよ」と味本も続いた。

「あいつら、俺たちになにをやらせてえんだよ」サダ坊がストローの袋を膨らませる。

「今売れてるバンドの真似事をさせたいだけで、大人に主義も主張もねえ。それで売れなきゃ、キミたちに実力がなかったって言うんだよ」

ベルが口を尖らせ、保も「言うことが全部軽いから、俺は大人は信用できねえんだよ」と吐き捨てた。当時、会話の中に頻繁に「大人」というフレーズが出た。二十歳を過ぎた彼らも充分大人だが、彼らの言う大人とは、口先で都合のいいことばかり言って、自分たちを利用する連中のことだ。

「もう一度、バチスタの社員と話そう」

ベルがそう言って話し合いを申し出ると、向こうから〈大勢では話しにくいので鈴村くんと木宮くんの二人で来てくれ〉と言われた。

「ずいぶん長いな、もう二時間になるぞ」用意された別室で味本が呟く。

「全曲、用意した曲をやれと命じられてんのかな」

サダ坊はそう言ったが、「それは一部ということでケリがついた話じゃんか」と味本が眉を曇らせる。

「今度歯向かったらデビューさせないと言われてるのかもしれないな」私がそう言ったところで扉が勢いよく開き、二人が入ってきた。

「決まったぞ。契約解除だ」

鬼気迫る顔でベルが言い放った。

「解除って、どういうことだよ」

「やめだ、やめ。こんなクソレコード会社、やってられるか」

保が捨て台詞《ぜりふ》を吐いた。

「契約を切られたのか？」

不安そうな顔をしたサダ坊に、保が「俺たちの方から切ったんだよ」と言う。

「レコード会社なんて星の数ほどある、おい行くぞ」

ベルはそう吐き捨てて、部屋を出ていった。

その後、サダ坊たちは何度も理由を訊いたが、二人はどんな話し合いがされたか、けっして明かさなかった。


大手のバチスタ相手に、まだメジャーデビューしていないアーティストが契約を解除した——その噂は瞬《また》くうちに業界内に広がった。当然、ジグソーの課長と担当社員もいい顔をせず、メアリーをぞんざいに扱うようになった。また金に苦心する生活に戻った。

八八年の夏、保の母親が大腸癌《がん》で亡くなった。数年前に潰瘍性大腸炎という難病を発症し、一旦は薬で治まったが、その後再燃と寛解を繰り返していたらしい。あまりの痛みに病院に行った時には大腸癌が進行していて、毎日のように病院に見舞いに通った保の思いむなしく、入院二カ月後に帰らぬ人となった。

五歳の時に父親が女を作って出ていってから、保はスーパーの倉庫で働く母親に育てられた。私は保の母親と何度か会ったことがあったが、力仕事をしているせいか少しふくよかで元気があった。いつも笑顔を絶やさず、帰ってくると「今日の練習はどうだったの？」と真っ先にバンドのことを訊いてくる。

唯一の肉親である母親を失ったことに保は号泣し、通夜でも葬式でも見ていられないほど悲嘆にくれていた。葬儀までは全員で見送ったが、食事もまともにとれないほど憔悴《しょうすい》した保に、ベルから「治郎、しばらく保についていてくれないか」と頼まれ、私だけが残った。

「二十二にもなって、母ちゃんが死んでこんなに泣くなんてみっともねえ男だよな」

公営団地の二階、ささくれだった畳の上に二人で膝を立てて座っていた時に保が呟いた。隣の棟が接近して建つ日当たりの悪い部屋は昼間でも薄暗いのに、保は電灯もつけない。日暮れとともに、体を丸めて膝を抱える保のシルエットだけが浮かんだ。

「おふくろさんが一人で保を育ててくれたんだろ。悲しむのは当然だよ」

「養育費も俺が小五くらいで突然こなくなった。親父《おやじ》がどこにいるのかも俺は知らねえ」

「おふくろさんの形見のギター、あれでよかったのか？」

ナイロン弦のクラシックギターを保は母親に抱かせようとしたが、棺桶《かんおけ》が閉まらないと葬儀社の社員に止められた。保は「うるせえ、ちょっと待て」と叫び、ギターを分解して母親の胸元に並べた。母親は学生の頃からシンガーソングライターを目指してギターを弾き、洋楽が好きで、独身の頃は楽器屋やレコード店でアルバイトをしていたそうだ。

「いいんだよ。その方が母ちゃんのギターがずっと俺の耳に聞こえてくる」

保が子供の頃から、母親は仕事から帰ってきた夜や休日にギターを弾いてくれた。ビートルズ、カーペンターズ、サイモン＆ガーファンクル、キャロル・キングなど、保への誕生日のプレゼントは、母親が保のために新曲を披露し、それを母子で歌うことだったらしい。いつかベルが女性シンガーの曲も聴けと注意した時、保がムキになって喧嘩寸前になった。保は耳にこびりつくほど女性ボーカルの音楽を聴いていた。それは母の歌声だった。

「中一の誕生日に母ちゃんがギターを買ってくれると言ったんだけど、俺はベースがいいと言って中古の安いのを買ってもらったんだ。母ちゃんと一緒に演奏したかったから」

「それでベースになったのか」

ボーカルとして才能のある保がなぜ、歌いづらいベースを選んだのか、その謎が解けた。

「ベルをバンドに入れたのも母ちゃんが絡んでんだよ。俺はあいつが、自分のバンドで浮いてるのを知ってたから反対だった。だけどライブの音源を母ちゃんに聴かせたら、あんた、この人と組みなさいと即答だった」

母親の協力はそれだけではなかった。それまでも保は中一で買った廉価なベースを使っていたが「鈴村くんと一緒なら必ずプロになるから」と楽器屋で働いていた頃の知り合いに頼んで新古品のベースを探してくれた。それがリッケンバッカー4001だ。

「もう高校出て一人前だったし、自分で買うつもりだった。ずいぶん値段を安くしてくれたけど、俺の貯金じゃ足りなくて、ローンを組もうとした。そしたら……」

「おふくろさんが出してくれたのか？」

「ああ」保は頷いた。「母ちゃんが貯《た》めてた金を使ってくれたんだ。俺、専門学校も中退して無駄金使わせちゃったし。金がなかったから、母ちゃんは体がおかしいのに、大丈夫だと言って病院行かなかったんだよ。金があればもっと長生きできたよ」

Tシャツの裾を持って、顔を隠す。哀切の声が団地に響いた。

初七日が終わるまで保は母親の遺骨から離れず、家から一歩も出なかった。その間にライブの予定が一本あった。ベルからは連絡がなかったので、キャンセルしたと思っていた。

「ジグソーとの契約も切ったぞ」

久々に集合した時にベルから言われた。人気ミュージシャンも出るライブだったようで、「おぼん・こぼん」の二人が、保を呼べと命令したらしい。それをベルが「今、保をおふくろさんから離したくない」と拒否した。そのまま売り言葉に買い言葉で事務所を飛び出すことになったというのだ。

「大丈夫なのかよ、事務所まで切って」

「別に個人事務所で問題ねえだろ」

「実績もない個人事務所なんてどこからも相手にされないぞ」

メンバーより私が心配した。個人で成功しているのは、大手で成功後に独立した余程の大物以外、聞いたことがない。

「それがなんだよ。元々自分たちでやってたんだ。元に戻るだけだ」保までが強気だった。

「おまえたちがいいならなにも言わないけど」

「治郎、おまえが社長をやってくれ」

「俺が？」

ベルに顎をしゃくられ戸惑った。保からも「治郎、頼むよ」と両手で拝まれた。

初七日まで付き添ったことで、保とはそれまで以上に打ち解けるようになっていた。収入が減ってアパートの家賃が負担になっていた私に「治郎もここに住めよ。母ちゃんの部屋が空いてるから」と言ってくれ、団地に引っ越しを済ませたばかりだった。

「分かった。どこまでできるか分からないけどやってみるよ」

私は引き受けることにした。

インディペンデントバンドとして、メアリーは再スタートを切った。周りからは無謀と言われたが、向こう見ずで強気な彼らに時代が味方をした。まもなくして昭和が終焉に向かい平成へと時代が変わり、バブルと呼ばれた空前の好景気が訪れることになる。

東京だけでなく横浜にも大きなディスコが誕生し、ワンレン、ボディコンの女性がお立ち台で踊り、若者たちは泡沫《うたかた》の夢に酔いしれた。ライブハウスも各地に作られ、ヤングカルチャーが育つ土台ができた。バンド仲間を通じてメアリーにも頻繁に声がかかる。彼らはどこに行っても一定のファンがついてきた。それはベルや保の外見だけでなく、メアリーの音楽に惚れ抜いた本物のファンだった。

コンピューターを多用した時代を象徴する音楽とは無縁だったが、彼らの演奏は聴く人が聴けば充分にぶっ飛んでいたように思う。

レコード会社の退屈な要求から解放されたことで、ベルの曲作りにも拍車がかかった。ベルは一つの曲に複数のメロディを乗せる「対位法」と言われるクラシックの技法を採り入れた。味本あるいは保に、自分とは違う「対旋律」を弾かせることで曲を豊かに表現したのだ。

この時期の曲には、コードの構成音を順番に一音ずつ上げたり下げたりする「クリシェ」という、これもクラシックの技法が採り入れられた。クラシックピアノを習い、音大を目指した私には、ベルのやろうとしたことが手に取るように理解できた。

ベルが難しいことを要求しても三人は必死についていく。この時期、彼らの演奏技術は目を見張るほど進化していった。

ライブに来ていたレコード会社関係者から次々に誘いが来た。彼らはその中から中堅レーベルを選んで契約した。そして薄っぺらい大人たちを揶揄《やゆ》した『セロファン』で、ついにメジャーデビューを果たす。

ミュージックビデオはマイケル・ジャクソンの『スリラー』並みの長編。ベルトコンベアの前でネジを回していた保が、作業服の身だしなみがなっていないと上司に頭を叩かれ、突然、工具とヘルメットを放り投げる。そばで金属板を運んでいた味本とサダ坊、離れた場所で板金作業をしていたベルも作業用のフェイスガードを脱ぎ捨て、上司を押しのけて工場内でゲリラライブを行う。気がつくと工場で働く若者、熟練工までが仕事そっちのけで熱狂し、工場の責任者が警察に通報するが、パトカーの中で警官もメアリーの歌を聴いていて一緒に愉《たの》しむ。出演者はベルのインターナショナルスクールの友人や、保たちの高校や専門学校の同級生、バイト先の店長や知り合いなどで、全員ノーギャラで出演した。アイデアはベル、それを保が画用紙に絵コンテを描いて映像監督に渡した。二人とも工場で働いたこともないのによく雰囲気を捉《とら》えていた。そのビデオはＭＴＶで話題となり、『セロファン』はオリコン二位にチャートインした。

セカンドシングル『勇敢なミスターゲルドフ』はウォークマンのＣＭ曲に起用され、ベルが前のバンド時代に作った曲の詞を保が書き直したサードシングル『ロンリーアンリ』はドラマの主題歌となった。ラジオからはほぼ毎日、テレビの歌番組からも引きも切らずに声がかかった。

当時、演奏能力が整い過ぎているバンドがデビューすると、レコード会社がパッケージとして売り出した商品だとファンから敬遠される嫌いがあった。だが彼らは演奏能力の高さが評価されても、それが整い過ぎているとは見られなかった。ＣＤは売れ、ライブのオファーは絶えない。どの現場も女性ファンが出待ちし、持ちきれないほどのプレゼントを四人に手渡していた。私も事務所社長として煩雑な事務仕事に追われた。現場マネージャーなどスタッフを六、七人雇ったが、ダブルブッキングや納税でミスがあったら大変だと、知り合いになった大手事務所に業務提携を頼んだ。

九〇年、ファーストアルバム『Ｓｏ Ｗｈａｔ』をリリース。「それがなんだよ」という保の口癖をタイトルにしたこのアルバムは、発売翌週にチャート一位になった。

あるライブ会場の楽屋の出入り口で、先輩バンドが車座になって談笑していた。

「失礼します」

保がそう言って通ろうとすると、一人が「おまえら、まぐれで一位になったくらいで威張るなよ」と挑発してきた。

保のこめかみが微動した。以前、喧嘩でライブハウスから出禁になったのを思い出した私は、今、暴行事件を起こしたらすべてが台無しになると危惧《きぐ》した。しかも相手は六人もいるのだ。ベルもサダ坊も味本もさすがに止めようとした。そんな心配をよそに、保はこう返した。

「先輩、まぐれじゃないっすよ。俺たちはラッキーだっただけです。なぁ、みんな」

「そうだな。運がよかったな」

背後でベルが、味本とサダ坊と肩を組んで体を揺らした。先輩バンドは苦虫を嚙み潰したような顔で自分たちの楽屋に入っていった。
テッペンを獲ってやるかと宣言してから四年、彼らは本当に実行した。
鈴村竜之介は二十六歳、他の三人はまだ二十四歳だった。》

Song 3

サディスティック・ギター

1

「伴、よくやったぞ。神奈川県警からも感謝の電話がきた」

北村管理官から褒められ、伴は「ありがとうございます」と頭を下げた。

横浜・石川町で池之内貴志を取り押さえた伴と渡真利は、その場で所持品検査をした。

「あんたたち、なにすんのよ」

池之内は抵抗したが、クラッチバッグに薬物らしきものが入っていたため、近くの交番に連行。所持していたのはコカインで、池之内の尿からは陽性反応が出た。事務所の家宅捜索ではコカイン五十グラムと大麻三百グラム、さらに吸引用の水パイプも見つかった。

池之内は一九八三年に大麻で、二〇〇五年と二〇一四年にはコカインでと三度の逮捕歴があり、二、三度目は実刑判決を受けている。

福富町界隈《かいわい》で中国人の男から買ったと供述しているようだが、伴は「沖縄で逮捕された比嘉高雄から買ったのではないでしょうか」と神奈川県警に伝えた。神奈川県警がクレジットカードの利用履歴を洗うと、ここ数年、池之内は毎年沖縄へ旅行しており、二カ月前にも行っていることが判明した。池之内は否認しているが、今頃、沖縄県警が比嘉を追及している。個人使用のためであり、足がつかないようまとめて買ったという比嘉の供述は信用できず、沖縄県警は今後、ディーラーとして比嘉を捜査するはずだ。

「沖縄県警の仲田《なかだ》一課長もいい刑事をつけてもらったと早速、お礼の連絡をくれたよ」

「渡真利警部補がネットに出ていたマル被の顔をよく覚えていて、それが緊急逮捕に繋がりましたから、感謝するのはこちらです」

「同じ釜の飯を食った仲間だから応じたけど、まさか売人の適当な証言から、こんなに早く収穫が出るとは思わなかったよ」

沖縄県警の仲田捜査一課長は若い時分、警視庁に研修に来て北村と仕事をしたらしい。北村からは「仲田課長が言うには、上層部が今回来た警部補を買っていて、警務に戻していずれ警部の昇任試験も受けさせたい。だけど、本人がまだ現場にいたいと断ったそうなんだ。なら一カ月だけ好きなことをやってもいい、その代わりこれからは言うことを聞けと交換条件を持ちかけたらしい」と説明を受けた。三十歳で、上層部から警部試験を持ち出されるとは、やはり渡真利は相当な期待の星のようだ。

「手ぶらで帰らせたらこっちもメンツ丸つぶれだったから、よかったよ」

「いえ、本丸はまだ先ですので」これで満足するわけにはいかない。捜査はなにも進んでいないのだと、伴は自分に言い聞かせた。

　今回の摘発はまさしく偶然の産物である。三島のギターコレクターの社長が池之内の名前を出さなければ横浜には行かなかったし、事務所から思いがけず池之内が出てきて、渡真利が池之内本人だと気づかなければ逮捕まで至らなかったかもしれない。

　地下アイドルグループやグラビアモデルを所属させ、イベントや撮影会などに派遣していた池之内は、三度目の逮捕となった二〇一四年に事務所を閉鎖。その後、再開したものの、最近は芸能関係のマネージメント業務は皆無で、もっぱら楽器の売買で生計を立てていたようだ。現在もネットオークションに複数点出しているが、去年、出品していたレアもののギターが盗品だという通報を受け、警察から事情聴取を受けている。その時は盗品と知らずに買い取ったと主張し、ギターの返却のみで許された。

　池之内は薬物の仕入れ先は黙秘、木宮のベースについては「よく覚えていない」と答えているらしい。ところが調べていくと興味深い事実に行き当たった。一九八五年、メアリーが初めて契約した事務所が、池之内の「ロンカバード」だったのだ。それがわずか半年で大手の「ジグソー」に移籍。そのジグソーからも独立したのち、メアリーは『セロファン』でメジャーデビューし、次々とヒット曲を生んだ。音楽エージェントとしては冴《さ》えなかった池之内だが、メアリーを最初に見いだしたという点では、見る目はあったということだ。

　池之内のことを先日会ったチーフエンジニアの南に確認すると、〈そいつ覚えてますよ。メンバーからトラボルタと呼ばれてて、沖縄のホテルにもちょくちょく顔を出してました〉と答えた。

一度は手放したメアリーと、池之内はなぜ再接触したのか。その理由について伴と渡真利は、鈴村竜之介の部屋に残されていたコカインの入手先が池之内だったのではないかと捜査の筋道を立てた。ただし黙秘している池之内が過去の取引相手の名前を言うはずはなく、仮に認めたとしてもそれは鈴村の死亡事故が殺人事件だったことには繋がらない。今は送検を急ぐ神奈川県警の邪魔をしないように、余計なことは伝えないでいる。

北村管理官のもとを離れ、自席に戻って、机に置いたスポーツバッグを手に取り、刑事部屋を出ようとした。そこでスマートフォンが鳴った。渡真利からだった。

〈伴さん、私も沖縄に戻っていいことになりました！〉

くりくりした目が想像できるほど明るい声が届いた。

「それはよかった。渡真利さんが一緒に行ってくれると僕も心強いです」

池之内の薬物の仕入れ先が沖縄の比嘉ではないかと考えた伴は、沖縄に行かせてほしいと大矢係長に申し出た。最初は難色を示されたが、北村管理官が口添えしてくれたのか、三十分ほどで許可が出た。

しかし渡真利は上司から却下された。沖縄県警は、身柄を押さえている被疑者の取調べに、出張中の渡真利が戻ってくるのは無駄だと思ったようだ。それでもこの捜査に賭けている渡真利は、東京で調べたことを比嘉にぶつけさせてほしいと懇願《こんがん》したのだろう。

〈飛行機、同じのを取りたかったんですが、十二時のＡＮＡは満席だったので、十二時二十五分のＪＡＬ便になりました〉

「平気ですよ。那覇空港で待ってますから」

二日間の出張許可をもらい、比嘉の取調べに立ち会うだけでなく、鈴村が死んだヴィスタビーチ・リゾートにも行こうと思っている。死亡時は日韓W杯の期間中とあって、それほどの大ニュースにはならなかったが、ホテルから中継したワイドショーは何度か見た。森に囲まれた美しいホテルで、上空に飛ばしたヘリの映像から、眼下に海を見下ろせる丘の上に建っていた記憶がある。

ネットで検索したところ、鈴村の死亡は薬物が原因だったとの噂が立ったことで、ホテルはその後客足が遠のき、寂れたらしい。ところが二年前の二〇一九年あたりから、《伝説のヴィスタビーチ・リゾートを訪問した》《ホテルでメアリーのファンに会った》などと記述したブログが散見されるようになった。木宮保が再ブレイクしたことでメアリーも再注目され、事故現場のホテルまで注目され始めたのだろう。《沖縄旅行中に鈴村竜之介が死んだホテルに行き、お参りしてきた》《ボクがギターに夢中になるきっかけを作ってくれたベルさんが亡くなったスイートに宿泊した》と鈴村ファンのものらしき書き込みも出てきた。

東京は今朝も雨模様で、鬱陶しい梅雨が続いているが、沖縄はこの日、例年より早く梅雨明け宣言していた。申し訳ないのは蒼空の保育園への送り迎えができず、身重の睦美に迷惑をかけてしまうことだ。沖縄出張を告げても睦美は嫌な顔一つせず「お土産《みやげ》はサーターアンダギーか紅芋のタルトでいいけど」と言った。蒼空は「奏くん、蒼空もサーターアンダギーがいい」と母親の真似をした。

「蒼空は紅芋タルトは好きじゃないの？」伴は不思議に思って尋ねた。

「だってそれって野菜でしょ？　蒼空はお菓子がいいのよ」

紅芋タルトの「芋」を聞き取り、それで発音しにくい「サーターアンダギー」と言ったようだ。子供の聴力は侮れない。伴は改めて思った。

2

《保の家族のことは書いた。ここではメアリーのもう一人のフロントマン、鈴村竜之介の家族について記述しておきたい。

ベルは母方の祖父がアメリカ人というクォーターで、父親は商社を経営し、おもにミネラルウォーターやパスタなどをイタリアから輸入していた。母親は元バイオリン奏者で、その後はクラシックコンサートのプロデューサーに転じた。自宅は東急東横線の日吉から徒歩五分ほどにある豪華な洋館で、ベルの部屋には、複数のギター、ベース、リズムマシンなどの機材が所狭しと並び、オーディオも私たちが持っているようなコンポではなく「バラコン」、つまりレコードプレーヤー、パワーアンプ、チューナー、CDプレーヤーなどすべて別々に購入したもので、オーディオファンなら憧れるTEACのオープンリールまであると聞いていた。

オーディオや楽器に興味はあったし、ベルが喩えに出す洋楽のレコードもその場で聴けるからと、メンバーはベルの家に行きたがった。何度か家の前までベルを送り、保が「上げてくれよ」と頼んだが、「部屋が散らかってんだ」と断られた。「俺たちが来るのを家族が嫌がってるのか」と詮索すると、「そんなんじゃねえよ。また明日な」とベルは門を開け、手を振りながら玄関までの長いアプローチを闊歩《かつぽ》していく。

断られるとますます行きたくなるのが人情だ。メンバーはなにかと理由をつけて家に上がろうとするが、「そのギターが見たいなら今度スタジオに持ってってやるよ」「レコードくらい貸してやるから」と体よく断られる。ただ、彼らには黙っていたが、私はメアリーがメジャーデビューする前、一度だけベルの家の中に入ったことがあった。

酒は好きだがあまり強くないベルは、飲むと同じ話ばかりする。ほとんどが説教でグダグダとしつこいため、サダ坊が酔い潰れた振りをし、味本が「サダ坊をタクシーに乗せてくるわ」と外に連れ出したまま一緒にドロンしたり、保までが「治郎、あとはよろしくな」と去ってしまう。だいたい私が、飲み屋の長椅子で眠るベルを自宅まで送る羽目になる。

いつもなら自宅に着く頃には酔いが覚め、一人で門の中に入っていくベルが、その夜はまともに立てないほど酩酊《めいてい》し、私も一緒にタクシーを降りて、肩を組んで長いアプローチを歩いた。

「ベル、鍵貸せよ、俺が開けるから」

「ん？　治郎か……ああ、これだよ」

重そうな瞼《まぶた》を半開きにし、革パンの前ポケットからチェーン付きの鍵を出した。私は鍵を穴に差して回した。扉を開け、六畳くらいはありそうな広い玄関でベルのブーツを脱がす。

「あっちだ」ベルが上を指したので、二階の彼の部屋へ連れていく。想像していた通り、広い洋室には豪華な音響装置が揃っていた。

そこで別の部屋から女のよがり声が聞こえた。

「……くん、もっと来て……激しくして」

女は狂ったように叫んでいる。

私の横で自力で立つベルは、急に酔いが覚めた様子で、いつもの二重瞼に戻っていた。

その目は恐怖を感じるほど強い光を宿していた。屈辱と怒りが混ざり合ったような表情から、別室から聞こえてくる嬌声《きようせい》が、彼の母親のものであり、父親ではない男を連れ込んでいると私は推測した。

「ベル、飲み直しにいこうか？」

気を遣って誘ったが、「いい」と立てかけていたテレキャスターを持ち、ベルはベッドに座る。革パンを穿いた太腿の上にギターを載せて、チューニングを始めた。

「俺は帰るわ。明日な」居たたまれなくなった私は去ることにした。

階段を下りる時には、喘《あえ》ぎ声は激しさを増し、他人である私でさえ耳を覆いたくなった。

そこでベルの部屋からギターが、歪んだ爆音で唸《うな》りを上げた。

プリンスの『When Doves Cry』のイントロだった。


両親が多忙だったベルは、子供の頃からお手伝いさんと二人で過ごすことが多かった。家にいても親は子供に無関心で、幼少期、ベルは体調が悪いと言っても気にしてもらえず、翌朝、高熱に気づいたお手伝いさんが救急車を呼んで、そのまましばらく入院したらしい。育児放棄しているくせに、両親はベルが言うことを聞かないと容赦なく体罰を与えた。

そうした不安と孤独に耐えるため、ベルは四六時中ギターを鳴らした。それは両親への反抗でもあり、仲間にもきつく当たってしまうのも同様だろう。

レコーディングも簡単にはＯＫを出さない。テイクを十回、二十回と重ねると、メンバーもスタッフも疲弊し、やればやるほど内容は悪くなる。それでもベルは録音を続ける。

「ベルが納得できないのも分かるよ。だけどみんなの気持ちも考えてやれよ」三人が外に休憩に出たところで私はベルを説得しようとした。

「いや、俺たちならもっといい音が出せる」いくら言ったところでベルは姿勢を変えない。

ベルの厳しさは演奏に対してだけではなかった。人気バンドになったことで、音楽雑誌がドラマー特集でサダ坊を取り上げた。「ファンになにを伝えたいか」という質問にサダ坊は、「伝えたいことなんてないっすよ。自分が楽しんでやってるんで」と答えた。そのインタビュー記事を読んだベルが激怒した。

「サダ坊、ファンは、俺たちの曲に自分の夢や恋愛を重ね、日常の鬱憤を晴らしたくて聴いてくれてるんだ。おまえの軽率な発言でメアリーの未来が変わってしまうんだぞ」

ベルが言っていることは言わずもがなである。どうしてこの歌が作られたのか、どんな意味が込められているのか、ファンは歌の背景を知りたがっている。そして普段のメンバーの言動から、思い思いに想像してくれるのだ。

だけどサダ坊だってそんなことくらいは分かっている。ただ真面目に語るのは照れくさいから適当に答えただけなのだ。ベルにしたってメディアに出るのは消極的だし、インタビューで私生活を語りたがらない。それなのにメンバーには怒る。

「飯行こうぜ」

ある日、ベルが焼肉屋にメンバーを誘った。芸能人御用達の西麻布の焼肉屋を予約したという。ベルが言いだした時は奢りになるので、三人も、そして私も手刀を切ってついていった。

生でも食べられそうな特上ロースを、私たちは箸でひっくり返す。「おい、直箸《じかばし》を使うなよ」とベルから最初の注意を受けた。トングを使うが少し炙《あぶ》った程度でみんな我先にと取るため、網の上から瞬く間に肉が消えた。

「おまえら、ちゃんと焼けてから食えよ」一枚も食べられなかったベルが二度目の文句を言う。

「豚肉じゃねえから大丈夫だよ」保が言い、サダ坊も「これなら生だっていけるよ」と説明するが、赤い部分が苦手らしいベルは、話の矛先を変える。

「おまえら、そういう粗雑なところが音にも出てんだよ。今日の演奏だってそうだろ。転調するところは、テンポを上げろと俺がいつも言ってるのに……」

また説教になった。ようやく次の肉を焼くことが許されたが、それからは生でも食べられる高級肉を、焦げがつくまでしっかり焼いて食べた。

「肉くらい好きに食わせろってんだよ」

帰り際には三人ともぶー垂れていた。

ただ不満は言っても、彼らはベルが寂しがり屋なこと、そして神経質と言ってもよいほどの彼の繊細さがメアリーの曲作り、ギターの演奏力に繋がっていることは理解していた。

とくに母子家庭で同じように孤独な幼少時代を過ごした保は、ベルのよき理解者だった。そして保もまた普段見せる快活さとは対照的に、内面はとてもナイーブだった。

ファーストアルバム『Ｓｏ Ｗｈａｔ』がチャートで一位になったあと、「うちでパーティーしよう」とベルがみんなを自宅に呼んだ。

前回のことがあったので私は気が進まず、玄関までのアプローチを、ピーコートのポケットに手を突っ込み最後尾を歩いた。ベルは私が躊躇《ちゆうちよ》している理由が分かったのだろう。そばに近寄って「クソババアは海外出張中だ。男を連れ込んだりしてねえから安心しろ」と耳打ちし、丸まった私の背中を押した。

リビングが二十畳以上ある家の大きさにも感動したが、メンバーが目を奪われたのはやはりベルの自室だった。前回は、聞こえてきた母親の声のせいでよく見られなかった私も改めて部屋を見回す。目に留まったのは、ライブではけっして使わないキーボードだった。

「これ、ヤマハのＤＸ７じゃないか」

「治郎、よく知ってんじゃん」

キーボード奏者のほとんどはＤＸ７か、ローランドのＤ－50のどちらかを使っていたというほどの名器である。スタジオでベルがキーボードを弾くのを見たことはあるが、まさか家にまであるとは思いもしなかった。

「治郎、弾けんだろ」ベルが顎でしゃくった。

「えっ、どうして知ってんだよ」

「いつかスタジオで遊んでたのを見たんだよ」

彼らの前で弾いたことはなかったが、どこかで見ていたらしい。

「隠してたけど、俺、ピアノを習ってたんだよ。本当は音大に行きたかったんだけど、そこまでのレベルでなくて途中で諦めたんだ」

「そんなの全然知らなかったよ。治郎さん、なにか弾いてよ」サダ坊に頼まれた。

「どうせなら歌も頼むよ、治郎さんの歌、聴きてえ」味本からも言われた。

「じゃあ、みんなでついていこうぜ」

保がベースを持ち、ベル、味本もそれぞれギターを持った。ドラムはないので、サダ坊はスティックで机や椅子の上を叩く。

突然言われて、なにを弾こうか考える。

「遠慮するな。俺たちの知らない曲でもいいから」キーボードの真横に立つ保に顎で促された。

彼らがバックミュージシャンをしてくれるなんて、指が震えそうだった。少し間違えてもバレないように、彼らがあまり知らない曲がいい。ザ・バンドの『The Weight』にした。ボブ・ディランのバックバンドをするほどの実力派だが、日本ではそれほど有名ではなかった。

イントロ四小節を弾いて、《I Pulled into Nazareth～》と歌う。

驚いたことに保が冒頭から一緒にボーカルを取ってきた。ベルと味本もギターでついてくる。

Aメロの後、この曲はサビでコーラスが入る。するとベルも、普段はコーラスをしないサダ坊と味本までが一緒に歌い始めた。

最後は輪唱のように、歌詞をリフレインさせる。私が「ア～ンド」と少しけだるい感じで音を伸ばすと、四人が「ア～ンド」と遅れて続いてきて、「ユー　プット　ザ　ロード　ライト　オン　ミー」と五人で声をハモらせた。

二番に入り、そのまま完奏した。

即興でできたことに私の体は打ち震えていた。演奏を終えた時、いつの間にかスティックを置いていたサダ坊が、突如クラッカーを鳴らした。

「治郎さん、誕生日おめでとう」

「おめでとう、治郎」三人が続く。

失念していたが、この日は私の二十九歳の誕生日だった。

「これ、俺からのプレゼント」サダ坊からナイキのエアマックス、「俺からはこれ」味本からはモッズコート。靴もコートもジャストサイズだった。

不思議に思って尋ねると、二人から「サイズは保から聞いたんだよ」と言われて納得した。その頃すでに保の家は出ていたが、部屋には一緒に住んでいた頃の服や靴がまだ残っていた。保からはファーバーカステルのボールペン、ベルは自分のと同じヴィトンの長財布をくれた。

「俺たちのアルバムが一位になれたのは治郎のおかげだから」保に言われた。

「みんな、ありがとう」途中で声が詰まった。

「だけど一番のプレゼントはこれではないけどな。今の歌さ」とベル。

「どういう意味だよ？」

「保が言ったんだよ。治郎はいつも聴いてるばかりだからたまには歌わせて、みんなでバックバンドやろうって。実は治郎が鍵盤を弾くのを見たのは保だったんだよ」

「そうなのか、保」

「たまたま早くスタジオに来たら、治郎が弾いてたんだよ。バングルスの胸いっぱいの愛だったかな」

女性バンドの曲を確かに弾いた。そして歌った。あれを聴かれていたとは恥ずかしい。

「まったく、おまえら、下手な芝居しやがって。完全に乗せられたよ」

「音大目指していたことまでは知らなかったけど、治郎がピアノ経験者でクラシックをやってたのは、俺は見抜いてたけどな。なにせメンバーの中で俺が作る曲に一番理解があるのは治郎なんだから」ベルは鼻孔を広げる。

クラシックの音楽家を母親に持つベルからそう言ってもらえるとは、その時はピアノに全力で取り組んでよかったと心から思った。

「だけど保が、俺たちの知らない曲でもいいからと言って、治郎さんが本当に知らない曲を弾きだした時は、おいおい、どうすんのって俺はすげえ焦ったよ」サダ坊が肩を竦《すく》める。

「ということはみんな、今の曲は知らなかったのか？」

「俺は知ってたよ。母ちゃんが好きだったから歌ったことがあった。ザ・バンドで助かった」

保はそう言ったが、ベルは「俺はこのジャンルは好みでないから、なんとなく聴いたことがある程度だった」と微笑する。味本は「初めて聴いたから、俺はどうしようもなかった」と両手を上げた。

「でもついてきたじゃないか」

「俺らは保のベースに合わせて弾いてただけさ」ベルが事もなげに言う。

「コーラスをしてくれたのは？　最後はリフレインまでして」

「保が顎でタイミングを出してくれたからだよ。歌詞については治郎さんに合わせて適当。でもやればなんとかなるもんだね」サダ坊も嬉しそうだった。

急に隣から手が回ってきて、肩を摑まれた。

「なぁ、セッションっていいだろ？」

保が真横で目尻に皺を寄せていた。煙たいスタジオに私を招き入れてくれた、まだ十代だった保の顔を思い出した。

「そうだな、最高だ！」

私は両手を振り上げ、腹の中から快哉《かいさい》の声を上げた。

「治郎さん、急に大声出してびっくりさせないでよ」

サダ坊から言われたが、すでに私の視界は曇っていて、大袈裟《おおげさ》なポーズを取って叫びでもしない限り、泣いてしまいそうだった。

※

九一年のセカンドアルバム『ワイルドラッシュ』も一位になり、九三年にリリースしたサードアルバム『スピニングワールド』、シングルカットされた『ファイトバック』はともに発売週からしばらく一位の座をキープした。その頃には武道館公演の夢を叶《かな》え、日本各地の大ホールを回る全国ツアーも始まった。しかし彼らは小規模の会場で演奏することも厭《いと》わず、バンド初期からメアリーを応援してくれたファンやライブハウスのオーナーを大切にした。

俺を見てと声がした
顔を上げると　きみがほほえんでたんだ

ライブは浮揚感がある『ロンリーアンリ』から始まり、セカンドアルバムからヒットした『深夜列車』『働き蜂への挽歌』へと続く。そして終盤に『セロファン』『勇敢なミスターゲルドフ』『ファイトバック』を持ってくる。シングルカットされていない曲でも、ファンは盛り上がって一緒に歌っていた。

音へのこだわりが強いベルは、曲によってストラトキャスターからレスポールへとギターを持ち替える。スタッフが事前にチューニングしているが、ベルは自分で確認しないと気が済まず、その間、保がMCで繋ぐ。ところがMCが苦手な保は少し喋っただけで「なんか面倒くさくなっちゃったな。次やろうか」とファンに呼びかける。

「保、待てよ、まだベルさんが」

味本が止めるが「大丈夫だよ、ベルは天才だから」と茶化し、「サダ坊、ゴー」と合図する。観客は冗談だと思っているが、サダ坊は困惑顔でスティックを鳴らしてカウントを出し、見ている私を含めたスタッフは毎回、間に合わないのではとヒヤヒヤし通しだった。

もっともチューニングペグを回しながらも、ベルが出だしの音に遅れることはなかった。私は次第に、保はベルのタイミングを摑んでいて、わざとやっていると思うようになった。そういう時のベルはムッとしていたが、ステージ全体に緊張感が漂い、いつもより研ぎ澄まされた演奏に聞こえた。

そんな彼らを見ながら、私は八〇年代に流行った『いすゞジェミニ』のCMを思い出した。あのCMでは複数のジェミニがパリの街中でドリフトしたり、橋の上で交互にジャンプしたり、階段を片輪走行した。だが車はけっしてぶつかることなく距離感を保っていた。

メアリーの演奏がまさにあのドライブだった。彼らは自由気ままに、ステージの上でそれぞれの音を走らせた。だがけっして野放図なのではなく、秩序が保てるギリギリのところを守った。とくに保とベルの距離感はつねに絶妙だった。そして車のスタントマン同様、彼らは究極の怖い物知らずでもあった。


ツアー運営は外部委託した事務所に任せたが、取材の窓口は私が請け負った。それでも時々、取材記者からメンバーに直接声がかかる。

ある時、保から言われた。

「治郎、前に取材を受けた編集者から電話があって、新しい音楽雑誌を立ち上げたんで、巻頭で俺たちを特集したいらしいんだ。俺は藤田治郎が書くならやると言っといたから」

「本当か、で、相手はどんな反応だった？」

「藤田さんにぜひお願いしますと言ってたよ」

初めてのライター仕事だったので、不安な思いで原稿用紙と向き合ったが、意外とスラスラと言葉が出てきて、編集者からも好評だった。この原稿をきっかけに、あの気難しいメアリーが唯一心を許している音楽ライターだとの噂が業界内に広まり、他のミュージシャンのインタビュー、CDのブックレットなどの仕事も依頼されるようになった。

他のミュージシャンの仕事をすることを彼らが面白く思わないのではと心配したが、それは杞憂《きゆう》だった。

「治郎、なんだよ、この文章。おまえの表現ってこんな安っぽかねえだろ」

気を遣って筆を緩めると、保からケチをつけられた。

「俺たちに気を遣うな。治郎がメアリーよりこいつらが上だと書いても俺らは怒ったりしない。治郎の目にそう見えるのなら、それが事実だ。もっと巧くなるよう指から血が出るまで練習するさ」

ベルからもそう発破をかけられた。


ツアーに出ると、どのバンドもハメを外すものだが、それはメアリーも同様だった。若い男たちの愉しみといえばセックスで、彼らは夜な夜な追っかけの女性たちをホテルに連れ込んだ。ただ、ベルに関してはホテルだけでは済まなかった。

「またやってるよ、ベルさん。どこまで性欲があんだよ」

ライブ開演前、壁一つ挟んだ楽屋でサダ坊が眉をひそめた。売れっ子になったことで、一人につき一部屋が用意されたが、その楽屋にベルは毎度のように女を連れ込むのだ。

「ベルの女好きは困ったもんだな」私もため息をつく。

「本当にただの女好きなのかな」サダ坊が首を捻《ひね》る。

「ただのって他にどういう理由があるんだよ」

「ベルさんって前戯なしで挿入のみ、出したら、済んだから出てけって言うらしいよ。気に入らない女はフェラで抜かせるって。そんなことしてたらファンの子も、しまいには怒りだすよ」

「ベルは女の扱いとなると人が変わったようになるからな」

「前に飲んだ時、ベルさん言ってたよ。俺はSだ、女だってそれを分かって来てるって。だけどそれはベルさんの思い込みで、不快な思いをした女の子の話が外に漏れないか心配だよ」

サダ坊は週刊誌にタレ込まれるのを気にしていたが、私はそれはないだろうと高を括っていた。一度、急用があってベルの楽屋を開けた時、ディレクターズチェアにもたれかかった王様気取りのベルは、二人の女性に体を舐《な》めさせていた。粗雑な扱いをされているのに、私を振り返った二人とも妖艶な表情を浮かべていた。

もっともサダ坊にしてもファンの子に手を出していたから文句は言えなかった。味本もそうだし、保は酒を飲まないと誘えなかったが、何度か宿泊先の部屋に女が入るのを見た。恥を忍んで書くが、かくいう私も恩恵に与《あずか》った。

「えっ、メアリーの事務所の社長さんなの」

ファンだと知ると、私は音楽ライターではなく、事務所社長の名刺を渡した。

「ベルと保、どっちのファンなの？　ベルは女癖が悪いからお勧めしないけど」

「社長さんならチケット取れます？」

女たちはメンバーの悪口など聞いてやしない。

「チケットどころか本人に会わせてあげることもできるよ」

そう言えば電話番号も聞き出せるし、飲みに誘えばついてきて、何人かはホテルまで応じた。

ただ彼女たちは私と寝たいわけではない。

「ねえ、いつになったらベルを紹介してくれるの」

「早く保くんと会わせてよ」

彼女たちは私ではおおいに不満だっただろう。だが私にしたって、彼女たちは自分が求めていた女性像とは違った。

あの当時、私を含めて全員が浮かれていた。あれもバブルの余熱だったのかもしれない。


九四年に発売した四枚目のアルバム『アンチ・クリエイターズ』も一位になったが、以後、勢いに陰りが生じだす。八九年からスタートし、数々のメジャーバンドを輩出したテレビ番組「イカ天」により、新しいバンドが多数世に出てきた。一方でメアリーは、ベルや保が「ロパクはやらない」「イントロはフルが条件」とプロデューサーに注文をつけるため、テレビ出演が減っていったこともセールスが伸びない一因だった。ただ勢いが鈍った理由はそれだけではない。彼らが仕事を疎《おろそ》かにしだしたのだ。

「ベル、開演まで二十分だぞ」

私は喘ぎ声が漏れる楽屋のドアに耳をつけ、ノックして呼びかける。

「ちょっと待て。今いいとこなんだ」

私は待ちきれずに扉を開ける。ベルはいつも鍵をかけない。中では下半身だけ脱がした女を後ろ向きにして、ズボンとパンツを下ろしたベルが腰を振っている。

「いい加減にしろよ、みんな待ってるぞ」

「ちょうどいいアイドリングなんだよ」

そこで果てたのか、ベルは自分の性器だけタオルで拭き、女の顔も見ずにズボンを上げ、べルトを締めながら楽屋を出た。

他のバンドがやるような、開演前にスタッフを交えて円陣を組むこともしない。時間になれば各々が舞台袖に集まり、スタッフの合図で大歓声の中をステージに歩いていく。

開演すれば、メアリーらしい調和と不協和が交互に繰り返される演奏が聴けた。

ただ、バンドが結成され、一気にチャートを駆け上がった時のようなめざましい進化は、その頃の彼らには見られなくなっていた。》

3

突き抜けるような青空を期待していた午後三時半の那覇空港は霧雨が降り、暗澹《あんたん》としていた。

それでも聞こえる海鳥の鳴き声と潮風の香りで、南国の開放感は漂っている。

「あいにくの天気でしたね」

伴が言うと渡真利は「そのうち止みますよ」と空を見上げて返し、キャリーバッグから折り畳み傘を出そうとした伴を「大丈夫ですって」と制した。

迎えに呼んだ渡真利の後輩の車で、比嘉が勾留《こうりゅう》されている浦添警察署に向かう。浦添はプロ野球のヤクルトスワローズのキャンプ地で、空港から三十分ほどの距離だ。渡真利が言った通り、到着した時には雨は止み、雲の隙間から陽が差していた。

飛行機の中で渡真利はスマホにダウンロードしたメアリーの曲を聴いたそうだ。

「普通のロックなので驚きました。九〇年代って、もうラップとか出始めてましたよね」

「そうですけど、エレクトリカルな八〇年代とはうってかわって、ミスチルとかスピッツとかイエモンとか、スタンダードなバンドが多数出てきたんですよ。ミッシェルガンエレファントやハイスタンダードといったパンク系も出てきましたが」

伴の長い説明をピンと来ていない顔で聞いている渡真利に、また自分の悪い癖が出たと反省する。

「そういうシンプルな感じだから、メアリーの曲は僕みたいな素人の耳にも、すっと入ってきたんですかね」

「シンプルですけど、レコーディングでは時代に倣って何重にも重ね録りしてたんですよ。その頃からアレンジャーという職業が聞かれるようになったんですけど、メアリーではアレンジも鈴村竜之介が担当してました」

「鈴村は天才だったんですね」

「いえ、鈴村竜之介と木宮保という二人の天才がいたからすごかったんですよ。CDとライブとでは全然違う曲に聞こえるというのが、ファンの間では定説でしたから」

反省した直後にまた熱弁をふるってしまった。それでも渡真利は興味深く聞いてくれるし、彼がメアリーに関心を持ち、知識を得ることは、コンビで捜査を続ける上で悪いことではない。

完全にメアリーの曲のファンになったと思った渡真利だが、一概にそうではなかった。

「でも嫌な曲もありました。サミー・ハズ・ダイド・スティリーって曲です」

「セカンドアルバム『ワイルドラッシュ』に入っている曲ですね」

サミーは静かに亡くなったとの意味で、この曲だけは『Ｓａｍｍｙ ｈａｓ ｄｉｅｄ ｓｔｉｌ

ly』と英題もついている。

「あれ、一番はいい曲だと思ったんです」

そう言って渡真利は、『サミー・ハズ・ダイド・スティリー』の歌詞を復唱した。記憶力がいいからか、それともよほど印象に残ったのか、彼はよく覚えていた。

「あの歌、出だしから《サミー　俺は声に出して呼びかけた　サミー　その声はもう届かない　遠ざかるともしび　人混みに紛れていくように　やがてサミーは遠くに消えた》という歌詞だったので、サミーという恋人を失った曲だと思ったんです。ところが二番は《サミー　俺は指に力を込めた　サミー　腕の中で苦しみ出す　途切れてく肉声　俺の笑った目を見ながら　やがてサミーは目を閉じた》でした。これ、サミーを絞殺した曲ですよね。首を絞めた側はニヤリと笑ってるわけですから、そう思ったらぞっとしました」

さすがに途中からは手帳を見ながら二番まで言い終える。書き取りたくなるほど、歌詞が気になったのだろう。伴も初めてこの曲を聴いた十代の頃は、忌まわしさに鳥肌が立った。だがファンの間では、不治の病で苦しんでいる恋人を楽にしてあげたいと思う心理、無理心中を想起した歌であるとして浸透している。

ファンの人気はあったが、放送コードに引っかかるのか、テレビやラジオでこの曲が流れることはなかった。彼らの曲で、いわく付きなのはこの一曲だけである。

浦添署では組織犯罪対策課の新里完《にいざとかん》巡査部長が待っていた。彼が渡真利の同期のようだ。かりゆしを着た彼に挨拶を済ませると、「時間がないでしょうからすぐに取調室に案内します。

だけどあんまり期待しないでくださいね」と苦々しい顔で言われた。

取調室には比嘉高雄が座っていた。鈴村の遺体の第一発見者として、渡真利が持ってきた捜査記録にも彼の供述は残っている。ホテルマンらしく身なりは白シャツにスラックスだが、薬が抜けていないのか目が濁って見えた。

伴が名乗ると「警視庁がなんの用さ、裏切りよって」と急に立ち上がって新里に罵声を浴びせる。

「あんたがゆくさー言うからでしょうに。なにが保存用に購入したですか。やっぱり売ってたんじゃないですか」新里が両肩を押さえて座らせながら言う。

「俺はそんな男、知らないと言ってんだろ」

否定した比嘉に、次は渡真利が口を出す。

「池之内の携帯電話からはあなたや複数の薬物前科者の名前が出てきましたよ。あなたが仲卸しで、池之内が売人、まもなく神奈川県警が池之内の証言とともに証拠を持ってくるでしょう。薬物というのは元締めに近づくほど罪が重くなるわけですから、あなたは初犯でも実刑は免れませんよ」

渡真利が被疑者と向き合うのを初めて見たが、ビー玉のような優しい目が鋭く光り、口調もきつい。にもかかわらず比嘉は「俺は情報提供したんだぞ。あれはどうしてくれるんだ」と的外れなことを言う。

「比嘉さん、最初からあんたが望む司法取引なんて無理なわけさぁ。あんたはやったことを洗いざらい答えた方がいい。その上で東京からこうして刑事さんが来てくれたんだから、木宮保さんのことも正直に話した方がいいよ。刑事にも人情ってものがあんだからさ」

新里はけっして罪を軽減するとは約束せずに、捜査に協力するよう説得した。

比嘉はふて腐れながらも、「保のことは、もう話しただろ」と言い張る。

「木宮さんから誰にも見つからない逃げ道を訊かれたこと、鈴村さんの部屋からベースを持ち去ったことですね？」伴が尋ねた。

「あんたらダイナーのマスターにも確認したんだろ？　あの嘘だって俺があとで念を押しといたからだ」

「他には？」

「保からはすぐに救急車を呼ぶように言われたよ。だけどベルが死んだと聞いたのが気になって、まず部屋に行ったよ。そしたらベルは浴槽から揚げられてバスルームに倒れてた。警察には、俺が湯の中から引き揚げたと話した」

「なに、引き揚げられてた？　あんた、そんなこと、今までひと言も言わなかったじゃないか」

新里が素っ頓狂な声をあげた。死因は溺死だ。捜査記録にも比嘉が第一発見者で浴槽から引き揚げたと書いてある。比嘉が部屋に入る前にバスタブから揚がっていたのなら、間違いなく誰かが部屋にいたことになる。

「言えば、俺が水死させたと疑われるかと思ったからだよ」

「比嘉さん、あなた他にも隠してることがあるんじゃないですか。警察の取調べに、鈴村さんの部屋に行った理由を、なんと話したのですか」

伴が尋ねた。エアコンが利いているというのに、全身からは汗が噴き出してくる。

「氷を持ってきてくれと頼まれたから、それで部屋に行ったと答えたよ」

その回答は捜査記録の通りだった。

「その氷はどうしましたか？」

「五階の製氷機から持ってきて、部屋のアイスペールに入れたよ。あのホテルには各階に製氷機があるからな」

これも書いてあった通りだ。

「そこまでした上で、借金を帳消しにしてもらい、百万円の報酬を貰ったのですか」

「殺人犯だったのがのうのうと生きれてんだから、それくらい安いだろ」

「ベースも貰ったんでしょ？」

「あんなのたかが楽器やっし」比嘉は舌打ちした。

「あなた、貰ったんじゃなくて、盗んだんじゃないですか」伴は思いついたことを言った。

「な、なに言ってるば！」

「木宮さんに部屋に戻しておいてくれと頼まれたのは本当かもしれません。でも木宮さんから保管を頼まれていたのに、勝手に売ったのではないですか。違いますか？」

比嘉は唾を飲み込んでから「違う」と否定した。渡真利が不思議そうに見ていたので、今に分かりますからと頷き、質問を続けた。

「だったら訊きますが、貰ったというベースを池之内に売ったのはいつですか」

「ベルが死んだ次の年だったかな」池之内など知らないと供述していたのに、比嘉は答えた。

だがそこは突っ込まずに次の質問をする。

「木宮さんがソロデビューする前ですね。どうして売ったのですか」

「俺が持っててもしょうがないやし」

「池之内に話したら欲しいと言われたんですね。今さら池之内なんて知らないなんて言わないでくださいね。たった今あなたは『鈴村さんが亡くなった次の年に池之内に売った』と答えたんですから」実際は比嘉が名前を出したわけではないが、そう言って念を押していく。

「いくらですか」

「五十万だよ」

「五十万？」渡真利が先に聞き返した。伴も「たった五十万ですか？」と確認する。「やっぱりあなたは勝手に売ったんだ。あなたはあのベースの価値も分かってないでしょう」

「なにが価値だよ、ミュージシャンなんかいくらでも楽器を持ってんだろ」

「あなた、池之内がそのベースをいくらで転売したか聞いてますか？」

「知り合いのコレクターに五十万にちょっとイロをつけて売ったと言ってたけど」

「いつですか」

「俺が売ってすぐだよ」

「全然違いますよ。池之内は六百万円で売りましたよ。あなたから買った十倍以上です」

「はぁ、六百万だと」比嘉はあんぐりと口を開ける。「ゆくさーや、てーげー言うな」

「本当ですよ。池之内はあのベースがもっと高く売れるよう、木宮さんがソロデビューするまで売るのを待ちました。ですけど二〇〇三年でも五十万なんて値段はありえません。オークションに出したら、ファンが殺到し、瞬く間に二百万くらいまで跳ね上がったでしょう」

「あにひゃー、『比嘉ちゃんだから高く買ったけど、こんなの売れるかしら』って言ってたんだぜ」

「いいカモだと思ったんじゃないですか」比嘉と池之内を仲違《なかたが》いさせるためにそう言って煽《あお》る。「保のベースを預かってるって話した時も、『ただで預かることなんてないわよ。保に、保管料として売ったって、言っといてあげるから』とけしかけてきたばーよ」言いながら怒りが増幅していくのが手に取るように分かった。

「池之内って二〇〇五年にもコカインで捕まってるけど、それもあんたから買ったわけ？」

池之内への不信感が露わになったところで、すかさず新里が質問した。

「あの頃はあいつにルートがあったわけさ。地元のヤクザに知り合いがいると言ってた」

「二〇一四年にも捕まってるけど、それはどんなだわけ？」

それは黙った。どうやら二〇一四年は比嘉からのルートだと察した。

「まあ、いい。じゃあ、今回だけの話にしとこうか。今回はあんた経由だよね」

「池之内から頼まれてコカインと大麻を調達した。池之内が販売ルートがあると言うから仕入れたんだ。俺が売ったのは池之内だけだ」

新里の追及にあっさりと認めた。

「どこから調達した」

「それはもう言ったやっし。アメリカーって」

「アメリカーの誰よ」

さらに新里が「ここで正直に答えるかどうかで罪はずいぶん変わってくるのにな」と懐柔を試みるが、口を割らない。しばらく新里の取調べの邪魔にならないように沈黙し、尋問が一段落ついたところで、伴が「池之内の話に戻しましょうか。彼と知り合ったのはいつですか」とせっかく仲違いさせた池之内を突破口にしようと質問を変えた。

「俺がホテルに来た翌年だから九九年くらいじゃないか。その頃からベルがよくホテルに来るようになったから」

「あなたは九八年に宜野湾《ぎのわん》のホテルから移ってきたんですよね」

「前の年にオープンしたヴィスタに、経験のあるホテルマンがいなくて、それで俺が引っ張られたんだ」

「なぜ池之内と知り合ったことが、鈴村さんが泊まり始めたことに関係するのですか」

「それはあんたらの想像してる通りさ」

「ドラッグですね？　使用してるところを見ましたか」

「何度も見たよ。ルームサービスで呼ばれると、ガラステーブルにコカインが散らばってたこともあったさ。ルームサービスを呼ぶたびに、いちいちテーブルの上を片付けたくなかったんじゃないのか。だからベルは俺を専任担当に指名したわけさ」

「ちゃんとしたホテルで、スタッフ一人しか部屋に入れないなんてことが可能なんですか」

「あのホテルはベルのスポンサーみたいなもんだったからな。調子に乗って好き放題してたよ」

「亡くなった時、鈴村さんの体内からはコカインは検出されなかったんですよね。それはなぜ？」

「さぁね。池之内を呼ばなかったからじゃないか」

「池之内は来てなかったんですか？」

「そうだよ、池之内のやつ、今回はベルから来るなと言われたって怒ってたな」

「呼ばなかったにしても、部屋にはコカインが残ってたじゃないですか。それを使えばいいだけの話でしょう」

まさかコカインがあるのを忘れていたのか。そんなことはないだろう。薬物常習者が手持ちの薬の存在を忘れたなど聞いたことがないし、それなら池之内を呼ぶはずだ。だがしつこく訊いても、比嘉は「知らないよ、ジャンキーの考えることなんて」と投げやりに答えるだけで、納得のいく供述は引き出せなかった。

そうなると次は他のメンバーが気になった。那覇市から遠く離れたリゾートホテルで一人がドラッグを使用すれば、他のメンバーやスタッフにも広がるのではないか。鈴村以外にも売って儲けたいと考えるはずだ。そのことを質すと「池之内が前に来た時に、試供品だとか言ってばらまいてたからな。コカインは高いからハッパが多かったけど」と喋った。

「あなたも試供品を貰ってたんですか」

「俺はねえよ」そこは否定する。

「あなたのことはいいです。貰っていた人間を教えてください」

「メンバーで言うなら味本とかサダ坊とか」仕入れ先はだんまりのくせに、それ以外のことにはすっかり口が軽くなった。

「木宮さんは？」

「保はどうかな。ベルがコカインに嵌まった時、怒ったって聞いたことがあったから」

「注意されて鈴村さんはどうしました？」

「ベルが、保の言うことを聞くわけないだろ」

似たようなことは笹森も言っていた。片方がなにか言うと、もう片方は違うことを言うと。

比嘉は気になることを口にする。

「でも保も池之内と繋がってたけど」

「どういうことですか」

「夜に俺がベルの部屋から出てきたら、池之内が保の部屋の前で、保から金貰ってるのを目撃したことがあるんだよ。なんの金だよって池之内に訊いたけど、ニヤニヤと笑うだけで答えなかった」

金を取りにいった？　それでは木宮も麻薬をやっていたということではないか。

「木宮さんの部屋って、何号室でしたっけ」

「五〇四だよ」

「鈴村さんの部屋とは離れてないんですよね」

「間にエレベーターがあるけど、あのホテルは廊下が直線だから五〇一からも見えんだよ」

「確認ですが、木宮さんがドラッグをやってるのをあなたは目撃したことはないんですよね。鈴村さんの部屋のように、室内に薬物が残ってたことも」

「ないよ」

だとしたら木宮は池之内に金でも貸していたのか。なんのために？　彼らが過ごしたそのホテルが無性に見たくなった。

「渡真利さん、ヴィスタビーチ・リゾートってここからどれくらいですか」

「北部ですから二時間はかかります」

「じゃあ今からでは遅いですね」

もう五時半になっていた。それでも比嘉から聞いた部屋のイメージを自分の目で確かめたい。そして木宮が逃げたという地下通路も通ってみたい。

「責任者がいるか連絡してみますね」

自分ならノーアポで行っていたが、渡真利はその場で確認の電話を入れた。

「はい、支配人にお話を伺いたいのですが。そうですか。分かりました。では明日の午後に伺います」

渡真利はそう言って電話を切った。

4

《二年振りに五枚目のアルバム『グレーリーマンの逆襲』を出した九六年、全国ツアー最初の地、福岡のホテルの部屋にサダ坊が飛び込んできた。

「治郎さん、大変だ、ベルさんが写真週刊誌に撮られた」

「なにを撮られたんだ？」

楽屋に女を連れ込んで乱交している画像が頭の中に散らばった。だがサダ坊が持ってきた雑誌のコピーは、想像していたものとは違った。

〝メアリーのギタリスト鈴村竜之介、モデル荻野恵理菜《おぎのえりな》と広尾デート〟

女性雑誌から出た人気モデルだ。長身で細身、派手な顔だちだが、ベルが楽屋や部屋に連れ込む露出度の高い服を着た女性とは異なる。写真の荻野恵理菜は白のノースリーブにスカイブルーのロングスカート、白いハイヒールという清楚《せいそ》な服装をしていた。

腰に手を回したベルも、サングラスはかけているが、普段の黒系の服とは違い、ボルドーのジャケットに、白シャツを第二ボタンまで開け、ウォッシュ加工されたジーンズで爽やかな着こなしをしていた。美男美女のカップルだった。

「結婚って、マジかよ、ベルさん」

声に出したのは味本だが、言わなければ集まった全員が同じことを訊いていた。

「プロポーズした。恵理菜は仕事をやめるって言ったよ」

「彼女、売れっ子じゃないの。この前、連ドラにも出てたし」

「俺は仕事を続けていいと言ったんだけど、恵理菜が専業主婦になりたいって言うんだよ。好きな男の奥さんになって、尽くすのが子供の時からの夢だったって」

「ひゅー、もうおのろけかよ」味本が口笛を吹いてからかう。

「だけど……」サダ坊が言いかけてやめた。なにを言いたかったのか私は分かった。一人の女性で大丈夫か？　女遊びはやめられるのかと、疑問が湧いたのだろう。

しばしの沈黙を破るように保が近づいた。

「おめでとう、ベル」

手を広げて抱きしめる。

「ありがとう、保」

ベルも保の背中に両手を回す。

「ベルさん、おめでとう」

味本とサダ坊も抱擁して祝福する。私も同じことをした。

ロックギタリストが披露宴をしたなんて知られたくねえと、ベルはニューカレドニアに行き、チャペルで式を挙げげた。お互いの両親も呼ばず、新郎側はメンバーと私だけ、だが彼女の仕事仲間は二十人呼び、費用は全部ベルが持った。

広い空と透き通った海、ホテルのプールは貸し切り状態で、そこで一日の大半を水着で過ごすのだ。荻野恵理菜の友人はみんな美しく、しかも男女比は一対五。女性陣は賑《にぎ》やかだったが、私をはじめ男たちは一つの場所に固まってモジモジするだけ。そんな腰抜けどもに彼女たちは拍子抜けしていた。

するとメンバーの中でももっともシャイな保が呼びかけた。

「ねえ、きみたちはみんなモデルだよね」

「そうよ。女優もいるけどね」切れ込みが強烈なビキニを着た女性が言った。

「よし、だったら、相撲《すもう》とろうよ」

「相撲？」

「そうだよ、まわしをつけて」プールサイドで四股《しこ》を踏む。

「いやだぁ、そんなの」

女性陣は明らかに引いていた。「保、やめろよ、セクハラだよ」私も注意する。

ところが保は大きなエアマットを持ってきて、その上で手押し相撲をしようというのだ。それならと女たちも乗った。保と女二人がバランスを維持しながらプールに浮かべたマットに立つ。保は彼女たちの手以外には触れないように、しかも力を抜いて押す。逆に二方から彼女たちに容赦なく押され、マットの際で踏ん張ったものの片足を高く上げて、プールに頭から落下した。プールサイドで見ていた女たちも大喜びでプールに入り、男たちも勢いよく飛び込んだ。ビキニの上を脱いで、飛び込み板からジャンプする女もいた。

保のおかげで全員が打ち解けた。楽しい二日間だったが、それ以上乱れることはなかった。遊びたい盛りの若い男女が南国の妖しい香りの中でも抑制できたのは、主役であるベルがこれまでとは別人のようなジェントルマンに変貌していたからだ。

ベルは荻野恵理菜のそばを離れることなく、パラソルの下でカクテルを飲み、彼女の背中に日焼け止めクリームを塗っていた。荻野恵理菜は小さな瓜実顔《うりざねがお》に、大きな二重のアーモンドアイ、さらに鼻も口も顔のパーツのすべてが完璧で、友人たちと比較しても突出して美しかった。

私は何度か彼女に目を走らせた。すると次第に既視感のようなものを覚え始めた。誰かに似ている。だがそれが誰かは思い出せない。

その夜、私は保たちとバーで飲んでいた。トイレに行こうとロビーに出たところで、レストランからテラスに出ていく二人が見えた。

腰に手を回したベルにしなだれかかるように歩く荻野恵理菜が、目にかかった前髪を振り払うように掻き上げる。

似ている。その横顔にまた同じことを思った。


あれほど熱々ぶりを見せつけられたというのに、二人の熱愛は長くは続かなかった。

〈治郎、すぐ来てくれ。恵理菜に殺される!〉

結婚して一年ほど経ち、ベルが建てた目黒のデザイナーズハウスから、助けを求める電話が度々かかってきた。瀟洒《しょうしゃ》な外観とは異なり、家の中は荒れ、割れた陶器やガラスの破片が飛び散っている。リビングに入ると、恵理菜が腕組みして立っていた。

「治郎か、またあの人がSOS出したのね」

十歳も下だというのに恵理菜も私を呼び捨てにした。喧嘩している声は近所まで丸聞こえだろう。すでに週刊誌には《早くも離婚危機》と書かれた。このままではいずれ、ワイドショーのリポーターが大挙して押し寄せてくる。

「ベル、俺だ、治郎だ。もう大丈夫だから出てきてくれ」

ベルが立て籠もった部屋のドアを叩いて呼ぶ。扉が開き顔を出した。耳から血が流れていた。

「どうしたんだよ、その耳」

「恵理菜だよ。耳を噛まれた。あいつはマイク・タイソンだ」

「冗談を言ってる場合かよ」

「もう、なによ、あんた」背後から恵理菜が足音を立てて迫ってきた。恵理菜は泣きながら殴ろうとする。目の周りはアイシャドーが落ちて黒ずんでいた。

「恵理菜、やめろ、三人で話し合おう」

私までが恵理菜からパンチを浴びながら、二人をリビングのソファーに離して座らせた。

原因は毎回同じで、ベルの浮気だった。女から携帯電話や自動車電話に電話がかかってきたとか、バンドのリハと言って出かけたが恵比寿のウェスティンホテルに女連れで入った、それを恵理菜の友人が目撃して電話してきたとか。今回は、ニューカレドニアに招待した恵理菜のモデル仲間に手を出したという。ベルの放逸な生活は独身の頃とまったく変わらず、開いた口が塞がらない。

「なぁ、ベル、おまえはもう結婚したんだぞ。それも誰もが羨むカップルなんだ。ちゃんと分別のある大人になれ」

「分かった、俺が愛してるのは恵理菜だけだ」

「嘘ばっか、そう言ってまた浮気するんでしょ」

「しねえよ、本当だ」

ベルはシングルソファーを立ち、恵理菜が座るロングソファーの横に移動する。恵理菜の長い足を持って、自分の膝の上に乗せた。

「ふざけないで」

手で払って足を戻そうとするが、ベルが膝をがっちりと押さえて放さない。

「なぁ、機嫌直せよ、恵理菜」

もう片方の手でティッシュを取り、落ちたアイシャドーを丁寧に拭いていく。

「私はまだ許してないからね」拒まず拭かれながらも恵理菜は口を尖《とが》らせる。

「じゃあ、いいよ。俺が許すから」

「なんであんたが許すなんて言えるのよ」

そう言った時には、ベルは恵理菜の後頭部に手を回し、私が見ている前だというのに顔を引き寄せキスをした。恵理菜は離れようとするが、ベルの力が強くてまた唇がくっつく。そのうちベルはソファーに押し倒し、服を脱がせにかかる。乳白色のキメ細かい肌が露出し、乳房が露わになった。

「なにすんのよ」

足をバタつかせて抵抗する。スカートの裾がめくれ、白いレースの下着が見えた。

「やめてよ。治郎が見てるでしょ」

「ベルやめろよ」

注意はするが、二人の間には入れなかった。暴力なら止めるが、ただ夫婦が愛し合っているだけなのだ。口では拒絶するが、恵理菜の抵抗は弱く、どこまで本気で嫌がっているのか分からなかった。

「いいだろ、恵理菜。俺は喧嘩のあとの仲直りセックスが一番好きなんだよ」

「もう、嫌だって言ってるでしょ」

「おまえ、泣いて怒ってたくせに、こんなに濡れてんじゃないか」

ショーツに手を入れたベルがにやついて私を見た。私は目を伏せた。その時には恵理菜は嬌声に変わっていた。

「ふざけんな、この変態夫婦、勝手にしろ」

だが怒って帰ったところで、しばらくするとまた助けを求める電話が来るのだ。次第に状況が変わり、恵理菜が助けの連絡を寄越すようになった。

「保、一緒に来てくれ。ベルがまたやばいことになってる」

〈分かった、俺も行く〉

浮気が原因なのは同じだが、これまでは恵理菜の暴力に対して防戦一方だったベルが、逆ギレして、彼女に手を出すようになっていた。ベルが私たちの目の前でも恵理菜の頰を平手打ちする。すさまじい音とともに彼女は床に崩れ落ちた。

「ベル、やめろ、女を殴るな」

保がベルを羽交い締めにして止める。ふらふらになりながら立ち上がった恵理菜が目を真っ赤にしてベルに突進していく。

「恵理菜もやめろ。近所から警察へ通報されるぞ」

私は、泣きながら叩こうとする恵理菜の前に体を丸めて入り込み、なんとかベルから引き離す。

「保はベルを頼む、俺は恵理菜をどこかのホテルに避難させるから」

「分かった、頼むぞ、治郎」

泣き叫ぶ恵理菜をホテルに連れていくが、恵理菜の嗚咽《おえつ》は止むことなく、話し合いができる状態ではなかった。

「保、そっちはどうだ」

私はホテルの浴室から保に電話をかける。

〈全然ダメだ。ベルにもう別れろと説得してんだけど、恵理菜の方が俺と別れねぇよと聞かねえんだ〉

「なにが別れねぇよだよ。恵理菜はまだ泣いてるぞ。殴られた頬を押さえていて、見てて気の毒になるくらいだ」

〈ベルが言うには、恵理菜は俺が浮気するのは分かってて結婚した。怒るけどそれで俺がキレるのもすべてあいつの計算ずくだって。あいつも俺と同じで親に放っておかれて育ったから、俺に怒ってほしいんだと言うんだよ〉

「そんな愛情表現あるかよ」

〈一応、俺からは二度と恵理菜に手を上げるなと、それだけは約束させた〉

保もベルの興奮を収めるのが精いっぱいで、それ以上はどうにもできないようだった。

「だったら俺から恵理菜にもう二度とベルのもとに戻らないよう説得するから」

電話を切ってバスルームを出る。ウイスキーを飲ませたことで少しは落ち着きを取り戻した恵理菜に話しかける。

「なぁ、恵理菜、ベルはもうダメだ。あいつといたら、恵理菜の人生はめちゃくちゃになるよ。せっかく上京して、モデルでも女優でもトップに立ったんじゃないか。こんなことで成功を台無しにしたらもったいないよ」彼女を刺激しないように説得する。

「ありがとう、治郎。そうだよね、あんな男に執着したらダメだね。私もちゃんと考えるよ」

その場ではそう言うのだが、ベルが言った通り、恵理菜は数日後にはベルのもとに戻った。

ベルと恵理菜の仲は収まるどころか、喧嘩が激しくなるばかりだった。相変わらずベルの女性への耽溺《たんでき》が原因で、恵理菜を怒らせているものだと思っていたのだが、そうでもなかった。

ある時、紀尾井町で食事をし、保のレンジローバーで四谷のスタジオに向かっていた。

渋滞で停車中、保がホテルニューオータニの一階に入るレストランのテラスの方を指差した。

「治郎、あれ見てみろ」

そこにはたった一年余りでここまで雰囲気が変わるものかと驚くほど、伸ばした髪を明るく染めた恵理菜が、若い男に囲まれてケラケラと笑っていた。

私生活は乱れてもベルの音楽に対する情熱は変わらず、曲を作っては、みんなに披露する。だがベルの人間性を知り過ぎたせいか、いいメロディでも心に引っかからなくなった。

残りの三人も昔とは変わった。保は歌詞作りに苦戦し、昔ほど心を揺さぶられたり、自分に重ね合わせて胸に落ちるものはなくなった。あとの二人はもっと酷かった。味本はギャンブルにのめり込み、サダ坊も別の仲間と飲み歩き、リハーサルをサボるようになった。

メンバーがそうなってしまったのもある意味仕方がなかった。五枚目のアルバムも、シングルカットされた曲もこれまでのようにメガヒットはしなかったが、その頃にはカラオケやCD、ミュージックビデオやライブのレーザーディスクなどの印税収入で、なにもしなくても多額のギャラがメンバーの口座に毎月支払われた。保からはやる気は感じたが、味本とサダ坊は現状に満足し、これまでのようなベルの厳しい指導からも逃避したかったのだろう。

私はメアリーがこのまま終わってしまうのではないかと憂慮した。なにせバンドにあった二つの求心力が低下してしまったのだから。

この頃には、八四年から書き始めたノートは四十冊を超えていた。原稿用紙にはまだ一枚も書いていなかったが、今振り返るなら書き始めていなくてむしろよかったと思う。

数年前に書いていたら、彼らの演奏力やポテンシャルの高さを絶賛するだけの内容で終わっていた。しかし今なら違う。ライブでは相変わらず評論家から高い評価を得ていたが、私が書くのはファンも評論家も知らないバンドの素顔だ。なぜ彼らは他が作れない独特の音楽を編み出すことができたのか。その不思議な和音がどうして急に壊れたのかまで。

ファンが落胆し、悲しんだとしても、私は、知りうる真実のすべてを書こうと心に決めた。それがあってこそのメアリーなのだ。そうでなければ彼らに密着し、尽くしてきた私はなにも報われず、自分の存在意義すら失ってしまう。

ベル、おまえがいけないんだぞ。書いたものを見せると言ったのに「治郎が見たメアリーを書くんだろ？　だったらそれはおまえの作品じゃねえか」とカッコつけた台詞を吐いたからだ。保もそうだ。「事実を書くのが本物のノンフィクションじゃねえか」なんて言うから。

あの時は心が揺さぶられたが、今は違う。

※

彼らの世話を焼くことに嫌気が差し、鬱屈した日々を送っていた私にも、気持ちが晴れる出来事があった。九八年の冬、クリスマス前の休日、カップルで賑わう新宿に行った。バーニーズ・ニューヨークで買い物をして、歩行者天国になっている新宿通りに出たところで、「藤田さんですか？」と声をかけられた。

振り返ると、白いコートに、ベージュのマフラーを巻いた女性が立っていた。

「寺田《てらだ》さん？」

大学四年生の時、軽音楽部に新入生で入ってきた寺田優子《ゆうこ》だった。

「そうです。覚えていてくれました？」

「もちろん、覚えてるよ」

「私、ここに勤めてるんですよ」

優子は背後の老舗デパートを指差した。

「ここならうちの商品を置いてもらってるよ」

「商品って、なにをしてるんですか」

「CDだけどね。あっ、俺、音楽プロダクションをやってるんだ。といってもアーティスト一組の小さなプロダクションなんだけど」と名刺を出す。

「オフィスメアリー社長って？　メアリーの事務所の社長さんなんですか。私、メアリーの大ファンなんですよ」

軽音楽部にいたのだからメアリーファンであっても不思議はない。彼女は正統派ガールズバンドのギター兼ボーカルをやっていた。

「今度、ライブに招待するよ。前の方の席を用意するから」

「えっ、本当ですか」

両手を合わせ、目を輝かせた。その表情だけでキャンパスの頃を思い出し、私は心が躍った。当時は少し落ち着き過ぎていて、彼女は大学生にしては若さがないことにコンプレックスを抱いていた。レイヤードだったヘアースタイルが、ウェーブのかかったセミロングに変わったくらいで容姿はあまり変わらない。目はそんなに大きくはないが、目尻に向かう途中から二重になり、茶色がかった瞳からは優しさが伝わってくる。卒業して十年以上経ったことで年齢が容姿に追いつき、上品な大人の女性として磨かれたように私の目には映った。

「よかったらお茶でもしない。あっ、でも旦那さんとか待ってるのかな」

昔は言えなかった誘い文句がスムーズに出た。

「独身ですよ。三十三なのに」

「全然見えないけど」

「嘘ばっかり。いい人いたら紹介してくださいよ。藤田さんは？」

「俺こそ紹介してほしいくらいだよ。仕事が忙しくて出会いもないし」

「大学の頃から変わらず、お若いのに」

お世辞だと分かっていても顔がほころぶ。大学時代からそうだった。やっている音楽はハードなロックなのに、細かいところまで気が利いて、一年生部員のまとめ役だった。

「お茶はどう？　もし寺田さんに時間があるなら食事でもいいけど」

「いいんですか、でもご飯は図々しいんで、お茶でも」

その返事を聞いた時、私は完全に舞い上がっていた。》

5

ヴィスタビーチ・リゾートは、海からは少し離れた高台にあった。海岸道路からくねりながら上る小道を車で走っていくと、草が生い茂った先にホテルが見えた。吹きつけの壁は黒ずんでいる。人気スポットになったと聞いたが、改装した気配はなかった。潮風に当たるこの地に建ったまま、まともにメンテナンスをしなければ朽ちていくのも当然だ。

沖縄県警の捜査車両から降りた伴は、南風が吹いてくる方に体を向けた。梅雨明けした沖縄は今朝は快晴だったが、湿気をたっぷり含んだ風は生ぬるくて不快だった。

「渡真利さん、僕がイメージしてたのとは全然違いました。ボロいし、ビーチリゾートなのに海も見えないし」

「昔は海が見渡せましたけど、目の前に外資系のホテルが建ったんです。今の沖縄は新しいホテルがいくらでも建設されていますから」

汚れた壁はまだビンテージ感が出ているように見えなくはない。だが金属部分の塗装が剝げ、錆《さび》で赤茶けているのはいただけない。

旅行サイトによると、海側の外資系ホテルが一室六万円以上するのに、このホテルはダブルで一万二千円程度だった。ホテルのホームページには特別ルームだけ時価と書いてあった。そこが鈴村竜之介が死んだ部屋ではないか。

回転ドアから入るが、ロビーは閑散としていて、ポーターも出てこない。床の大理石はところどころ欠けていて、足の悪いお年寄りは躓《つまず》きそうだ。ライトもいまだに蛍光灯で、ロビーは白っぽい。それでも内装はリフォームしたのか、外観ほど廃《すた》れた印象はなかった。

フロントで用件を伝え、別室で待たされる。数分してフロントで会った支配人だという男性に連れられ、白の上着にセットアップのタイトスカートを穿いた年配の女性が、ヒールをカツカツと鳴らして現れた。

真っ白の髪を引っつめにした年配女性は、背筋はピンと伸びている。白塗りした肌をよく見てみる。六十、いや七十歳は超えていそうだった。

挨拶すると、女性は上品な所作でジャケットの内ポケットから革のカードケースを出し、皺のある手で《会長　山崎聖美》と書かれた名刺を出した。まさか会長が出てくるとは意外だった。

「ホームページの沿革を見ましたが、三年前に山崎《やまさき》さんがオーナーになられていますね。その時、山崎さんが購入されたのですか」

「開業当初からわたくしどものものです。当時は夫が会長でしたが、三年前に病死しましたので」

「それは失礼しました。では十九年前に、このホテルでミュージシャンの事故死があった時は、山崎さんの旦那さまが経営に携わっておられたというわけですね」

「ええ、息子が亡くなった時ですね」

「えっ、今、なんておっしゃいましたか？」

幻聴かと思った。

「刑事さんは、わたくしの息子が死んだ事故のことをおっしゃっているんですよね」

「ということは、あなたは鈴村さんの……」

「そうです。いっとき鈴村姓を名乗っておりましたので。竜之介はわたくしの一人息子です」

それだけでも充分衝撃だったが、聞こえてきた言葉にさらに打ちのめされる。

「それに山崎さんなんて堅苦しい呼び方はやめてください。ここの従業員を含めて、皆さんわたくしのことはサミーさんと呼んでおりますから」

「サミーさんって、もしかして……」

隣から渡真利が口に出した時には、伴はもらった名刺をひっくり返していた。《SATOMI〝SAMMY〞YAMASAKI》と書いてある。それでも、そんなはずはないと心の中で否定する。彼女は笑っていた。エイジングケアの注射でもしていて効果に差が出ているのか、片方の口角が不自然に上がっている。

「はい。息子の歌に出てくるサミーですよ」

その言葉が耳に届いた時には、伴の喉はカラカラになり、返事もできなかった。

「息子が作った曲によると、わたくしは竜之介が亡くなるはるか前に、この世から消されてるんですけどね、息子の笑った目を見ながら……。当然、歌詞の意味はご理解されていますわよね」

「い、いえ、はい」舌がもつれて、上手く言葉が出ない。

「ミュージシャンの母親はこの世にたくさんいるでしょうが、歌の中で、名前入りで絞殺された母親は、わたくしぐらいではないでしょうか」

おぞましい言葉を平気で口にして、山崎聖美《さとみ》は手を口に当てて笑っている。

サミー　俺は指に力を込めた
サミー　腕の中で苦しみ出す
途切れてく肉声
俺の笑った目を見ながら　やがてサミーは目を閉じた

耳の中で『サミー・ハズ・ダイド・スティリー』がかかり始め、音がじんわりと広がっていく。
声帯を震わせた木宮の声の背後で、まるでオリジナルトラックに入っていたかのように、山崎聖美の乾いた笑い声が重なった。

Song 4

1

閉鎖病棟

《九八年、仙台の公演後、私はホテルの隣の部屋から、女性が帰るのを待っていた。薄い壁から女の声はしたが、それは会話であり、男女が交わる淫《みだ》らなものではなかった。

「じゃあ、保ちゃん、またね」

声がしたので、慌ててベッドから足を下ろしてスリッパを履く。保と話したかったのは、広告代理店からCMのタイアップ曲の依頼が来ていること、さらに大物バンドのプロデューサーからチャリティフェスへの参加オファーが来ていることなどについて、バンマスとしての意見を聞きたかったからだ。

廊下に出ると、保の部屋から女が出てきたところだった。他のライブ会場でも見たことがある顔だ。

なぜか不機嫌そうな表情の女がオートロックのドアから手を離したところで、私は小走りで近づき手を突っ込んでドアを押さえた。

「治郎だ。入るぞ」そのまま足を踏み入れる。中を覗いた私は驚愕《きょうがく》の声を上げた。

「保、なにやってんだよ」

卓上ライトの下で、保は大量の薬を一つ一つ丁寧にピルケースに仕分けていた。錠剤なので覚醒剤や大麻ではないが、世の中には「ＬＳＤ」「ラッシュ」「エクスタシー」といったパーティドラッグが溢れている。

「それ、ドラッグだろ」

「違うよ、薬局でもらえる普通の薬だ」

顔を向けることなくそう答え「これがハルシオン、これがサイレースで、これがマイスリー、アモバン、これがデパスでテルネリン」と名前をあげ、ベンゾジアゼピン系睡眠薬、非ベンゾジアゼピン系睡眠薬、抗不安薬、筋弛緩薬と一つずつ説明していく。

「これはリボトリールといって、てんかんのけいれんを抑える薬だ」

「おまえ、てんかん持ちなのか」

「違う、脳の活動を抑える効果があるそうだ」

「どうしてそんなの飲むんだよ」

「眠れないからだよ。俺の脳は寝ようとすると活発に動きだして、制作中の詞をなぞりだすんだ」

「夜中は起きてて、朝寝ればいいだろ」

「夜でも朝でも昼間でも同じだ。寝ようとした途端に、眠気が消えんだよ」

保から聞いた限り、時差ボケの状況に近いように思えた。ずっと起きていて寝かけても五分か十分で、発汗や振戦《しんせん》が起きて目が覚めてしまうという。

「こんないっぱい飲んで大丈夫なのかよ」

「一度に飲んでない。分けて飲んでる」

「どうして分けんだよ」

「効かなくなるからだよ。体に慣れができるのか、続けて飲むと飲んでも眠れなくなるんだ」

「薬に頼るようになったのはいつからだよ」

「眠りが浅いのは昔からだけど、飲むようになったのは勇敢なミスターゲルドフのあとだな。次はこれを超えるものを作らなきゃいけないと思うと、このメロディに乗せる詞はこれでいいのかと納得できなくなってきた」

セカンドシングルで、私が一番好きな曲だ。ゲルドフはアフリカ飢饉《ききん》救済のチャリティコンサート『LIVE AID』を企画したミュージシャンだが、保は勇気の象徴としてタイトルに使っただけで、歌詞には名前も出てこない。

　おまえら全員くだらねえと叫んでみろよ
　銃持つ兵士がぶっ放すのをやめるくらい

そのフレーズは、会社をやめて社会に馴染《なじ》めずにいた私が、今はたくさんのファンから愛されるメアリーを支える一員になれたという自分の人生と重なって聞こえた。今があるのも、売れない時代に、自分たちは必ず成功すると信じ、四人が走り続けたからだ。そして私もまた、メアリーを見下した連中を必ず見返してやるという思いで、彼らと行動を共にした。

「あの頃は保の家に居候させてもらっていたのに、なにも気づかなかったよ。だけどこれだけの薬を飲めば寝れるのか」

「時間はかかるけどなんとか眠れるかな。それでも頭の中はずっと歌詞を追いかけてるし、夢もよく見る。レコーディングに寝坊で遅れたり、飛行機が動き出してから、行き先が違う便だったことに気づいたり。やっと会場まで着いたところで、大事な忘れ物に気づくこともある」

几帳面な保が寝坊や忘れ物をするはずがないのに、夢の中ではつねに焦っていて、何度も目を覚ますそうだ。再び寝ても、不思議と夢の続きを見るらしい。私はそんなことがあるのかと驚いた。

「眠りが浅いなら、二度寝すればいいじゃないか。俺たちの仕事は別に決まった時間に起きなきゃいけないわけではないんだし」

「そうするとますます夢の内容が悪くなるんだよ。そういう日はもう一日中、気分が悪い」

「夢を見るのも薬のせいじゃないのか」

「眠れないよりマシだよ。寝起きは最悪だけど、数時間でも寝ればなんとか体力がもつ」

「体的には寝た方がいいだろうけど、夢もしんどいだろ」

「車で事故を起こしたり、周りの人間がパニックになって逃げだすような大災害に巻き込まれる夢もよく見る。俺も必死に逃げるんだけど、途中でこのシーンは曲に使えるなと立ち止まって、その情景を歌詞にして忘れないよう頭の中で復唱するんだ。まぁ、そういうのは大概、どうしようもない歌詞なんだけどな」

「医者には行ったのか？」

「行ったよ。どうやら俺は人よりレム睡眠が長いそうだ。普通、夢は明け方に見ることが多いのに、俺は眠ってすぐに悪夢を見て、それで目が冴える。見た夢のほとんどは覚えていると言ったら、医者からあなたは普通じゃないと言われたよ」

「普通じゃないってどういうことだよ」

「いろいろ小難しいことを並べてきたけど、端的に言えば鬱病の一種らしい。だからしばらく休養した方がいいと」

「医者がそう言うなら休んだ方がいいんじゃないか」

「ふざけんな。鬱病で詞が書けるかよ」

急に保が怒りだした。確かに『勇敢なミスターゲルドフ』は九年も前だ。それ以降も保は数多《あまた》のヒット曲を世に送り出してきた。

「医者からは心理テストもされたよ。人に会いたくないと思うことがあるか、小さなことでイライラするか、性欲はあるか、山ほど項目があって、くだらねえと怒って帰ろうとしたら、医者はこう言ったよ。症状が改善されないのはあなたが医者を信じていないからだ。自己啓発セミナーでも行って自分を変えるところから始めるべき、だとよ。まったくふざけた話だよ」

医者がそんな投げやりなことを言うのも分からなくはなかった。それまでの保の態度も酷かったのだろう。保は基本、他人を信じない。信用するのは唯一の家族だった母――それを失った今はバンドの仲間だけだ。

保は再び睡眠薬系、抗不安薬系、筋弛緩薬系など、同じ薬が続かないように一週間用のピルケースに入れていく。ミリグラム単位で効き目が違うものもあるようで、そういう薬はピルカッターで半分や四分割にする。薬剤師のような慣れた手つきだった。これも薬を信じていないからだ。使い分けて、脳が薬に耐性がつかないように、自分を騙《だま》しているのだろう。

「メジャーデビューする前は、詞はすらすら出てきてたのにな」

「そんな天から降ってきたようなことは一度もないよ。最初に浮かんだものなんて、だいたいは聞こえがいいように言葉を繫いだだけ、上っ面をなぞっただけの陳腐な歌詞だ」

保の詞作りはまずベルの曲を聴き、浮かんだイメージをノートに書き留めることから始める。そこから一度完成させるが、出来上がった歌詞を一つ一つの語句に分解し、もっといい代用句がないか探す。ふさわしい言葉が見つかると今度は前後が気になってきて、それも一つずつ直していく。完成してもまた全体を見直し、気に入らない語句を変える。そうした作業を繰り返していくうち、最初の詞は跡形もなく消えているという。そういえば、下書きの文章に、何重もの打ち消し線を引いている姿を何度も目にした。

「保は考え過ぎなんだよ。もっと思いつくまま、いい言葉は何度だって繰り返せばいいんだ。ファンはその方が盛り上がんだから」

「俺はそういうのは嫌いだ。インパクトがある言葉なら一発で決めたい。その方が聴き手の心に届く」

「それはそうだけど」

「ファンが聴きたいのはワードよりフレーズだ。比喩を使った方があとからジワジワと映像が浮かぶし、逆に比喩など使わず直接的じゃないと心に響かない箇所もある」

「そんなにこだわり過ぎたら曲ができないじゃないか。レコード会社から毎回、新曲をせっつかれてるのに」

「歌詞を作るという作業は、減量しているボクサーみたいなものなんだよ。ボクサーはすべての汗を出し切って初めてリングに立てる。絞り出した最後の一滴に、本当に自分が伝えたかった思いが含まれてんだ」

ボクサーがリングに上がるまでの苦しみのようなものが、保の詞からは重く感じ取れる。だからこそバブル時代の恩恵もなく、理不尽な社会に絶望していた若者たちの心に刺さったのかもしれない。

「それよりこの薬、どうやって手に入れたんだ」

「海外で買ってきてもらったんだよ」

「ハルシオンと日本語で書いてあるじゃねえか」睡眠薬の入った銀色のシートを指す。「さっきの女、看護婦じゃないのか」

「看護婦じゃねえ。薬剤師だ」

「同じだよ、薬剤師が薬を盗んでんだろ？」

「使用期限が切れそうになると処分するそうだ。それを持ってきてくれてる」

「それだって立派な犯罪だぞ」

「彼女だって納得してやってる」

納得しているはずがない。知り合った頃は知らないが、今は薬を持ってこさせられるだけの関係だ。だから不機嫌そうな顔で帰っていったのだ。

「保、薬は俺がなんとかする。だから薬目当てに女と付き合ったりするな」

深く考えることなくそう言うと、保は「分かったよ、治郎、恩に着る」と言い、この日の分、ハルシオン二錠に四種類の薬を合わせて六錠半を胃に流し込んだ。

これが身を滅ぼすだけの行為なら私だって協力しなかった。だが保は医師を信じない自分の性格や体質をよく理解していた。同じ薬を飲み続ければ薬の量だけが増えていずれオーバードーズになる。だから微妙に成分を変え、薬と共存する方法を選んでいるのだ。

しかしなんとかするとは言ったものの、どうやって入手すればいいのか私には思いつかなかった。心療内科に行っても最初は一、二種類の薬をせいぜい二週間分しかもらえないだろう。複数の病院に行くか。そんなことを繰り返せば国民健康保険で目をつけられる。かといって自由診療で大量の薬を求めれば医師に怪しまれる。

保がホテルの卓上ライトで手元を照らしながら、薬をピルケースに仕分けている姿はその後も何度か見た。薬を手元に置いておくことが保の精神安定剤になっているようだった。

※

その曲を保が歌いあげると、スタジオが静まり返った。保が大きく息をつく。心がひりつくような演奏に、スタジオの隅で聴いていた私は、その場で立ち竦んでいた。

「ワォ、すごいんじゃないの、俺、蕩《とろ》けそうになったわ」揺れたシンバルを手で押さえたサダ坊が感嘆の声を上げた。

「俺もいいと思う。最後の《歌だけが繰り返し流れる》のフレーズには、切なくてジーンと来たよ」味本は本当に泣きそうな顔をしていた。

「治郎はどう思った？」保はA４用紙にプリントされた歌詞を読んでいた私に振った。

「これ、恋人との別れを悔やむ曲だろ」

「どうしてそう思ったんだ？」

「そりゃ、歌い出しも《出会った時の感動なんて薄っぺら　あの時は好きだという感情しかなかったのだから》だし、Bメロも《花を見にいこうねと約束した時は　いつも咲く前だったやっと行けるねと仲直りした時は　いつも花は散っていた》だから」

「そういう意味にもとれるな」

保ではなく、ピアノの前に座っていたベルが答えた。ベルはその曲をピアノで作ってきた。

「ベルの曲もいいし、保もよくこんなすごい歌詞を作ったな。最近は眠れてるのか？」

「相変わらずだよ。やっと薬が効いてきてベッドに入っても、そこであれがよくない、あの部分がなんとかならないかと考え始めて眠れなくなる。でも治郎のおかげで、なんとか体力がもつだけの睡眠は取れてるよ」

この曲の完成を思うと、私も無理してまで彼が求める薬を入手してよかったと嬉しくなった。

「で、タイトルはなににしたんだ」

「ベルとも相談したけど、ラスティングソングがいいかなと思ってる」

「それだと永遠に続く歌って意味になるぞ。別れの歌なのにいいのかよ」

「いいんだよ。関係は終わっても、あの時に聴いた歌だけは消えない、それが悔いとなって自分を責め続けるわけだから」

「心は離れても、歌は消えないものな」

私だけでなく、味本もサダ坊も納得していたが、ピアノで曲の出だしを繰り返し弾くベルだけは、眉間に深い皺を寄せて首を傾げていた。

「どうしたんだよ、ベル、難しい顔して」

「もう少しフックになるものが欲しいな」そう呟くと「保、この曲、シャーデーみたいに歌ってくれよ」黒人の女性シンガーを出した。

「ベルさん、これ、そういう曲じゃないでしょ。美しいメロディラインなんだから、保のいつもの歌い方で充分だよ」味本が口を出す。

「いいや、保の声にスモーキーさが出たら、もっと成長できるように思うんだよ」

上から目線でそう言われて、保が怒りだすかと心配したが、「それならキーを下げて、テンポもスローにしてくれよ」と要求した。

「これくらいか」ベルがイントロを弾く。

「俺に貸してくれ」

保がベルの隣に座り鍵盤を叩く。和音の音を増やし、ベルより黒鍵を多く使った。その頃は保も独学でピアノが弾けるようになっていた。

「こんな感じでどうだ、保」ベルがAメロまで弾き直す。

「いいんじゃないか。それでもう一度やってみようか」

保のかけ声で演奏を再開する。保は鼻にかかった声で哀愁を滲ませた。それまでのメアリーの曲とは違い、心の昂《たか》ぶりも、多幸感もなかった。それなのに最初に聴いたヴァージョンより私の体は震えた。

その後もリハを重ねるたびに二人からアレンジのアイデアが出た。保とベルの息が合い始めると、味本やサダ坊のプレイにも自然と熱がこもり、彼らは二人からの高い要求にも応えていった。レコーディングが終わり、ミックスダウンの際に聴いたサウンドは、これまでにない大ヒットを確信させる完成度だった。

九九年、『ラスティングソング』は三年振りのシングルとしてリリースされた。メンバー四人、レコーディングに関わった私を含めたスタッフ全員が、メアリーは完全復活したと信じて疑わなかった。》

2

鈴村竜之介の母だと告げたヴィスタビーチ・リゾートの会長、山崎聖美はほほえんでいた。

鈴村が生きていれば五十七歳。となると母親は八十前後、それ以上かもしれないが、整形あるいはエイジングケアしているからだとしても、そこまでの高齢には見えない。

「山崎さん、いえサミーさんは、いつ再婚されたのですか」

「九三年の十一月です」

「その前の御主人とは？」

「九二年に離婚しています」

「新しいお父さんがこのホテルの経営者になられたことで、竜之介さんはここを利用されるようになったのですか」

「新しい父親って、息子はその時二十九ですよ。主人とはほとんど関わりはなかったです」

「でしたら、どうして、ここに」

「こちらも商売ですからね。息子からは宿泊費を取ってましたし。お金を払って泊まってくれる客を断る理由はないでしょう」

その言い方にどこか突き放したような冷たさを覚えた。

「刑事さん、そんなキョトンとした顔をしないでください。あの歌を知ればどんな親子だったか想像できますでしょ。《サミー　俺は指に力を込めた　サミー　腕の中で苦しみ出す》ですから」

歌を口ずさみながら、また手を口に当てて笑う。息子に殺される曲を平気で歌うこの母親は、いったいどんな神経をしているのか。

「でもメアリーの曲って、詞は木宮さんが書いていたんですよね」伴が尋ねた。

「うちの子が唆《そそのか》したんじゃないですか。だから二番なんですよ。一番は女性がいなくなったのを哀しむ歌詞だから木宮くんのことだったはずなのに、二番で竜之介になり、一番に出てくる人までサミーと呼んでわたくしの名前に変えたのですよ」

「どうしてそう思うのですか」

「当然じゃないですか。わたくしが木宮くんに恨まれる理由なんてありませんもの」

息子には理由があったような言い方だ。

「刑事さんは息子がわたくしのことを恨んでいると思ってるんでしょうね。わたくしは息子が小さい頃から、国内外のクラシックコンサートの企画を数多く依頼され、世界中を飛び回っていましたのよ。父親も一年の大半は海外で過ごしていました」

「両親がいないのに、息子さんはどうやって生活されていたのですか」

「ちゃんと住み込みの家政婦を雇ってましたわよ。保護者参観にも出てもらいましたし」

「それでは息子さんはさぞかし寂しがったのではないですか」

「そんな話をすると酷い母親に聞こえるでしょうが、わたくしも家にいる時はできるだけ息子と過ごし、時には厳しく躾《しつ》けました。幼少時からバイオリンを教え、ピアノも一流の講師をつけましたし」

「バイオリンにピアノですか？」

「でもある時、わたくしがツアーから帰宅すると、竜之介は素知らぬ顔でギターを弾いてました。その横でバイオリンが壊されてて。小学五年くらいでしたけど」

「バイオリンって安いものじゃないですよね」

「八十万くらいですかね。子供用でもいい音を出すにはそれくらいのクラスは必要です」

「そんな高価な楽器を壊され、サミーさんは怒らなかったんですか」

「怒りましたよ。でも怒ったからってごめんなさいと素直に謝る子供ではなかったですからね。

こともあろうに、あの子は児童相談所に、母親に虐待された、と電話したんです。そこの職員が家にやってきて、あの時は大変な目に遭いました」

「大変ってどうなったんですか」

「わたくしと主張が食い違うため、竜之介は児童相談所に預けられました。その時は父親の会社にも連絡がいって、あの人も急遽海外から戻ってきましたのよ。わたくしの仕事に影響が出なかったからよかったですけど」

メアリーの『ファイトバック』、虐待される子供の歌が浮かんだ。児相が預かったということはそう疑われる痕《あと》があったのだろう。それなのにこの母親は、自分の仕事に影響が出なくてよかったと、悪びれることなく話す。

「でも息子は半月で戻ってきて、わたくしの無実が証明されました」

「その後の竜之介さんはどうでしたか？」

「反抗的でしたけど、あの時ほどの騒ぎを起こすことはなかったですね。あの子も中学から好きなことを始めて、家にいることが少なくなりましたから」

「好きなことって？」

「バンドを組んで、毎晩、遅くまで出歩いてました」

「中学で夜遅くはあまり好ましくないですね」

「今とは時代が違います。当時は補導でもされない限りは、とくに夜遊びが問題になることはありませんでした」

年齢の割には瞼が垂れておらず、くっきりした二重の目でそう述べる。「彼がミュージシャンとして成功したのは、わたくしが幼い頃から音楽の基礎を教えたからですよ。ピアノを習わせたのは大きかったんじゃないかしら。あの子の曲がファンの心に残ったのは、あの子が感性より理論で音楽を語れたからです」

「理論なんかより感性の方が大事なのでは？」

「なにをおっしゃるのですか、刑事さん。理論で語れなければ、メンバーがなぜここはGでなく$G^{\#7}$かと疑問に思っても答えられないでしょ？　別に理屈を言う必要はありません。でも作った音楽に理論の裏付けがあることが分かっているから、演者は信頼してついていくことができるんです。そして音楽を理論で語れるミュージシャンの九十パーセントは、わたくしが思うにピアノ経験者です」

伴には耳の痛い話だった。自分たちのバンドもよく揉めたが、誰が主張しても説得力はなかった。メンバーにピアノを習った者はいなかった。すべてのバンドにピアノが必要なわけではないが、八十八の鍵盤でコードもソロもベース音も同時に操るピアノ奏者は、音楽を立体的に捉え、理論で裏付けることができるのだろう。

ライブで鈴村がピアノを弾いたことはなかったが、彼が途中からピアノで曲作りを始めたというのはファンの間では有名なエピソードだった。そのことについて話すと、「作曲だけでなく、スタジオ録音された曲の鍵盤楽器はすべて竜之介の演奏ですよ」と言われた。

「聴いただけでそんなことまで分かるものですか」

「他のスタジオミュージシャンとの違いくらい当然分かります。私もプロですから」

なにか癖があるのか、それとも鍵盤の叩き方に特徴があるのか。息子とは幼少時代から反目してきたというのに、音楽のことになると通じ合っていたとでも言うようにこの女はいっそう傲慢な面構えになる。

つい夢中で訊いてしまったが、話は本題からずれていた。そこで「重複しますが、サミーさんに反抗的だった竜之介さんは、どうしてこのホテルを使うようになったのですか」と質問を戻した。

「それは竜之介がメンタルを崩したからです」

「メンタル？　それはいつ頃のことですか」

「いつだったでしょうか。ラスティングソングの後だから九九年以降ですわね」

「それはなにか理由でもあったのですか」

メンタルを壊したなど初めて聞いた。むしろ『ラスティングソング』のツアー後、鈴村はメンバーから離れて新たな活動を始めている。

「木宮くんの歌詞、そして表現力に嫉妬したのではないかしら。わたくしもバイオリニストをやめて裏方に回ろうと決断した時に、同じ悔しさを味わいましたから、息子の気持ちはよく分かります」

「評価されたのは木宮さんだけじゃなかったですよね。竜之介さんのギターも新たな世界観を生み出したと言われましたし」

『ラスティングソング』は曲の大サビに被せるように鈴村のギターソロが始まり、木宮が歌い終えた後も、エリック・クラプトンの『いとしのレイラ』やイーグルスの『ホテルカリフォルニア』のように鈴村の長いエンディングソロが続く。伴が行った横浜公演ではアンコールで演奏した。あの時の鈴村は、狂気を孕んだ目で、ギターを自在に操っていた。

「あのエンディングって必要だったかしら？」

母親の感想は違った。

「僕にはギターソロが『別れ』と『悔い』を表現しているように聞こえましたが」

「それは刑事さんの思い過ごしですわ。木宮くんが《歌だけが繰り返し流れる》と歌い終えた時点であの曲は完結しています」

彼女はこう言っているのだ。あの曲が成功したのは木宮の詞と表現力によるもの。あの長いエンディングソロは木宮への対抗心であり嫉妬であって、不要な過剰パフォーマンスだったと。辛口の批評家ならまだしも、自分の息子に対してこんな言葉を吐くか。

「息子さんがあの曲で精神を乱したのは分かりました。サミーさんも母親として放っておけなくなり、このホテルを使うように言ったということですか」

「おっしゃる通りです」

「ではこのホテルで竜之介さんはなにをされていたのですか」

「リハビリに決まってるじゃないですか」

「本当にリハビリだったのですか」

「どういう意味でしょうか」感情のすべてを消した白い仮面を被ったまま、山崎聖美は聞き返してくる。

「たとえばなにかを愉しむためにここにいたとか。もちろんそれは我々警察に知られてはまずいものです」

この場で聴取を打ち切られてもおかしくない質問だったが、「竜之介が死んで十九年も経つんですものね」と苦笑を浮かべ「あなた方の思ってる通り、薬ですよ」と認めた。

「薬といっても種類がありますが」

「そこまでは存じません。マリファナなのかコカインなのか、それとも覚醒剤なのか」

やはり実母の言葉には聞こえない。この女も息子に憎悪を抱いていたのではないか。

「勘違いしないでいただきたいのですが、許可していたわけではありませんよ。薬を断つためにこのホテルを使わせたのですから」

「医師やカウンセラーをつけましたか？」

「そんなことはしませんよ。彼はすでに充分な大人でしたし、メンバーもいましたし」

こんな隠れ家的な場所を提供すれば、ますます薬にのめり込むのではないか。息子のためではない。この女は息子が逮捕されて、自分に害が及ぶのを憂慮したのだろう。

「竜之介さんが亡くなった時、サミーさんはどこにいましたか」

「プロデュースしたコンサートの仕事で東京にいました。すぐ駆けつけたかったのですが、どうしても成功させなくてはならない、たくさんのスポンサーからご支援いただいたコンサートでしたので。息子と対面できたのは、通夜を行うため遺体を東京まで運んでからです」

母親の情をまったく感じない証言が続く。渡真利の顔を見た。彼も眉を寄せていた。捜査記録に山崎聖美の名前がなかった謎は解けたが、このままでは二人の確執を聞かされるだけで捜査に結びつかないと、伴は本題を突くことにした。

「息子さんが亡くなったこと、サミーさんは事故死と思いましたか」

「違うのですか？　だとしたらこっちが聞かせてほしいですが」

「いえ、サミーさんが感じたことを教えていただきたいだけです。当然警察から連絡があったと思いますが、死因を疑うようなことは言われませんでしたか」隠していることはないか、表情を窺《うかが》いながら尋ねる。

「どうでしたかしら。わたくし事故死だと疑いもしませんでしたし」

なにも読めなかった。目元の皺やほうれい線等を弄《いじ》る前から、この女は他人に胸の内を見せなかったのではないか。こんな表情でよく音楽プロデューサーの仕事が務まったものだ。この女には心がない。人としても、母親としても。

五〇一号室を見せてほしいと頼んだが、「滞在のお客さまがいらっしゃいますので」と断られた。

「息子さんのファンの方ですか？」

「存じません。お客さまに、なぜ五〇一の特別スイートをご希望ですか、とは訊けないでしょ」

「非常用通路以外に地下を通る脱出ルートがあったと聞いたのですが、そこに案内願えますか」

「そんなものあったかしら？」後ろに立つ支配人に尋ねる。

「防空壕《ぼうくうごう》だった地下道ではないでしょうか。数年前に壊していますが」彼もまた無表情だった。

「それがどうかなさいました？」

その通路を木宮が使ったとは言えず、「いえ、ないのであれば結構です」とごまかした。

渡真利を見た。彼も頷いたので辞去しようとすると、彼女の声がした。

「ですけど殺人なんてことになったら困りますわ。せっかく多くの方がホテルにいらしてくれるようになったのに」

困ると言いながらも、顔には喜色が浮かんでいるように見えた。


伴と渡真利は、エントランスの外まで見送りについてきた別の従業員にも地下道について尋ねた。すると防空壕だった跡はまだ残っていると言うではないか。再度、支配人を呼んでもらい「あなた、嘘をついたら困りますよ。地下道はまだあるじゃないですか、五階からの経路で案内してください」と強い口調で不満をぶつけた。

「でしたらこちらにどうぞ」

支配人は謝ることもなく、エレベーターを指し示した。

五階まで上昇する。エレベーターは五〇一と五〇二号室の間に設置されていて、エレベーターホールを出て右側に歩いていくと《５０１》と木のプレートが出ていた。ここで鈴村竜之介が亡くなったのだ。室内がどうなっているのか話を聞きたかったが、先を歩く支配人は非常扉を開けて外階段で待っていたため、ドアだけでもと目に焼き付け、先を急いだ。

螺旋《らせん》状になった外階段を下りていく。隣の敷地には別荘らしき白い邸宅が建っていて、そこから丸見えだ。

「この階段を使えば、外の人間に目撃される可能性がありますよね。私は宿泊客にさえ見られなければ、誰にも知られずに抜けられる経路だと聞きましたけど」

まだ嘘をついていると思って問い質す。

「十九年前はそこは森でしたので」

「そういうことですか」

一階に着くと、急に饐《す》えた臭いがしだした。ゴミ置き場があり、その脇のドアを開けるとそこも螺旋階段になっていて、中は真っ暗だった。支配人がスイッチを押すと、蛍光灯がまばらにともる。

薄暗い階段を下りていく。地下通路というよりは閉水路というくらいの幅しかなく、高さは大人の男性が立っても余裕はあるが、天井は土が剝《む》き出しで、今にも崩れそうだった。長い間、地下にこもった湿気のせいで、じめじめとカビ臭く、いつしか伴は、汗が止まらなくなっていた。後ろを歩く渡真利もハンドタオルで首筋の汗を拭っている。通路は十メートルほど進んだところでコンクリートが打たれ、それ以上奥には進めなかった。

「ここから先は？」

「隣にホテルが建った時に封鎖しました。だから壊したと言ったのです」懐中電灯を手にした支配人が言う。

「前はどこに出られたんですか？」

「プールの奥側にあった、従業員の車や送迎車の駐車場です。階段を下りる面倒と薄気味悪さで、ほとんどの従業員は、正面玄関からプールの脇を回っていましたが」

比嘉の証言と一致していた。

「その駐車場に案内していただけますか」

「すでにプールがあった敷地ごと売却したので当ホテルの土地ではありません。今は隣のホテルのレストランになってます」

「彼らはホテルの車を自由に使えたのですか？　だとしたら車のキーは？」

人知れず木宮が駐車場まで出られたとしても、車が使えなければどうしようもない。

「私は当時、営業部長で外回りをしていたため詳しく知りませんが、オーナーの身内ですし、言われたら貸し出したんじゃないですか。鍵は確か、お客さまのお迎えなどにすぐ使えるよう、地下通路の出入り口に置いてあったはずです」

その鍵を使って、ホテルの車で逃げたということか。ホテル所有の車が一台消えていれば普通は不審に思う。捜査員は木宮が使ってダイナーに行っていたという供述を鵜呑みにしたのだろう。ここでも杜撰な捜査が垣間見えた。

すでに支配人は来た道を戻りかけていて、伴たちもあと戻りするしかなかった。木宮がこの通路から脱出したという比嘉の証言はけっしてデタラメではなかった。

館内を通って正面玄関から駐車場に戻った伴と渡真利は、改めて建物を眺めた。

草木に覆われ、やはりリゾートホテルには見えない。うらぶれた場所に建つ廃墟のようだ。

沖縄の天気は移り気で、快晴だったのが今は雲がかかっていて、建物の向こう側の空は白くけぶっている。

「なんかホテルカリフォルニアみたいです」

好きだったレコードジャケットと重なり、伴は呟いた。また渡真利を困らせてしまったと思い、「聴いたことありませんか。《ウェルカム　トゥ　ザ　ホテルカリフォルニア　サッチ　ア　ラブ

リー プレイス》って」とサビの部分を歌った。

「知ってますよ。このジャケットでしょ」彼はスマホを弄ってジャケット写真を出した。

「なんだ、知ってたんですか。歌わなきゃよかったな。恥ずかしい」

「うまかったですよ。伴さんといつかカラオケに行きたくなりました」

レコードジャケットは黄色い神秘的な空を背景に、二本のヤシの木の間からドーム型のホテルが浮かぶように建っている。このホテルは四角い塗り壁の建物で、ヤシの木もないが、寂しく佇《たたず》んでいる姿はよく似ていた。

「しかし渡真利さん、ホテルカリフォルニアなんて古い曲、よく知ってましたね」

「AFNを聴いてた頃によくかかってました」

米軍用のラジオ局だ。伴が学生の頃はFENという名称で、英語を勉強しようと聴いた時期があった。

「あの曲、精神病院を歌ったという説があるんですよ」伴は物憂げなホテルを眺めながら言った。

「さっき伴さんは、ラブリーな場所にようこそって歌ってたじゃないですか」

「歌詞に《これは天国か地獄か》とか《囚人》《夜警》が出てきて、最後にこう歌うんですよ。《あなたは好きな時にチェックアウトできます　だけどあなたは二度とここから出ることはできませんよ》って」

「なんかホラーですね、気持ち悪い」

「サミーの話を聞き、僕はここもまた、外との交流が断たれ、閉鎖された病棟のように感じました」

「私は逆で、ドラッグの使用を容認されていたようなもんですから、鈴村にとっては天国だったと思いましたけど」

「鈴村が本当に殺されたのなら、彼にとってここは天国ではなかったことになりますよ」

「確かに。殺しなら天国ではありませんね」

セキュリティに守られているこのホテルで鈴村はドラッグを自由に使い、テンションを昂ぶらせて、他のアーティストとのセッションに参加するなどメンバーとは別の活動をしだした。

自分勝手な行動をとる鈴村を、木宮はどう見ていたのか。普通に考えれば面白くなかったに違いない。だが母親は、鈴村は木宮に嫉妬していたと話した。そういえば今日は六月十七日だ。

十九年前の明日、鈴村竜之介という天才ギタリストは、この場所で夭逝《ようせい》した。

「行きましょうか」

そう言った渡真利が車に戻ったところで、伴は彼に気づかれないように合掌した。

3

《待望の新曲『ラスティングソング』は、発売週からチャート一位になった。ラジオや有線でひっきりなしに流れ、渋谷のスクランブル交差点を歩けば、方々のビルに設置された大型ビジョンでミュージックビデオが流れていた。

まもなく全国十三都市をまわるツアーを開始した。ライブ企画会社から「これだけチケット販売が楽だったことは滅多にないですよ」と感心されるほど、どの会場も超満員だった。

彼らは『ラスティングソング』をアンコールに用意した。二番のサビでは保がマイクを客席に向けると観客全員での大合唱となる。そして保が《歌だけが繰り返し流れる……》と熱唱する。ベルが「スモーキーさが出たら、もっと成長できる」と言った通り、保のアーティスト性はこの曲で一段階も二段階も上がった。

それまでの保の歌詞は若者の怒りや悲しみといった、聴く者の心の襞《ひだ》に触れる内容が多かったが、『ラスティングソング』はその域を破った。妬みや嫉《そね》みで別れるしかなかったのに、胸の中では悔いの方が強く残っている。そんな二人の――その頃には保は「恋人」ではなく「仲間」を歌ったのだと理解したが――耳の中でメロディだけが繰り返し鳴り永遠に苦しめられる。生きていくために不可欠だった大切な仲間と離れ離れになったえぐみのようなものまでが、保の歌からは伝わってきた。

ツアー中にはベルに離婚騒動が起きた。福岡の田舎から、娘の様子を窺いに上京した恵理菜の両親が、やさぐれた娘の姿にショックを受け、実家に連れて帰ったのだ。

弁護士がきて、ベルはローンの残る自宅以外、財産をすべて取られた。強気な男も一文無しになったことに落ち込んでいたが、ステージに立つといつものベルに戻った。まるでなにかに取り憑《つ》かれたかのようにピックを激しく動かしギターソロを弾く。

離婚について、ベルは一切語らなかった。ただギターが奏でる音だけが、彼の哀しみや孤独を溶かしているようだった。》

4

二日間の沖縄出張から戻ってきた伴には、蒼空が急に成長したように感じられた。

「たった二日で変わるわけがないじゃない。前髪が少し目にかかるようになったからそう見えるだけよ」

睦美に笑われた。伴の帰りを待っていてくれた蒼空の、目の上で揃えていた髪が少しバラけて目にかかっていた。蒼空は伸ばしたいのか髪を弄って引っ張るが、その仕草が四歳児と思えないほど少女っぽいのだ。

「奏くん、明日は一緒に保育園行けるね」

天使のような笑顔で言われ、返事に困った。睦美が「奏くんは朝から仕事なのよ」と説明してくれたが、すると蒼空の笑顔が萎《しぼ》んだ。伴は朝早い時間の新幹線を予約したことを後悔した。

沖縄での捜査では、鈴村と母親との関係を知った。鈴村はネグレクトされ、虐待も受けた母を恨んでいたのに、その母親のホテルに入り浸った。母親はリハビリだと言ったが、鈴村はそこで自由に薬物を使用していた。愛情が欠けた母親、そして異常な母子の関係、それらが頭の中で複雑に絡まった糸のようになって、伴はまったく理解ができないでいる。

上野から新花巻まで、やまびこでおよそ三時間、昨日の東京はまだ六月後半だというのに三十二度まで上がり、夜も気温が下がらなかったが、花巻は半袖では肌寒い。立派な駅舎の周りはほぼ田園地帯で、タクシーに乗って住所を言うと、運転手から「そこなら空港の近くだ。飛行機で来たらよかったのに」と言われた。

「そういえば岩手にも空港ありましたね」言われて伴は思い出した。「渡真利さん、知ってました？」

「はい、ただし東京発の便はないので、福岡か大阪で乗り換えしなくてはなりませんでしたが」

「でしたら言ってくれたらよかったのに」

沖縄から花巻まで、空港への移動や待ち時間を足したら、昨日と今日のトータルで七時間かかった。東京に戻らず那覇から福岡、大阪経由ならずいぶん短縮できたはずだ。

「伴さんが家族に会いたいかと思いまして」

「そんなことを考えてくれたんですか」

「それに伴さん、飛行機好きじゃないでしょ」

「どうして分かったんですか」

「フライト中、一睡もしないし、雑誌を読んだりしまったりで、落ち着きがなかったし」

見抜かれていたか。幼少時にひどい気圧の変化で墜落するかと思うほどの揺れを経験して以来、飛行機は苦手だ。

「今回、初めて沖縄に行き、定年後は移住もいいかなと考えましたけど、飛行機嫌いじゃ無理ですね」

そう言うと渡真利も苦笑いしていた。

沖縄での調べで、伴と渡真利は事故当時のヴィスタビーチ・リゾートの支配人が今は岩手にいることを知った。元は内地の出身で、東京の老舗ホテルに勤務したあと、山崎聖美の夫・初《はじめ》にスカウトされて沖縄に移ったそうだ。

十九年前の支配人なので高齢であることは予想していたが、家族に車椅子を押されて出てきた串間栄一《くしまえいいち》は、片目が開かないほど衰えていた。それでも「私が串間ですが、なにか」と口調はしっかりしている。

車椅子を押していた娘らしき女性が引き上げてから、質問を始める。伴は「十九年前の鈴村竜之介さんの事故死について調べています」と隠さずに伝え、鈴村があのホテルでドラッグを使用していたかどうか尋ねた。

「その通りです」串間は認めた。「あの事故がなければヴィスタビーチ・リゾートは沖縄を代表するホテルとして今も人気を博していたでしょう。それをあいつが使わせるから」

「あいつとは、山崎初さんですか」

「違う、あの馬鹿親のサミーです」

車椅子の肘掛けを持つ手に力が入り、唇を震わせた。

「つまり支配人として串間さんは五階での出来事は到底許し難かった。ですがサミーさんの指示でどうすることもできなかった？」

「その通りです」

「我々はサミーさんにも会ってきました。彼女は息子を更生させるためにあのホテルに住まわせたと言っていましたが」

「なにが更生だ」そう言葉を吐いたところで、痰《たん》が絡んだのか咳き込んだ。

「大丈夫ですか？」

「やつらは好き勝手やってましたよ。他のフロアの宿泊客からのクレームを伝えようが、お構いなしでした」口を押さえて話す。

「やつらとは」

「やつらといえばやつらです」

「メンバーですよね。鈴村竜之介だけでなく、木宮保、辻定彦、味本和弥、彼らもドラッグをやっていたということですか」

一人ずつ確認するように名前を出していく。「そこまでは分かりません」答えを濁したがすぐに「だけど木宮という男は……」と言葉を継ぐ。

「木宮さんがどうしたんですか」

「深夜に他のフロアを徘徊《はいかい》してました」

「徘徊って？　ラリってですか？」

「たぶん酒でしょう。夢遊病者のように歩き、一階のロビーで寝てたりして、他の客は怖がるし、従業員も迷惑してましたから」

木宮保もトラブルメーカーだったようだ。

「木宮さんもドラッグをやってたんじゃないですか」

串間はしばらく考えたが「五階は無法地帯でしたから私らには分からんです」と答える。

「従業員で彼らが薬物を使用していたのを目撃した人はいますか」

「あいつだけです」

「あいつとは？」分かっていたがそう尋ねる。

「比嘉ですよ。あなたらだって比嘉から聞いて私を探したんでしょ？」

「そういうわけではないですが」

否定したが、教えてくれた他の従業員に迷惑をかけられないと「お察しの通りです」と答えておく。

「ところで比嘉氏がお抱えだったとはいえ、薬物を使用すれば匂いがありますし、部屋に薬物が残っていたこともあったでしょう。清掃員が目撃したなどといった報告は支配人には入っていませんでしたか」

「なかったです」

「部屋を掃除させなかったとか？」

「要望があれば清掃は入りました。そういう時は、彼らのマネージャーが事前に整理してたはずです。宿泊費もマネージャーが毎回、きちっと支払ってくれましたから」

「マネージャーって誰ですか」

「藤田治郎って人ですよ」

「もしや音楽評論家の藤田治郎さんですか」

「伴さん、知ってるんですか？」

隣でメモをしていた渡真利に訊かれた。

「いろんな雑誌に書いてたのを読んだことがあります」

警察官になってからも買っていた音楽雑誌で、何度もその名前を見た。引っ越しの時に睦美がその量に驚いていたが、今も捨てずに押し入れに保管している。

「知りません」

串間は首を左右に振る。その知りませんは音楽評論家かどうかへの回答なのだろう。

「その音楽評論家ってまだ現役なのですか?」

渡真利の興味は完全に藤田治郎に向かい、伴の顔を見ている。音楽雑誌は相次いで休刊したが、三年ほど前のネットニュースで、藤田治郎が書いた映画『ボヘミアン・ラプソディ』のレビュー記事を読んだ覚えがある。

「たぶん現役だと思います」

「でしたら会いにいきましょうよ、伴さん」

「そうですね」

そう言ったものの、すぐに思い留《とど》まった。「現役の音楽評論家なら、まだ木宮保と繋がっている可能性があります。その関係性を先に調べましょう」

逸《はや》る気持ちを抑えて、伴はそう言った。

5

《「ついにメアリーのライブに行けるんだと思ったら、昨日は全然、眠れませんでした」

社用車のベンツSクラスのハンドルを握った私は、助手席に座る寺田優子の弾んだ声を聞いていた。この日は、札幌からスタートした全国ツアーの最終日、横浜でのライブだった。優子が一人暮らしをする埼玉の朝霞《あさか》市まで迎えにいき、まだ時間が早いからと、二年前にテレビ局が河田町から移転してからまだ一度も行ったことがないと彼女が話していたお台場に寄ってから、横浜に向かった。

優子と再会して半年以上が過ぎていた。その間にメアリーは『ラスティングソング』をリリースし、全国ツアーが始まった。「大阪でも名古屋でもチケットは取れるし、交通費も出すよ」と言ったが、優子の返答は「そこまでは申し訳ないので、横浜だけお願いします」だった。メアリーのグルーピーとは違い、彼女には常識と遠慮があった。

その間に三回デートをした。映画を見て、食事をして、ドライブをするという学生のような内容だが、三カ月前には飛行機の離着陸が見える京浜島で車を停め、会話が止まった時に口づけを試みた。唇は触れたが、すぐに首を捻ってかわされた。

「ごめん」

私はすぐに謝った。

「私こそ、ごめんなさい」

彼女も小声で返し、今は誰とも付き合う気持ちになれないと言われた。結婚を約束した男性がいたが、私と再会する直前にその男の浮気が発覚して別れたそうだ。「まだ心の整理がついてないんです」嫌われたと心配しただけに、そう聞いて安堵《あんど》した。

この日のライブも何枚でもチケットを出すと言ったのに、彼女は一枚でいいと言った。私は二枚用意し、彼女の隣で、メアリーのライブを初めて客席から見ることにした。

カーステレオからはずっとメアリーの曲が流れている。運転しながら、彼らの音楽がなぜ評価されるのか、彼らとの出会いや彼らがどうやってここまで成長したかを話す。彼女は熱心に私の話に耳を傾けていた。

開演二時間前には横浜シーアリーナに到着し、優子を楽屋に案内する。

手前がベルの楽屋だったが、そこはスルーした。離婚協議中は女遊びを控えさせていただけに、鬱憤が爆発し、また女を連れ込んでいる可能性がある。優子にはベルの女癖の悪さは話していなかった。

隣の保の楽屋をノックしてから覗くと、保はヘッドホンを耳から外した。

「俺の大学の後輩で、寺田さん」

彼女はお辞儀をしてメンバーに用意した差し入れのお菓子を渡し、「今日のライブ楽しみにしていました」と両手を胸の前で合わせた。

「寺田さん、デビューした時からのファンなんだって」

私が説明すると、普段はそれほどお喋りではない彼女が「一番好きなのが勇敢なミスターゲルドフです。《おまえら全員くだらねえと叫んでみろよ　銃持つ兵士がぶっ放すのをやめるくらい》の歌詞が大好きで、私、友達に裏切られて人間不信になった時、あの曲にすごく励まされたんです。それこそ裏切った友達におもいっきり、くだらねえって叫びたいくらい」と歌を交えて一気に喋った。

優子が裏切られたのは友達ではなく結婚するつもりだった男ではないだろうか。それでも励まされたと聞くと、自分が褒められたように嬉しくなる。

「でもおまえらって他人のことではないですよね」

「ん？　誰だと思った？」

保は表情を歪めて聞き返す。優子の解釈が間違っていて、保が気を悪くしたと心配した。

「自分です。サビに《信じることができる者だけが暗闇を走り抜けられる》とあるので、なにもしてないおまえが一番つまらない、もっと本気出して生きろという意味かと思ったんです、あっ、違いましたか？」

「その通りだよ。あれは悲しいことがあってどうしようもなく落ち込んでた時に、こんな気持ちじゃ俺は終わっちまうぞと、自分を奮い立たせて書いた歌なんだ」

保の返答には私が驚いた。長年、彼らと過ごした私でさえ、仲間と切磋琢磨しながらいい歌を作っているのに、メアリーを認めようとしない世の中大勢に向けて歌ったものだと思っていた。

「ラスティングソングも心に染みました。私、大学で組んでたバンドをメンバーといろいろあって解散したんですけど、みんなで上手く演奏したのが耳に残ってて、趣味でいいからまた続けたいと悩んでました。でも戻っても絶対に上手くいかなかったですよね。《褒め言葉で着飾って　気づかれないよう憎しみを引き出しに隠す》のフレーズは、それって私じゃんと思っちゃいました」

ハイテンションで話す彼女は、保の歌詞の裏側までよく理解していた。だからといって会話が弾むわけではなく、保はただ彼女の輝いた目から視線を逸らさずにいるだけだった。

「寺田さんはガールズバンドのギター兼ボーカルで、ポプコンの予選にも出たんだよ。うちの大学のジョーン・ジェットと呼ばれてたんだから」

「やめてくださいよ、藤田さん、それじゃあ怖い女性みたいじゃないですか」

「芯が強くて、歌に迫力があったって褒めてんだよ。アイラブロックンロールって、寺田さんの歌声、まだ耳にこびりついてるよ」

懐かしさに声を弾ませたが、保がまったく乗ってこないので長くは続かなかった。居心地の悪い空気に、優子は楽屋にいることを申し訳なく思ったのか、会話をやめた。

「じゃあ、寺田さん、行こうか。保、あとで」

そう言って優子と一緒に楽屋を出る。

「ごめん、寺田さん、保は神経質なんで、ライブ前はいつもあんな感じなんだよ」

「ううん、集中しているところに余計なことを言って私の方が非常識でした。木宮さんはやっぱりプロなんだなと思いました」

「ライブ前でなくても気難しい男なんだけど」

彼女があまりにも保の歌詞を理解していることに、ついそんな邪険なことを言ってしまう。

そこで目の前のトイレの扉が開いた。

「治郎、誰だよ、その人」

ベルが革パンのベルトを締めながら出てきた。

「俺の大学の後輩で寺田さん。メアリーのデビュー当初からのファンなんだって」

「楽屋も見れるけど。入る？」

「どうする?」

断ってほしいと望みながら確認するが、その思いは通じず、「いいんですか?」と顔いっぱいに笑みを広げた。

「きれいなギターですね。小鳥が可愛い」

テーブル横のスタンドに置かれたアコースティックギターを見て優子が言った。

「ベルが大事にしてるギブソンのビンテージギター、ハミングバードだよ」

私はもう少しギターの説明をしようとしたが、彼女の興味は別のところにあった。

「なぜベルさんと呼ばれるようになったんですか。竜之介さんも呼ばれやすい名前なのに」

「俺は横浜のインターナショナルスクール出身なんだよ。外人はリュウって発音しにくいみたいなんだよね」

「そこ、私の大学の同級生も行ってました」

「誰よ?」

「ムラコシくんって男子です」

「知ってるよ、ケント・ムラコシだろ? パパは有名なグラフィックデザイナーの」

「そうです、美大に行ったけど、向いてないってうちの大学に入り直してきたんです」

会話が弾む。ベルは優子の話を聞きながら、流し目で何度か私を見る。出ていけと言っているのだ。私は気づかない振りをした。

「吸ってもいい?」

ベルはタバコを出した。

「どうぞ」

「きみも立ってないで座んなよ」

ベルはディレクターズチェアに座り、優子は私が用意したパイプ椅子に座った。自分も座ろうとしたところで、ベルはまだタバコが残っているのが見えたマルボロのパッケージをくしゃくしゃに潰した。

「治郎、悪いけど、タバコ買ってきてよ」

一万円札を出す。楽屋から出たくなかったが、従わないと気分を害してライブにも影響しかねないため手を伸ばす。一万円札を掴むと、ベルは数秒、札から手を離さなかった。分かってるな——メッセージに思えた。

楽屋を出ていく時、二人を見た。優子は無邪気な顔をしていた。ベルは絡みつくような視線で彼女を見ていた。

楽屋を出て駆け足で外に出る。タバコ屋を探すが、こういう時に限ってなかなか見つからない。遠くにコンビニの看板が目に入った。走ってマルボロの一カートンを買い、全力疾走で戻った。息が切れ、脇の下はびっしょり濡れていた。時計を確認する。わずか十分。だが射精するだけのベルには長い時間は必要ない。楽屋の前に到着すると中から音楽が聞こえてきた。ベルは、女とやる時は必ずCDをかける。

ベルの手が優子のスカートの中に忍び込んでいる。優子は抵抗する、いや彼女はメアリーのファンだ。他の女のように喜んで受け入れているかもしれない。これまで目にしたたくさんの女とベルが戯れてきた記憶が重なり合い、想像が乱れた。

堪《たま》りかねてドアノブを握った。強姦《ごうかん》しているならライブが中止になってでも優子を連れだす。いや、合意であっても止める。ベルはサディストだ。あの気に入りようだと、恵理菜と同じように優子もメチャクチャにされる。

鍵はかかっておらず、内開きのドアは勢いよく開いた。楽屋内は私が想像していたシーンとは違った。

ベルがアコースティックギターを弾き、それに合わせて優子とベルがハモっていた。サイモン&ガーファンクルの『冬の散歩道』。ベルが普段、女とする時にかける曲調とはまったく違っていた。有名なギターリフだというのに、私はそれすら気づかなかった。

「どうしたんだよ？　治郎」

ネックを押さえて音を止めたベルが、興ざめした顔で訊いてくる。優子も怪訝《けげん》な顔をしていた。

「いや……」言葉が出なかった。それでも無理矢理、頭を巡らせて「寺田さんの歌を久々に聴いたんで」ととりなす。

「いやだ、大学以来、全然歌ってなかったんですよ。下手だったでしょ」

「そんなことないよ、大学生の頃のままだった」

「彼女、たいしたもんだよ。『冬の散歩道』なら歌えるっていうから試しにやってもらったら、ハモりまで見事なんだから」

「ハモってきたのはベルさんじゃないですか」

「そうだったっけ？」

「まさかベルさんと一緒に歌えるなんて感激です。今日のこと一生の思い出になります」

彼女は興奮していた。時間が来たので彼女と楽屋を出る。そこでベルが彼女を呼び止め、連絡先を交換した。

ライブ中、彼女は終始笑顔で、他の観客と一体になってノリノリだった。

私はとてもそんな高揚した気分にはなれなかった。だがベルがいつにも増して、アドリブのソロをぶっ放し、ハイパフォーマンスだったことは記憶に強く残っている。自分の恥を晒《さら》すようなものだが、この一件もその後の彼らを語るには、どうしても外せないエピソードであるため、あえてここに記す。

※

ツアーが終わって半月後に開いたミーティングに、ベルは来なかった。

それまで味本やサダ坊がサボることはあっても、保とベルは必ず出席していた。携帯電話にかけても電源は切られている。目黒の自宅に行くと、鍵は開いていて、玄関にベルの黒のブーツが脱ぎ捨ててあった。

「ベル、いるんだろ？　どうしたんだ、今日はミーティングだったんだぞ」

頭にあったのは優子だ。食事に誘った時に、ベルとはその後会っていないと彼女は話していたが、その日はずっとよそよそしかった。

返事もないので、心臓が張り裂けそうな思いで地下室に向かう。防音になっているはずなのに音漏れがした。階段を下りると、ドアが開けっぱなしになっていて、中からエリック・クラプトンの曲が流れてくる。おそるおそるドアを開いて覗く。優子はいなかったが、気は動転した。ベルが床に膝をつき、ガラステーブルの上に横一列に引いた白い粉のラインを、丸めた紙のようなもので鼻から吸引していたのだ。

「おい、ベル、なにやってんだ」大声を出した。

「おお、治郎か、どうしたんだよ」

頭を移動させながら白い粉を最後まで吸い終えたベルが、顔を向けた。赤くなった鼻の穴には粉がついている。吸引に使っていたのはドル紙幣で、ベルはそれをテーブルに放り投げた。

「なにやってんだ、これ、コカインだろ。おまえ、メアリーを潰す気か」

「うるせえ、治郎には関係ねえ」

両手を上げて背中からダブルベッドに倒れ込む。シャープな頬がむくみ、瞳孔が開いているようで、焦点も合っていない。

「おまえ、寺田さんをどうした？」

薬より彼女のことが先に知りたかった。

「寺田？　ああ、治郎の後輩か」

「まさか手を出してないだろうな」

「もちろん、やったさ。一回やれば充分だ」

目を泳がせ、猥雑《わいざつ》に笑った。

「この野郎！」

頭に血が上った私は、ベッドに飛び乗り、殴ろうとするが、左腕で防がれる。

「冗談だよ、やってねえ。ライブのあと一度会っただけだ」

「おまえが二人きりで会ってやらないわけねえだろ。そしてわざと乱暴に扱った。おまえにとって女はみんな、おまえがこの世で一番憎んでる母親なんだからな」

私は恵理菜とすさまじい夫婦喧嘩をしている段階から気づいていた。ニューカレドニアで見た時に抱いた既視感、あれは新聞や音楽雑誌で見たクラシック音楽のプロデューサー、鈴村聖美の顔だ。

「おまえは母親とそっくりの恵理菜を結婚相手に選び、彼女の人生を破滅に追い込んだ。そうやって母親から受けた虐待の恨みを晴らしていたんだ」

似ているからという理由だけで恵理菜を選んだのかは分からない。だが感性が強いこの男のことだ、結婚生活のどこかで母親似だと気づいたはずだ。だから大喧嘩して恵理菜が離れていこうとしてもそのたびに連れ戻し、そしてまた苦しめた。

「恵理菜だけではない。楽屋に連れ込んでいた女もみんなそうだ。女全員を母親に見立て、復《ふく》讐《しゅう》した気になって満足してたんだ」

「いい加減なことを言うんじゃねえ」

それまでの虚《うつ》ろな目が一変し、ステージで見せる殺気に満ちた目つきに変わった。首を摑まれ、体勢をひっくり返された。上になったベルが二発殴ってきた。だがヤク中のパンチより、私が下から殴った方が効いたはずだ。しばらく応酬が続いた。痛みも感じていなかったのに、何発も受けているうちに口の中が切れ、金属を舐めたような苦みが広がった。

息切れしたのか、ベルは私の体の上から退いて、仰向《あおむ》けになった。私は膝立ちし殴ろうとした。ベルは防御することなく気味悪く笑っていた。

「な、なにが可笑《おか》しい、ベル」

「治郎の言う通りだ。俺は女全員を、クソババアに見立てて、復讐してんのかもしれない」

「だったら優子にもそうしたんだろ」

「だからしてねえって」

「ここまできて嘘をつくな」

唾がベルの頬にかかった。彼はそれを手で拭き取り、少し寂しげな目をした。

「やろうとしたさ。だけどキスしようとした時、あの女、保のファンだと言いやがった」

「保の？」

優子からそのような話を聞いたことはなかった。だがあの日、彼女は保の楽屋で、歌詞の話ばかりしていた。彼女は保が作った歌詞の意図をすべて理解していた。

「俺は言ってやったよ。保はホモだぞって」

「おまえ、メンバーのことを……」

「治郎だってそう思ってたんじゃないのか」

返事ができない。保は女を連れ込んでいたが、それは睡眠薬や精神安定剤を手に入れるためだ。

「それでもあの女は、保がいいって言うんだよ。デビューした時から保のファンだって。そう言われたら急に醒《さ》めちまってよ。帰れよと言ったら、そこから出てったよ」

開けっぱなしにしている扉を顎でしゃくった。それで保の顔を見たくなくてミーティングを休んだのか。私もショックを受けたが、ベルとの関係を疑った時ほど胸は苦しくはなかった。同性愛者と考えたことはないが、保は他のメンバーほど女に興味はなく、上手くいくはずがないと直感的にそう思った。

ベルは立ち上がって、CDをクラプトンから別のものに替えた。ボリュームを上げる。私はガラステーブルに残った白い粉を見つめながら頭を整理した。

「コカインのこと、メンバーは知ってるのか？」

「保には知られた」

「保はどうしたんだ？」

「思い切り殴られたよ。治郎のパンチより全然効いた」

「それで？」

「やめなければ、友達の縁を切ると言われた」

「それだけか？」

「ああ、それだけだ」

聞いて落胆した。殴って注意したのはいいが、友達なんて生ぬるいことを言ってもベルはなにも応えない。バンドから追い出す、あるいは解散すると言って、どうしてコカインをやめさせなかったのか。

「あとはクソババアだ」

「おふくろさんにもバレたのか」

「ツアー中のホテルに忘れたバッグがこの家に送られてきた時、たまたま恵理菜の親が引っ越しの準備に来てたんだ。届いた宅配便を恵理菜の物と間違えて受け取ってしまったと、よりによってクソババアに連絡しやがった」

ベルの両親は離婚し、母親はリゾートホテルを展開する実業家と再婚していた。

「おふくろさんは、それでどうしたんだ」

「ここに来たみたいだな。危ないことはやめなさいとメモ書きがあった」

「メモ書きって、ドラッグと分かったのにそのままにしたってことか」

「クソババアは自分のことしか考えてねえから、自分にさえ迷惑がかからなきゃ見て見ぬ振りさ。昔みたいに俺を暴力で手懐《てなず》けることもできねえしな。だったらこっちもクソババアを利用してやろうと考えてるところだ」

私は母親にも呆れた。普通は薬を廃棄し、やめるように説得するものだ。自分が腹を痛めて産んだ子供ならなんとしてでも薬を断たせる。

「俺は今日限りで社長をやめさせてもらう」

私はそう口走った。警察は甘くない。常習していればいずれ捜査網に引っかかり捕まるだろう。そうなればメアリーは活動休止だ。事務所社長として自分も責任を問われる。

「いいんじゃねえのか。どうせお飾り社長なんだしよ」

散々世話をかけたくせに、私への感謝の気持ちなど微塵《みじん》もなかった。腸《はらわた》が煮えくりかえりそうになったが、ベルは「治郎は俺たちの本を書くためにくっついてんだろ。だったら本業に専念しろよ」と鼻の穴を広げた。

「俺は本さえ書ければ、おまえらなんてどうなってもいいと思ってる」

「だったら口だけでなく、早く書けや」

「言われなくてもそうするさ」

社長を退くのはいい。だがこれ以上、ベルをコカインに深入りさせたくなかった。いったいどこから仕入れたのか。身近なスタッフや関係者ならその者を追放するつもりだった。

入手先を訊いた私に、ベルは甘いマスクを緩ませている。

「トラボルタだよ」

「それって、まさか」

「トラボルタといえば池之内しかいないだろ」

名前を聞き、私は目眩《めまい》がした。一度は離れた元事務所、ロンカバードの池之内貴志。あの男を再びバンドに近づけたのは、なにを隠そう私である。保に大量の睡眠薬や精神安定剤を手配すると約束した私は、悩んだ末に過去に薬物で逮捕され、暴力団と関わりがあると噂されていた池之内に連絡した。処方箋などなくとも海外や地下ルートを使っていくらでも手に入ると池之内は即答で快諾した。結構な金を要求されたが、麻薬ほど高額ではなかった。

池之内を保に接近させたせいで、今度はベルがコカインに手を出した。だから保も殴っただけで強く言えなかったのだろう。だとしたらそのきっかけを作ったのは私ということになる。

彼らと一旦離れて、執筆に専念しようと思っていたが、こうなると彼らから今すぐに離れるわけにはいかなくなった。》

6

藤田治郎は、一週間で、自筆の原稿用紙千枚を一字一句、時間をかけて精読した。さらに最初に戻って、修正箇所に気づくたび、ノートに箇条書きで書き出す作業を七百枚目まで続けた。

今はパソコンを使っているので、高山に読ませる時は、これらをすべて打ち直すつもりだが、原稿用紙千枚を入力するには相当な時間を要するだろう。終盤は書き直し、未完の部分を書き足さなくてはならない。

自信を持って書いたつもりだったが、正直、内容は自分が思い描いていたものとは違い、気持ちは昂ぶらなかった。これが俺が人生を賭けた魂のルポルタージュなのか、バンドのことより自分のことばかりじゃねえか。こんな原稿では、過去にベストセラー本を作って気脈が通じる高山でも、掲載の申し出を撤回するのではないか。

原稿を書き始めたのはベルがコカインに手を出しているのを知った数日後、優子が保を好きだと知り、ショックを受けた直後だった。私怨がこもり、怒りをぶつけることだけでペンを動かしたのだから、自分の感情が強く出るのは当然だった。内容だけでなく、優子が出てくる中盤以降は筆致が乱れて、文章まで単調になっていた。

修正する原稿用紙はまだ三百枚以上残っているが、これ以上は目が乾いてできそうにない。飯でも食おうと原稿を封筒に戻し、それを机の引き出しにしまってから外出の支度をする。この一週間、梅雨明けの気配もなく、今日も朝から小雨がちらついている。スニーカーに足を突っ込み、玄関を出て外に立てかけたビニール傘を取った。

手すりから体を乗り出すと、道路脇の電信柱の陰でベージュの傘を差した女性が、姿を隠すように背を向けた。昨日、夕食に出た時にも、立っていた人物に目を向けたところで微妙に視線を逸らされた。ただし昨日は女ではなく、眼鏡をかけた若い細身の男性だったが。

思うところがあって、治郎は駆け足で階段を下りた。ベージュの傘の女は結構な長身でトートバッグを肩からかけていた。左手から右手に傘を持ち替え、腕時計を見てから、治郎から遠のくように歩きだす。待ちぼうけを食って諦めて帰るような仕草だが、すべてが不自然だった。ここは下北沢駅から十分程度、バス通りから二ブロック入った住宅地なので、誰かと待ち合わせをする場所ではない。

「ちょっと、きみ」

十メートルほど前を歩く女に息を切らして声をかけるが、女はちょうど来たタクシーに乗った。横顔ははっきりと見えたが、すぐに車は走り去った。数分ほどの間を置いて次のタクシーが来た。

「文藝時報社に行ってくれ」

治郎は運転手に告げた。

通用口の受付で高山に会わせてくれと頼んだが、会議中だと言われた。携帯にかけるが出ない。ポケットに高山が連れてきた生田弥生の名刺が残っていたため、彼女の携帯に電話する。

治郎とは知らずに電話に出た。

「藤田さんの張り込み？　聞いてませんけど」

受付まで下りてきた生田は、そう否定した。入社三年目の若手だから、強気で迫れば白状すると思ったが、週刊誌の仕事をしているだけあって、顔色一つ変えない。

「今日だけじゃない、昨日も別の人間がいた。あんたらは俺のルポを掲載したいと言ってきたが、本音は違うだろう」

彼らは木宮の薬物疑惑を話した。だが付き合いはないと言い張った治郎を、高山は視線を動かさずにじっと見ていた。この女もそうだ。

「よし分かった、俺は今日見張ってた女も、昨日の男の顔も覚えてる。編集部に行って確かめてやる」

生田を避け、エレベーターホールに向かう。

「ちょっと待ってください」彼女は横から前に回り込もうとした。男なら力ずくでどかすが、女性に手を出すわけにはいかず、行く手を阻まれた。

「邪魔するな」

彼女の表情には、さきほどまでの手強《てごわ》さは消えていた。

「治郎さん」

エレベーターが開き、高山が出てきた。

「高山、どういうことだ。どうして俺に張り込みをつける」呼び捨てにした。「木宮の薬物捜査を追ってると言ってたけど、そんなのデタラメだろ。俺を調べてたんだろ？」

通りかかった何人かの社員が立ち止まって、何事かとこちらを見た。高山は「こんな場所で大きな声を出さないでください。上に行きましょう」と言い、生田に「会議室取ってくれ」と命じた。

目的の階でエレベーターを降り、高山に続いて廊下を歩く。いくら自分を鎮めようとしても心火《しんか》が消えることはなかった。人生を賭けて書いたルポが日の目を見るかもしれない。半信半疑でいながらも、どうしたら本にできるか、そのためには終盤と未完部分をどう書いていくか、ここ数日、付けっぱなしにしているラジオも聞こえないほど集中して考えを巡らせた。

だが彼らの考えは違った。最初から掲載する気などなかった。


会議室に入り、テーブルの奥の席に促される。高山は治郎の正面に座った。

「高山さん、あんたのターゲットは保ではなく俺なのか？」

今度はさん付けにしたが、怒りのあまり声の大きさが調節できなくなっている。宥めていた高山の目つきが変わった。ねめつける治郎の視線が跳ね返されるほど威力がある。

「警察が木宮保を捜査しているのは本当です」

「だったらどうして俺に張り付く」

これ以上嘘をつけばテーブルをひっくり返して帰る。そして二度と週刊時報と仕事はしない。それくらいの覚悟を決めていた。

「我々が治郎さんを疑っているのも事実です」

「どうしてだ」

「治郎さん、あなたは二〇〇五年に大麻取締法違反で逮捕されていますね」

なにも返事はできなかった。今さら嘘をついても彼らはすべて調べ上げているだろう。

「初犯で所持していたのが〇・五グラム以下だったため起訴猶予処分になった。逮捕の際、あなたの身元引受人に名乗り出たのが木宮保だったそうですね。それなのにあなたはメアリーが解散になってから一度も会っていないと嘘をつきました」

「確かに保から連絡はあった。だけど会わずに断った」

「いえ、他にも木宮と会ってるでしょう？　我々の取材力を舐めないでくださいね」

それで喫茶店でじっと見ていたのか。治郎が本当のことを言うか試すつもりで。

「俺が逮捕されたことまで知ってて、あんたは俺にこれまで仕事を依頼してきたのか」

自分の声にビブラートがかかっていた。

「前科がついてたら頼んでませんでしたよ」

冷たい声に突き刺される。高山が言ったことはすべて事実だった。

〇五年の八月、その夏何度目かの真夏日を迎えた日の午後、宅配業者からクール便を届けるからと在宅確認の電話があった。そんな連絡、珍しいと思いながらも、しばらくしてインターホンが鳴ったため、シャチハタを持ってドアノブを回した。すると引っ張られるようにドアは開かれ、男たちが入ってきた。警視庁の刑事だった。

逮捕時に保が身元引受人を申し出てくれたのも本当だ。だがその時は会っていないし、一度もないは嘘でも、実際に会ったのは数えられるくらいだ。

「俺が保と会っていないと言ったことが、今回の件にどう関係してくんだ」

「池之内貴志が逮捕されました。治郎さんが逮捕された時、大麻は池之内から買ったと自白したんですよね。池之内はメアリーの麻薬調達係だったんでしょ？　今回も池之内から入手した薬物を木宮に渡したのではないですか？」

そんなことまで週刊時報は調べていたのか。

「おそらく警察も、治郎さんを疑ってるはずですよ」

「警察だと？」

「どうですか、治郎さん。警察より先にうちの雑誌で喋りませんか。木宮保を告発してから自首すれば、裁判官の心証が良くなって、二度目でも執行猶予がつくかもしれませんよ」

「おい、高山、ふざけんな」

体の震えを隠し、治郎は握り締めた拳をテーブルに叩きつけた。

Song 5

螺旋階段

1

昨日の土曜は休みをもらった伴は、翌日、約束の時間より十五分早く待ち合わせ場所に着いたが、渡真利もほぼ同じ時間に現れた。相変わらず彼は熱心で、昨日も一人で当時の関係者を回り、捜査内容をメールで知らせてくれた。

伴が休んだのは家庭の事情があったからだ。父親としての務めだと意気込んだが、結局、なにもできなかった。

「どうしたんですか、今日の伴さん、ずっと浮かない顔をしてますね」

午前中、レコード会社の社員に話を聞いたが成果はなく、近くの定食屋で昼飯を食べている時に渡真利に見抜かれた。

「実は昨日、娘と父親との月二回の面会日だったんです」

蒼空の実父であり、睦美の前夫である駒井弘也《こまいひろや》からは、先月以降、養育費が支払われておらず、睦美が弁護士を通じて連絡した。駒井が寄越した答えは「勤務先が変わって給料が下がったので、しばらく待ってほしい」だった。

——そんなのおかしいだろ。睦美が再婚しても養育費を払う、だから蒼空と会わせてくれって、調停で向こうから言ってきたんじゃないのか。

——あの人、私が再婚したのが悔しいのかもしれないわ。昔から女々しい人だったから。

——家族を放っておいたくせに、不倫相手と別れたからって急に会いたいって言い出したんだろ。だったら俺が言うよ。今まで通り蒼空と会いたいのならきちんと払え。払わないなら蒼空には会わせないって。

——だけど蒼空の前では普通に接してね。言うのは蒼空を一旦、家に入れてからにして。近所の人にも聞かれたくないから、車の中とかでお願い。

——大丈夫だよ。蒼空を困らせるようなことはしないから。

それでも駒井にガツンと言ってやろうと、蒼空を帰すと約束した六時より少し前に一人でマンションの一階まで降りた。まだ明るいが湿気が高くてじめじめしている。エントランスの外でヤブ蚊を追い払いながら苛々《いらいら》して待った。

来客用駐車場には、駒井の愛車が停められている。いつもは蒼空を車に乗せていく駒井だが、この日は電車で新宿に出て映画鑑賞し、その後は原宿に向かったらしい。前回の面会で約束したようで、蒼空は前の晩から「クレープ食べるんだよ」と心を躍らせていた。

六時を過ぎても通りの先から二人が現れる気配はなかった。十五分ほど過ぎた頃、手を繋いだ二人が黄昏《たそがれ》の先から姿を見せ、シルエットとともに蒼空の甲高い声が反響した。養育費の支払いだけでなく時間も守れと血管が切れそうなほど立腹していたのに、伴は咄嗟にエントランスに隠れた。

顔いっぱいに笑みを広げた蒼空が、「パパ、もう一回、変顔やって」と声を弾ませていたからだ。駒井が両手で目と口を動かすと、蒼空はお腹をよじって爆笑していた。あんな仕草、伴の前では見せたことがなかった。

「あっ、奏くん」

マンションの正面まで来て、蒼空がエントランスの脇に立つ伴に気づいた。

「奏くんじゃないでしょ？　お父さんでしょ」

駒井が注意した。彼は時計を見てから「遅くなってすみませんでした」と頭を下げた。

「い、いえ」

疎外感のようなものを覚えた伴は、駒井の顔をまともに見ることもできなかった。

蒼空が帰りたがらないだろうと、家に一度連れて帰るという睦美との約束も忘れ、伴は手を繋いでその場に残った。駒井はマットブラックのアルミホイールを履いたまだ新しい国産車の運転席に乗った。支払う金がないなら車を売ればいいじゃないですか——そんな言葉も用意していたが、とても口にできる心境ではなかった。

エンジンをかけた駒井が窓を開け、「バイバイ蒼空、またね」と手を伸ばす。蒼空は左手を伴と繋いだまま、右手を駒井と結んだ。

「バイバイ」

手を大きく振った蒼空は、車のテールランプが見えなくなってから、ようやくアニメ映画を見てから原宿に行ってクレープを食べたと順番通りに説明しだした。笑みを見せていたが、駒井の隣で顔をくしゃくしゃにして笑っていたのとは若干違った。夕焼け空が目に沁みた。

「つまり伴さんは、養育費の話を切り出せなかったんですね」

「はい、妻にも、蒼空にお父さんでしょって言ったことじたいあの人の作戦なのよと叱られました」

「奥さまの言う通りなんじゃないですか。離婚協議書に再婚時の減免条件がなく、今後も娘さんに会いたいのなら約束通り払うべきですよ。ご存じだと思いますけど、沖縄県って出生率が日本で一番高いんですが、離婚率も日本一で、養育費を払わない男が多いんです。私の周りはちゃんと払ってますけど、そうじゃない無責任男もいて、伴さんの奥さまみたいに再婚されたらいいですけど、シングルマザーで育てている人は大変です。自分の子である以上、成人まで面倒を見るのは親の責務だと思います」渡真利は熱く語った。

「分かってるんですけど、なんかね……」

駒井は作戦だったとしても、蒼空の態度は自然なものだった。

「僕に元気がなかったのはそれが理由です。それを仕事中に見抜かれてしまうとは刑事失格ですね」

「そんなことはありませんよ。人間の精神状態というのはつねに一定ではなく、環境に左右されます。そういう時は相棒の私が補うので任せてください」

渡真利の笑顔に傷が少し癒やされたように感じた。なによりも彼が使った相棒という言葉は、空虚な心の穴を埋めてくれたほど気が利いていた。

辻定彦はメアリーの解散後、アイドルやソロシンガーのサポートをしていたが、今は地元横浜の音楽教室でドラム講師をして生計を立てていた。木宮との付き合いはないはずだという証言を数人から確認して連絡を取った辻に、伴は緊張した。メアリーのメンバーに初めて会うのだ。サダ坊——当時の彼は短髪で、時にはベースボールキャップを後ろ向きに被り、冬場の野外ライブだろうが、雨中だろうが、タンクトップかTシャツの半袖をめくり必ず肩を出していた。筋肉質な腕で、手数の多いドラムをダイナミックかつ正確に叩き続け、演奏の合間に、頭上でスティックをくるりと器用に回すプレイスタイルが印象的だった。

出てきた辻は、少し太っていた。アピールポイントだった二の腕も大分だぶついている。

「警察って、ドラッグのこと?」上目遣いで尋ねる。

「ドラッグとは?」伴が聞き返すと、彼はまずいという表情をして口を閉じた。「池之内さんのことからそう思ったんですね、逮捕されたのはニュースになってましたものね」

「たまたまネットニュースで見たんだけどね」

「もう警察が来ましたか?」

「まさか。俺は全然関係ないし」

彼は答えながら周囲に視線を配った。音楽教室の近くの喫茶店なので周りの目が気になるのだろう。

辻からドラッグという言葉が出たことで話をしやすくなった。伴が鈴村のコカイン使用について尋ねる。薬を所持していたことは当時確認されているので、彼は鈴村については思い惑うことなくすぐに認めた。

「辻さんや他の方も大麻を使用していたという話を耳にしましたが」

鈴村の死亡時に強制された薬物検査で陽性反応は出なかったというのに、辻は「それは関係ないでしょ。そういう話なら俺は帰りますよ」と明らかに動揺していた。これでは使用したことがあると白状したようなものだ。

「ではドラッグの話はやめます。亡くなった当時、鈴村さんと木宮さんの仲がよくなかったと聞きましたが、それはどうしてですか」

「それはいろいろあったけど、バンドとして活動は止まってたからね。ベルさんはバンドそっちのけで、他のミュージシャンとのセッションに参加したりしてたし」

「どうして鈴村さんはそうしたんですか」

「そりゃベルさんのギターは一流だったから。誘うミュージシャンはいくらでもいたよ」

「それを木宮さんは不満に思ってたとか？」

「保はどうなんだろうね。文句を言ってたのは俺や味本で、保にもソロのオファーはいくらでもあったから」

「木宮さんはやらなかったんですよね」

「面倒臭かったんじゃないの。あの頃の俺たちは一生遊べると勘違いしたくらい印税が入ってきてたから」

「仲が悪くなった原因はそれだけですか。ラスティングソングの完成が一因になったという人もいましたが」

サミーが言ったことを仄《ほの》めかしてみる。

「ラスティングソングの前から険悪になる前ぶれみたいなものはあったよ。元々、ベルさんと保が互いの才能に惹《ひ》かれる形で一緒にやることになったけど、最初から二人は真逆だったから」

「真逆とは？　具体的にお願いします」

伴の興味は尽きず、渡真利を置き去りにして次々質問してしまう。

「性格から女の好みまで全部だよ。ベルさんも保も神経質だったけど、ベルさんがそうなのは音楽だけで、それ以外は超テキトー。保は神経質というより、昔のＭａｃみたいに時々フリーズしちゃうんだよ。それで歌詞作り以外は興味がなくなっちゃう。昔はすごく気遣いができた男だったんだけど」

「変わってしまったということですか」

「いい詞を作れと、いつもベルさんからプレッシャーをかけられていたからね。元々俺たち三人は高一からのクラスメイトなんだけど、保だけベースも歌も突き抜けて巧くて、本来俺と味本が組むべき相手ではなかったんだよ。高校生なのにスティングみたいに渋い声で歌うって、付近の学校にまで評判は届いてて、保と組みたがってる上手なやつがたくさんいた。なのに保は、高一からの友達だった俺たちを選んでくれたんだ。当時は金がないからスタジオも借りられず、練習は保の家でやってたんだよ」

「ドラムセットは？」

「運よく質屋でTAMAのドラムセットを見つけて、店のおっちゃんが邪魔だからって格安で売ってくれたんだ。団地の部屋に置きっぱなしにするのを保のお母さんが許してくれて。アンプの音を下げて、ドラムの中にはクッションをぎゅうぎゅうに詰め込んで練習したよ」

「それでも結構な音がしたでしょ」

伴はマンションで育ったが、部屋でギターアンプを鳴らしただけで、近所から「伴さんのおたく、新しいテレビに替えました？」と母親が嫌みを言われた。

「保のお母さんが謝ってくれてたのかな。あの団地は共稼ぎ家庭が多かったから、昼間は住人がいなかったのかもしれないね。だけど窓は開けられないし、エアコンもなかったから夏は大変だったけど」

「エアコンなかったんですか？　真夏に窓を閉めっぱなしで？」渡真利が目を丸くして驚く。

「うちもなかったよ。味本の家はあったけど応接間だけで、あいつの部屋にはなかったし」

伴の実家でも当時は居間にしかなかった。

「サウナみたいな中、風量をマックスにした扇風機の首を回して、三人ともパンツ一丁。たまに保のお母さんがいるとズボンは穿いたかな。でも上半身は裸だった」

「木宮さんのお母さんは音楽に理解があったんですよね」

「昔作ったオリジナル曲を聴かせてもらったこともあるよ。お母さんからは、サダ坊も味本くんも、保をよろしくね。うちの子は意地っ張りだから迷惑かけるけどってよく頭を下げられて。実際世話になったのは俺たちの方で、しょっちゅう晩飯も食わしてもらったのに」

「木宮さんの音楽の才能ってお母さん譲りなんですね」

「俺たちが高校在学中にライブハウスでもそこそこ認められるバンドになれたのは、保が我慢して俺と味本に付き合ってくれたからだよ。でなければベルさんが入った時、俺たち二人は要らないって追い出されてた」

「辻さんのグルーヴも素晴らしかったですけどね」

そう言うと、彼は目を見開いて「刑事さん嬉しいこと言ってくれるじゃん」と喜び、「でも、そのレベルまで到達できたのはベルさんのおかげかな。あの人の指導、チョー厳しかったから」と顔を歪めて述懐した。

「さっき鈴村さんと木宮さんは女性の好みも正反対と言ってましたよね。それって二人が育った環境も関係してるんですかね」

伴は気になったことを質問した。木宮の母親の話を聞いているのに、なぜかしら浮かんでくるのは鈴村の母親、サミーの無表情で冷たい顔だった。

「そうかもね。ベルさんはマジで寂しい子供だったみたいだから。保もよく言ってたよ。ベルはずっと孤独に耐えてきた。それがベルの作る曲の強さに表れてる。だから俺はベルを励ます歌詞を作るんだって。実際、メアリーの初期は戦う内容の曲が多かったし」

『ファイトバック』を思い出す。あれこそ鈴村を励ます歌だったのか。そして『サミー・ハズ・ダイド・スティリー』の二番の歌詞も。

「保は、俺たちみたいに幸せな環境で育った人間じゃこんな音は作れないとよく言ってた。そうは言ってもベルさんの方がなんでも手に入るほど恵まれた金持ちで、俺と味本は中流以下、保に関してはギリギリの貧乏生活をしてたんだけど」

木宮が言った幸せな環境とは心の豊かさのことだろう。辻ももちろんそれを分かって話している。

「いくら母親が憎かったからって、奥さんに暴力を振るうのはよくないんじゃないですか」渡真利が横から口を挿んだ。

「刑事さん、そんなことまで知ってんの?」

一瞬、固まってから、辻は話し始めた。「よく訴えられなかったって思うくらい女性には酷かったね。とくに別れた奥さんにはヤバかったよ。他の男に、うちの嫁とやっていいぞとか言うんだから。恵理菜はいやだと言いながらそういうのに燃えるからって」

「その話、我々もある人から聞きました。自分が見てる前で、男二人で奥さんと三人でやってくれと言ったとか」渡真利が辟易した顔で言った。

「なんだ、ジョニーが喋ったんだ? でもその場にいたもう一人が俺なんだけど」

「辻さんはどう反応されたんですか」

「もちろん断りましたよ。バンドのメンバーの奥さん相手にそんな気になれないでしょ」

そこまで言って自分の声量に気づき、周りに聞かれていないか見渡してから小声になる。

「ジョニーは、ベルさんの前でやりますって鼻息を荒くしてて、あとで俺が、ベルさんの言うことを本気にするなと注意したんだけどね」

鈴村の女扱いの悪さはもううんざりするほど聞いた。それじたいは事件には関係していないだろうと、木宮についての話題に変える。

「木宮さんはどうでしたか? 鈴村さんと反対で優しいお母さんに育てられたから、女性にも紳士的でしたか？」

「紳士だったかな？　よく分かんないよ」

「交際していた女性はいたのですか」

「看護婦とかＯＬのお姉ちゃんとかをツアー先のホテルに呼んでたよ。でもそれもいっときかな」

「あまり女性に興味はなかったんですか」

「昔から保は、女となると、急に煮え切らなくなるところがあったんだよね。高校の時くらいまではそうでもなかったんだけど」

　そこで少し間が空いた。

「どうしました、辻さん？」

「マザコンだから。あいつにとっては、どんな女性もお母さんを超えられないんだよ」

「それほど母親の存在が大きかったのですか」

「そりゃあ、理解者というか、完璧なお母さんだったものね。仕事から帰ってきて、俺たちが演奏してると、そこは別のコード進行の方がいいんじゃないとか専門的なアドバイスもくれたんだよ。バックコーラスみたいにハモってくれたこともあったなぁ。結構ソウルフルな歌い方で抜群にうまいんだよ。保ってちっちゃい頃からこうしてお母さんと過ごすのが楽しかったんだなって、俺もこんなお母さんが欲しかったと羨ましくなったから」

　やはり鈴村とは正反対だ。だから初期の頃の木宮は、鈴村を気遣い、鈴村の心に積もった怒りのようなものを歌詞にすることで、彼を励ましたのだろうか。

鈴村の事故死をどう思っているか尋ねた。辻は「事故死でしょ？　他になにがあるの？」と疑う様子もなく聞き返してきた。

「鈴村さんが亡くなったあと、辻さんも薬物検査をされたんですよね。本当に使用したことはなかったんですか」

「またその話？」げんなりした顔になる。

「今もやっているとか」

「もうやってないって」

「もう？」渡真利が突っ込みを入れる。

「やってませんって」必死に否定した。

「ではその話はいいです。警察官からアリバイを訊かれなかったですか」

「どうして俺にアリバイが必要なのよ」

「警察官というのは念のため確認するのが仕事なので」

「スポーツバーで、スタッフと一緒にサッカーの日本戦を観てたから、訊かれたとしても誰かがそう答えて、すぐに証明されたと思うよ」

「木宮さんはその席にいなかったそうですね。誘わなかったのですか」

「保はサッカーなんて興味ないもの。刑事さん、まさか保を疑ってるの？」表情が変わった。

「だとしたらどう思います？」否定せずに訊いてみる。

「ないでしょ。保も他の店にいたって証明されたし」

そのアリバイが崩れたから捜査しているのだが、そのことは言わず「さっき木宮さんと鈴村さんはラスティングソングの前から険悪になる前兆があったと言ったじゃないですか。鈴村さんが亡くなった日、なにかの拍子に二人が大喧嘩になったとかありえませんか？」と質問を重ねる。

「ないですよ」辻は手を左右に振った。「だって俺たち仲間だし」

彼はきっとメンバーの中でも素直で純粋な性格なのだろう。それは強いビートが真っ直ぐに耳に届く彼のドラムにも表れていた。他にも当時の二人の様子や、今の木宮との交友関係などを尋ねて、質問を終えた。

「木宮保の家に寄ってみませんか」

午後三時になり渡真利がそう言い出した。

「どうしてですか」

「先週の日曜に木宮保の家に行ったじゃないですか。そしたら女性が来ましたよね。今日も来るのかなと思って」

先週、その女は二時間ほどで帰った。「セフレなんですかね」と渡真利は、体だけの関係だと推測していた。

「日曜にそんなことがあったのを忘れてました。渡真利さんって記憶力いいですね」

「記憶力もそうですけど、私は顔の認証力も自信がありますよ」

「じゃあミアタリ捜査もできますね」

ミアタリとは町中を歩いて指名手配犯を捜す専門捜査員だ。

「勘弁してください、そんな地味な捜査」

渡真利は断ったが、今やっている方が地味で先が見えない。一週間やっても殺人の動機どころか、木宮が鈴村を恨んでいたかすら判明しないのだから。

午後五時に三軒茶屋の木宮宅に到着すると、ちょうどタクシーが停まり、先週と同じ髪の長い女が降りた。あの時は三十代前半に見えたが、もう少し上か。どちらにせよ、人気絶頂の独身ミュージシャンが付き合うような華やかなタイプではなかった。

「また二時間くらいでバイバイですかね。練習しなくていいんでしょうか」

「練習って追加公演のですか。渡真利さんは、捜査を察して木宮はライブを中止したと言ってたじゃないですか」

「一応、ライブジェット東京のホームページを毎日チェックしてるんですけど、追加公演のところはなにも変わっていないんです。やるつもりなのかもしれません」

「毎日確認してるんですか？」

渡真利の仕事ぶりに改めて感心した。とはいえ、中止ならいまだにアナウンスがないのはおかしい。ライブジェット東京が必死に木宮側を説得している最中なのか。

「伴さんは帰っていただいて構いませんよ。私がこの公園で見張っときますから」

「僕なら大丈夫です。昨日休ませてもらったので。渡真利さんこそ引き上げてください、働きっぱなしで疲れてるでしょうから」

「私なら平気です。じゃあ飲み物を買ってきます」

彼は三十メートルほど先のコンビニに入った。しばらくして店から中年男性が出てきて、伴の方に鋭い視線を走らせたように見えたが、そのまま反対方向に歩き始めた。その数十秒後、渡真利が駆け足で出てきた。

「伴さん、さっきの男、刑事じゃないですか」耳元で囁《ささや》く。

「どうしてそう思ったんですか」

「伴さんに初めて会った前の日、私が一人でここへ来た時も会ってるんです。ほら、私、顔の認証力に自信あるって言ったじゃないですか。だから間違いないです」

「近所の住民かもしれないでしょ」

「いいえ、私をチラ見してましたし、この前は右に行ったのに、今日は左に行ったし」

それもどちらかに用事があったのかもしれない。ただその男は伴を一瞥して、踵《きびす》を返した。不自然さを感じさせないスムーズな動きだが、その完璧さに逆に不自然さを覚えた。しかしあの男が警視庁管轄の刑事なら、北村管理官のもとに連絡が入っているはずだ。

ただし捜査一課の管理官でも一切の捜査情報を知りえない司法警察員の組織はある。今の木宮でその可能性があるとしたら？

2

藤田治郎は台所のシンクで原稿用紙に火をつけた。ステンレスのシンクは焦げて黒ずみ、燃えかすが積もっている。部屋に広がった煙に何度か咳き込んだが、外に見張りがいるかと思うと、窓を開けられなかった。

文藝時報本社に乗り込んでから、治郎はルポの連載を諦め、書いた原稿を燃やすことにした。数時間をかけて、まだ修正作業に入っていなかった百枚を灰にした。

火災報知器が作動しないよう一枚ずつ燃やしていく。少なくとも千枚のうち後半三百枚は全部燃やしたい。それこそが治郎が書き直しをしなくてはならないと考えた部分である。最後から一枚ずつ燃やしてようやく百枚に達した。残りは二百枚。紙の厚みを手で測ると、急に気が重くなり、手にするこの一枚で今日はやめることにした。火をつけた原稿用紙にベルという字が見えたが、紙がチリチリと燃え、文字は跡形もなく消えた。

目黒の家でコカイン使用を目撃したあとも、治郎は再度、ベルのもとに出向き、頼むから池之内との関係を断ってくれと懇願した。

「治郎、知らねえのか。コカインに中毒性はないってアメリカの学者も言ってんだ。アルコールやタバコのほうがよほど依存性が高くて体に害があるんだぞ」

ベルはそう屁理屈《へりくつ》を捏《こ》ねて拒否した。帰りに図書館に寄って、その学者の研究について調べた。同様の記述はあったが、学者はコカインについて「麻薬の中でももっとも人を虜《とりこ》にする強い脅威である」とも語っていた。

脅威であるのは数カ月前、治郎が池之内からコカインとともに購入した大麻も同様である。カナダやアメリカの一部の州では大麻は合法だ。国内でも鬱病や睡眠障害などの医療用として合法化を訴えている人がいる。それでも日本国内では違法であって、所持すれば大麻取締法違反で逮捕される。

浮かんだ顔が保に変わった。前回逮捕された時、弁護士から「木宮さんが身元引受人になってくれるというので、起訴された時は保釈申請します」と言われた。だがそうしてもらうには、保釈中は保と同居しなくてはならないと聞き、その申し出を断った。

あの時は二度と保の顔は見たくないと思った。それなのに俺はなぜ今回、また保に会いにいったのか。

治郎はまだ燃やしていない残りの原稿用紙から、メアリーが存在していた当時の情景を思い返した。

*

《大成功で終わった一九九九年のツアーから三カ月ほど経ってから、すべてのスケジュールを延期して、メアリーは打ち上げ旅行をすることになった。行き先は沖縄だった。

「金は事務所で持つ。みんな来てくれ」

私に代わって事務所社長になったベルが、ホテルを三日間借り切り、事務所のスタッフや主要なサポートメンバー、ライブの音響スタッフらを呼んだ。いくらツアーが盛況だったとはいえ、ずいぶんな大盤振る舞いだ。滞在先はベルの母親の新しい夫が経営するリゾートホテルで、十一月末のオフシーズンとあってベルが支配人に割引交渉したらしい。

ベルはそれ以前からこのホテルを使っているようだった。コカインの使用を知った母親に、やるならこのホテルを使えと言われ、それを受け入れたのだろう。そういえば、コカイン使用を見つけた時に母親の話になり、なにか魂胆があるようなことを話していた。

到着したホテルには、ベルの母親どころか、オーナーである再婚した夫もいなかった。

ホテルは全部で四十室程度、海を見渡せる丘の上に建ち、一階にプールとレストランとシガーバー。各室に設けられた広いルーフバルコニーにはビーチチェアが置かれていた。

五階は五室しかなく、すべてスイートルームだった。私にもスイートの一室、東端の五〇五号室があてがわれた。八十平米はあり、窓から海が見える明るいリビングには七人くらいが座れそうなL字形のソファーと、ハイビジョン画像の大画面フラットテレビが置かれていた。その奥の寝室にはキングサイズのベッド、バスルームにはトイレとシャワー、そして外国のホテルにあるような船形の浴槽があった。

バスルームと寝室はガラス戸で仕切られているだけで、カーテンはあるが、開けば風呂も便器も部屋から見える。

「これ丸見えじゃんか」

サダ坊が驚くと、ベルは「外国ではこういうのが多いんだ。男も女も見られてんのを気にしねえんだよ」と説明した。

メンバーは彼女同伴も可とされたので、味本やサダ坊も女を連れてきた。ミュージシャンがガールフレンドを連れてバカンスを楽しむのは、海外ミュージシャンのドキュメンタリーフィルムで見たことがあるが、まさか自分たちがそんなことをできるとは。できれば自分も彼女を連れてきたかったたが、これはかりは仕方がない。

保だけは、所用でみんなより半日遅れで来ることになっていた。

その夜、廊下の方から「木宮さんのお部屋はこちらです」とポーターが案内する声がしたことで、保が到着したのが分かった。時計を見ると、十時を過ぎていた。国道から離れた森を切り拓《ひら》いて建てられたこのホテル周辺には灯《あか》りもなく、バーやプールで大騒ぎしていたスタッフたちも部屋に戻ったのか、ホテル全体が静寂に包まれていた。

保と話したいことは山ほどあった。ベルがコカインに手を出したことで、このままではバンドは終わるとの危機感。そして今回の旅行には池之内も呼ばれていて、サダ坊や味本に「試供品」だと言って、大麻を無料で渡していること。

かつては一緒に住むくらい仲がよかった保だが、ツアーが終わってからの三カ月間、まともに会話をしていなかった。面倒な相談事で連絡するのは、次のレコーディングに向けて詞作りに没頭している保の邪魔をするようで気が引けた。話すとしたらこの沖縄旅行中がチャンスだと、保が到着するのを待っていたのだが、東京から飛行機で三時間、さらに那覇から車で二時間以上かけて移動して疲れているだろう。保がひと息つくまで少し時間を置くことにした。

ベッドで横になっていると、まどろんでしまった。はたと時計を見ると午前一時で、慌てて起き上がりスリッパを履く。

極度の不眠症に苦しむ保がこの時間に眠ることはない。むしろ一日で一番目が冴えている時間帯だ。電話をするなり、ドアチャイムを押すなりしようかと思ったが、万が一、寝ていたら申し訳ない。明日にしようか。だが明日になれば、ベルたちがいて、二人きりで話せるチャンスが減る。

窓を開けてルーフバルコニーに出た。このホテルのバルコニーはパーティションとしてプランターが置いてあるだけで、隣の部屋と行き来ができる。隣の部屋からは灯りが漏れていた。

部屋ではなくバスルームの灯りだ。シャワー中か。

近づくと灯りが消え、カーテンの隙間に、歩いてくる素足が見えた。月夜の微《かす》かな光だけが頼りだったが、すぐに保の足ではないと分かった。細くて真っ直ぐな足、バスローブを羽織った女性。なんだ、保も恋人を連れてきたのか。だが最近、保に交際している女がいるとは聞いておらず、覗く後ろめたさより、どんな女性なのかに興味が湧いた。

女性がベッドに近づき、そこに座っていた保らしき男がバスローブを剝《は》いだ。女性の顔を確認しようと私はプランターを跨《また》いでガラス窓に近づき、細い足首からゆっくり視線を上げた。両足の付け根に、黒い影が見えた。そこで足下にあったオブジェのようなものにつま先を引っかけ倒してしまった。乾いた金物の音がバルコニーに響き、窓の向こうで女性が振り向いた。

「きゃー」

声を上げて、バスローブを手に取って体を隠す。一瞬のことに体が竦み、私は逃げることができなかった。ベッドのある方向から保が走ってきて窓を開ける。保も全裸だった。

「治郎!」

保はステージで見せるような強い目つきで私を睨みつけた。

「違う、違うんだ、覗いてたわけじゃない。保に用があって、でも寝てたら悪いと思って……」

自分でもなにを言っているのか分からないほど動転した。見てはいけないと思いながらも、私は女性に幾度も視線を向け、そしてショックを受けた。

バスローブで体を隠した女性が、寺田優子だったからだ。》

3

伴の予想は当たっていた。一昨日、木宮の自宅近くのコンビニから出てきた中年男はマトリ、厚生労働省の麻薬取締官だった。

そのことは組織犯罪対策五課長から北村管理官を通じて知らされた。かつて警察とマトリは対立していると言われていたが、今は情報を共有することもある。それは薬物捜査をする組織犯罪対策五課に対してであり、捜査一課からの問いには、返答に二日も要したが。

麻薬取締部の取締官も伴たちを刑事だと気づき、いったいなにを捜査しているのか捜査一課に問い合わせてきた。応対した大矢係長が詳しい捜査内容までは話さなかったため、麻薬取締部もそれ以上の説明は拒否したという。だが捜査一課も麻薬取締部も、木宮保が捜査対象になっていることは互いに認めた。

麻薬取締部は、先週に続いて二時間ほどで帰った女の身元も突き止めているらしい。

「その女と二人でクスリをやっているのですか」

伴は大矢を通じて、組対《そたい》の係長に尋ねたが答えは得られなかった。向こうは捜査の邪魔をしないでほしいと要請してきたそうだが、大矢係長は「うちはうちでやります」と断ったという。ただ大矢からは今後、木宮の自宅に行くのは控えるよう言われた。

現役のミュージシャンとあって、味本和弥は引き締まった体をしていた。顔に幾分皺が目立ったが、長髪の天辺を立たせた往年の髪型で、雰囲気はメアリー時代のままだ。木宮の方が髪を短くし、体に幅が出て、歳をとった印象がある。ただ五十半ばにもなって細身の服を無理して着ている味本はどこか痛々しい。二人のどちらがいい歳の取り方をしているかといえば、それは木宮の方だろう。

ソロアーティストのバックについたりスタジオ録音に参加したりしている仕事柄、今も木宮と交遊している可能性があると聴取対象から外していたが、「味本なら大丈夫だよ。絶対付き合いはないから」と辻定彦から言われたためアポイントを取った。

「保のことなんてなんも知らないですよ。あんな裏切り者」

待ち合わせのファミレスで開口一番、味本は顔を歪めて吐き捨てた。

「理由は辻さんから聞いています。鈴村さんの死亡後、再結成の話があったのに、木宮さんは俺はもうやらないと拒否したそうですね」

ボーカルは健在なのだから、サポートのギタリストを入れてメアリーを存続させるのは難しいことではない。レコード会社も乗り気だったし、そうやって脱《ぬ》けたメンバーを補充しているバンドはいくらでもある。しかし木宮は頑《かたく》なに拒否し、味本と辻が声をかけた飲み会にも来なかった。

「それが舌の根の乾かぬうちにソロデビューですからね。しかもアコギ一本ですよ。それって俺は要らないって意味でしょ？」

ベースからギターに変わっただけでもギターの味本が面白く思わないのは当然である。

「なにが《朝の陽が眩しい　頬を動かす優しいさえずり》だよ。反吐《へど》が出るよ」

木宮保のソロデビュー曲『リトルバード』を歌い、口を尖らせる。

「それにあいつの五枚目のシングル、タイトル聞いて吹き出しましたよ。タンポポですよ。《ぎゅうぎゅうに詰めた青いバッグ　背中にしょったら笑顔が零《こぼ》れた　ハンカチ持って　黄色の帽子を被ってさぁ出かけよう》って、あれ、保が子供の頃に母ちゃんとピクニックに行った時の歌でしょ。メアリーのボーカリストはいつから陽水になったんだと突っ込みたくなりましたよ」

井上陽水の『少年時代』の真似をしていると言いたいのだろうが、それを言うなら伴は、吉田拓郎の『夏休み』だと感じる。今の木宮の雰囲気が、九〇年代後半、テレビの音楽バラエティで見るようになった五十代の拓郎なのだ。何度テレビ出演しても毎回照れていて、だけど渋みはあって、歌うと迫力があった。

味本が言うように『タンポポ』は、木宮が大好きな母親と出かけたことを思い出して作ったのだろう。かつて時代を席巻《せっけん》したロックバンドのボーカルらしくはないが、発売時はまったく売れなかったため、そうした批判は聞かれなかった。

「それに保は、ソロでもメアリーのラスティングソングをやってるんですよ。あの曲、詞は保だけど、作曲はベルさんだからね」

ここで鈴村の名前が出た。

「メアリーのヴァージョンと全然違いますよね。メアリーのはバラードとはいえロック調でしたけど、木宮さんがギター一本で弾くと、まるで別の曲みたいで」

伴がそう言った途端、味本は鼻白《はなじろ》んだ。

「あれこそ物真似でしょ」

「誰のですか」

「クラプトンのいとしのレイラですよ」

「そういえばレイラがそうでしたね」

ハードロック調だった『いとしのレイラ』は、発売から二十年以上経過してアコースティック調にアレンジを変えて再ヒットした。

「ラスティングソングって、音楽評論家からはベルさんが作ったメロより、保の詞の評価が高かったんだよね。そのせいでベルさんも元気なくしちゃって」

サミーも似たことを言っていた。

「そうですかね、僕は鈴村さんのメロディも素晴らしいと思いましたが」伴はそう言ったが、味本の耳には届かない。

「保は自分の詞をもっと際立たせようとアコギでアレンジしたんですよ。メアリーの曲で、ソロでやってるのはあの曲だけですからね。ベルさんも草葉の陰で泣いてますよ」

木宮はメアリーの曲の中で唯一、『ラスティングソング』のアコギヴァージョンを三枚目のソロアルバムに収録し、テレビやライブでも披露している。そのたびに味本にも印税が入るはずだが、金が入ろうが彼は木宮が自分たちを残してソロになったことが許せないのだろう。

「人間ってやだよね。一緒に苦労したことなんて、すぐ忘れてしまうんだから」味本から木宮の悪口が止むことはなかった。しかし不思議なことに、彼から鈴村への不平不満は出てこない。

「いろいろ問題のある人だったけど、あの恩だけは俺、絶対に忘れないんで」

「恩ってなんですか？」

「サダ坊はなにも言ってなかったですか？」

「聞いていません」

「あいつ馬鹿だから忘れてんだな。デビュー前、バチスタという大手レコード会社と契約して た時、ベルさんと保の二人だけが呼び出されて、幹部と話し合ったんですよ。俺たちは別室で 待たされて。相当長い時間だったけど、ベルさんが、契約解除だ、と言って別室に入ってき て」

「なにを揉めたんですか」

「その時は二人ともなにも教えてくれませんでした。俺らは楽曲のことでトラブったと思って たけど、実はレコード会社は、ベルさんと保の二人だけ残して、俺とサダ坊はクビにしろと迫 ったらしいんです。あの二人をB'zみたいに売り出したかったみたいで。ずいぶん経ってから だけど、保から直接聞いたから間違いないですよ」

「レコード会社の要求を、木宮さんと鈴村さんの二人が却下してくれたんですか」

木宮と辻、味本は高校からの仲間だ。辻の話だと団地の窓を閉めきって、汗を掻いて練習し ながら上達していった。だが木宮の音楽性に惚れていたという鈴村が、残りの二人も大事にし ていたというのは意外だった。

「保は高校からの仲間だけど、ベルさんがそう言ってくれたのは正直、信じ難かったですよね。 あの頃は俺もサダ坊も、二人の足手まといになってるって自覚があって、ベルさんにいつクビ にされるかってビクビクしてたから」

「どうしてお二人を守ったんですかね」

渡真利が悪気なく訊いた。言い方が拙《つたな》く感じたが、味本は気にせず、「寂しかったんだと思いますよ。四人でいる時がベルさん、一番楽しそうだったから。口煩《くちうるさ》く説教しても、俺たちはついていったわけだし。楽しかったのはベルさんに限らず、俺も保もサダ坊もみんなそうだったけど」と述べた。

「鈴村さんが女性に次々手を出したのも寂しさからですか」

「それはまた別の問題ですよ。若くして成功したらみんな浮ついてしまうじゃないですか。寄ってくる女は手当たり次第やりたくなるとか。俺はどっちかというと金が入ってギャンブルに夢中になったけど」

「メンバーといるのが楽しかったのに、ラスティングソング以降、鈴村さんはメアリー以外の活動もするようになったんですよね。それについて味本さんに不満はなかったですか」

「正直ありましたよ。でも今考えたら、保が詞ができないって言うんだから、しょうがない面はあったかな。今の保みたいにソロでやったわけではなく、ベルさんはライブのゲストとか、企画モノのユニットだったし」

「木宮さんにもソロのオファーはあったみたいですね」

「あったけど、メアリーの詞を作るだけで苦労してたんだから、やる余裕はなかったでしょ。だけどあの頃、あんなに詞が出てこなかったのに、今は毎年のように新曲を出してんだから、それもまた頭にくるよね」

また木宮への不満に戻りそうだったので「ところで沖縄のホテル、誰が経営者かご存じでしたか」と質問を変えた。

「ベルさんのお母さんでしょ」

「味本さんは知ってたんですか」

「知ったのは東京での葬儀の時です。親族席に座ってたベルさんのお母さんが、あのホテルのオーナーだと聞いてびっくりですよ。あのお母さん、ホテルでは一度も見たことがなかったな」

「鈴村さんの女性関係はいろいろ聞きましたが、木宮さんの女性関係はどうでしたか。辻さんからは看護師やＯＬと付き合ってたとは聞きましたが」

「看護師ではなくて薬剤師でしょ。でもそれは大昔、二十代か三十になった頃の話ですよ」

「あまり女性には興味がなかったという話も聞きましたけど」

「あった、あった、ゲイって噂でしょ。ベルさんは保はそうだと決めつけてたな。でも俺らは、保の初体験の相手も知ってるし。保は毎回、彼女にワン切りさせて、それを合図に団地の中にある公衆電話からかけて長電話してましたよ。だから普段から十円玉を集めてて」

「どうしてワン切りするんですか」

渡真利が聞き返す。

「男からかけ直すんです。俺らの時代は、金は男が出すのが普通だったから」

「なぜ公衆電話なんですか。家の電話でかけ直せばいいのに」

「電話代かかるし、家の電話を独り占めしたら親に怒られるでしょ」

味本は説明するが、物心がついた時から携帯電話が出回っていた渡真利は飲み込めていないようだ。もっとも伴も公衆電話から彼女にかけたことはあるが、その頃はテレホンカードがあったため十円硬貨を集めた記憶はない。

これ以上聞いても話が逸れるばかりだと案じたところで、味本が話を変えた。

「ずっと女っ気がなかった保に、久々に恋人ができた時は、俺らもさすがに驚いたけどね」

「恋人って誰ですか」

「相手は普通のＯＬさん、今風に言うなら一般人ってやつです」

「それっていつですか」

「ラスティングソングのツアー後じゃないかな。打ち上げの沖縄旅行で俺らも知ったから」

「それもヴィスタビーチ・リゾートですか」

「そう。メンバーは彼女同伴ＯＫだったんだけど、そこに保が恋人を連れてきたんですよ」

「木宮さんが連れてくるのは珍しいんですか」

「珍しいどころか初めてですよ。ずっと女とは無縁の、部屋に引き籠もって詞作りする生活をしてたからね。そうだ、その女性って、うちの社長……その時はもう社長ではなかったけど、治郎さんの大学の三つ下と言ってたな」

「藤田治郎氏ですね」

鈴村の薬物などを片付けていた人物として、当時の支配人からも名前が出た。

「そう、今は音楽ライターの。ライターなんて言っちゃいけないか、評論家の先生だね」

少し愚弄が混じって聞こえた。

「彼女が昔からの保の熱烈なファンで、それで付き合ったって保は言ってたかな」

「木宮さんがその彼女を連れてきたのはその時だけですか」

「東京でレコーディングした時もその子をスタジオに連れてきてたよ。その子っていうか、もう三十過ぎた落ち着いた感じの人」

「なんかジョン・レノンみたいですね」渡真利が唐突に口走った。

「えっ」味本は理解できずにいたが、伴には渡真利の言いたいことが分かった。

「渡真利さんは、ジョンがオノ・ヨーコをバンドの練習に連れてきてたのを言ってるんでしょ。それでビートルズが解散に向かったというエピソードを思い出した？」

「そういうことではないのですか」

「どうなんですか、味本さん？」伴が振る。

「俺たちは別に連れてきたことに不満はなかったですよ。今はあまりやんないけど、当時はレコーディングやツアーに彼女や奥さんを連れてくることはたまにあって、ベルさんだって新婚の頃は恵理菜をアストンマーティンに乗せてきてイチャついてたし……さすがに俺やサダ坊がそんなことをしたら、ベルさんに真面目にやれって叱られたけど」

予想していた通りメアリーには、鈴村と木宮、そして辻と味本という二階級に分かれたヒエラルキーが存在していたようだ。

「でもジョン・レノンっていうより、ジョージ・ハリスンかな？　ジョージとクラプトンの関係みたいな」

「どういう意味ですか」

その喩えは、伴も分からなかった。

「その女性のこと、ベルさんがずっと狙ってたんですよ。あの頃のベルさん、保が彼女を連れてくると、冷静でいられなくなるのか休憩時間でもギターを弄り、ハンターのような目つきで見てましたね」

ギターを弾くジェスチャーをして、流し目で獲物に狙いを定めるような目つきを作る。

「それが、どうしてその二人の関係なんですか」

渡真利がちんぷんかんぷんという顔で尋ねた。その時には理解できた件が説明しようとしたが、味本が喋った。

「エリック・クラプトンはずっとジョージの奥さんのことが好きだったんですよ。ジョージとクラプトンは元から大親友だったんだけどね」

「親友の妻を狙ってたってことですか」渡真利が円《つぶ》らな瞳で聞き返す。

「好きになるのはしょうがないでしょ。刑事さん、さっき俺が出した、いとしのレイラってクラプトンの名曲、知ってますよね？」

「すみません。そのミュージシャンの名前くらいはなんとなく聞いたことがある気はしますが、曲までは……」

渡真利は正直に答えた。ギターがあれば弾いてあげたいくらいだ。リフを聴けば、昔ラジオで聴いたと思い出すのではないか。

「レイラというのはジョージ・ハリスンの妻だったパティのことなんですよ。思いを抱いていただけでなく、実際に不倫が始まって、ジョージはパティと離婚しちゃうんですけど」

「本当に奪ったんですか」

「そういうことです。ジョージは早く死んじゃうし、クラプトンとパティは結局うまくいかなくて、次の奥さんとの間にできた子供が幼くして事故で死んじゃったりと、二人ともあまりいい人生とは言えないけど、一人の女を取り合ったことであんなマスターピースが生まれるなんて、ミュージシャンとしては羨ましいエピソードだけどね」

「味本さん、詳しいんですね」伴は感心した。

「そりゃクラプトンもジョージもギタリストだからね。一応、俺もそうなんで」

味本は目を眇《すが》めた。親友の妻への行き場のない愛を描いた『いとしのレイラ』は、クラプトン最大のヒット曲となった。ただし当時のクラプトンの切ない胸のうちを表しているのは、ハードロック調の原曲より、木宮が真似をしたと味本が言ったアコースティックヴァージョンの方だろう。

木宮と鈴村がどういった関係だったのかを思い描いていると、ふと記憶が甦った。メモをめくっていく。見つけた。二人が同じ女を取り合っていたと話したチーフエンジニアの南が、こう語っていた。

——その女性、保さんが最初に付き合ったんです。

あの時は聞き流したが、あれはこういう意味だったのか。

「その木宮さんの彼女、最終的に鈴村さんが奪ったんじゃないですか?」

「おっ、刑事さん、鋭いとこ突きますね」味本が顔をほころばせる。「俺らが知らないうちにベルさんの彼女になってたんですよ」

やはりそうだ。だから味本はジョージとクラプトンの関係を例に挙げたのだ。

「木宮さんの熱烈なファンだったのに」

「彼女の保への気持ちを上回るほど、ベルさんが情熱的に口説いたんでしょ。保とうまくいかなくなったこともあるんだけど」

「それっていつ頃ですか」

「いつからだろう。少なくともベルさんが死んだ二〇〇二年の六月には、付き合ってましたね。ベルさん、ゆうこと結婚すると言って、沖縄に連れてきたんだから」

「連れてきた？　そこで式を挙げたとか」

「いえ、結婚するつもりだと言ってただけです」

「再婚はしてないんですね？　その女性、ゆうこさんというんですね。どんな字ですか？」

「優しい子だったかな」味本は答えた。苗字も尋ねたが彼は思い出せなかった。

「木宮さんと優子さんがうまくいかなくなったのはなぜですか」

渡真利が尋ねる。興味はどうやって鈴村が奪ったのかだが、常識的に訊くとしたら、まずは渡真利の質問で正解だ。

「単に性格の不一致とかじゃないですか。その頃は、俺は仕事以外で保と話すことも減ったのでよく分かりません」

「陰で鈴村さんが強引に奪ったとか？」

今度は伴が尋ねた。鈴村は女性を粗雑に扱ったとの複数の証言がある。それなら木宮の怒りを買い、鈴村を殺した動機にもなる。

「それはないですよ。だったらベルさんだって保のいるところに連れてこないし、保だって怒って帰っちゃうだろうし」

「確認ですが、優子さんは鈴村さんが亡くなったヴィスタビーチ・リゾートに来てたんですね？　事故当日もいましたか」

「前日に帰りました」そこで「あっ、思い出した！」と味本がジーンズの太腿を叩いた。

「なにを思い出したんですか」

「苗字ですよ。寺田だったと思います。治郎さんが寺田さんって呼んでたから」

寺田優子、手帳に書き留めておく。

「辻さんが言ってましたけど、鈴村さんと木宮さんって、女性の好みも真逆だったんですよね？　そんな二人が奪い合ったくらいだから、よほど魅力的な人だったんでしょうね」

質問をしたのは渡真利だったが、彼が訊かなければ伴がしていた。しかし味本は首を左右に振った。

「彼女だけは一致したんだよね。でも普通の人ですよ。ベルさんも保も、いくらでも若い美女と付き合えたのに、二人してなんで優子ちゃんなのって、みんなで話してたくらいだから」

「男性受けするタイプだったんですか」

美人でなくてもモテる女性はいる。その問いにも味本は「違う、違う」と否定した。「リハに来ても邪魔しないよう存在を消してましたよ。なんだか俺たちとはまったく違う育ち方をした感じでしたね」

「いいところのお嬢さまってことですか」

「それも全然違うな。ほら、俺たち、バンド結成してからものすごい速さで突っ走ってたわけですよ。だから知り合う女性も芸能人とかモデルとか、同じように売れようとしゃかりきになってるタイプしかいなかったんです。ベルさんが結婚した恵理菜なんかもまさにそうだもの。モデルから女優まで一気に駆け上がったし」

「優子さんは違ったということですか」

「俺たちに、そんなに急がなくていいって、示してくれる感じかな。今が一番楽しいでしょって諭《さと》してくれるような。そうそう、保と沖縄のホテルに来てた時なんか、保と優子ちゃん、なにしてたと思います？」

「沖縄でしたらビーチやプールで泳いだり、お酒を飲んだりじゃないんですか」

「真面目なお巡りさんらしいね。本当はもっとエッチなこと想像したでしょ？」味本は茶々を入れる。「でもそれも違います。あの二人、部屋でギターを弾いて、一緒に歌ってたんです。おいおい、なにしてんだよ、リゾートホテルにまで来てって。ドア越しに盗み聞きにいった連中は呆れてましたから」

「そういう女性なら他にもいるでしょ？」

「それが業界となるといないんですよね。ベルさんも自分のことをよく分かってたんですよ」

味本は少し目線を上げた。

「分かっていたとは？」

「自分が生き急いでいるってことです。なんだかんだで三十八で死んじゃったけど、音楽以外の楽しみも知って、視野を広げて生きていたらもう少し違う人生になってたんじゃないかな。ま、そういう俺もサダ坊にしても、グラビアモデルやタレントと結婚したけど数年で離婚して今は独り者だから、寂しい人生を送ってるには違わないわけだけど」自嘲するように味本は口角を上げる。「そういえば優子ちゃんって、保の母ちゃんと似てたな」

「えっ、そうなんですか」

「顔とかじゃないですよ。保の母ちゃんはもっとふっくらしてたし。でも優子ちゃんは喧嘩しても尾を引くような酷いことは絶対に言わないって保は言ってたし、なにをしてもまず、それいいね、から入ってくれる。人の悪口を言っているのを聞いたことがないって」

そう言われても具体的なことが分からないので、どういう雰囲気の女性なのかイメージがつかない。

「ベルさんも優子ちゃんのそういうところに、求めている女性を感じたんだと思いますよ」

「鈴村さんが、木宮さんのお母さんを理想の女性に当て嵌めたということですか？」

「ベルさんは実際、保の母ちゃんとは数回しか会ってはいないんだけど、保から話を聞いたり、俺たちがしょっちゅう保の母ちゃんの話をしていたから、どんな母子だったか想像したんじゃないかな。それってベルさんの育った境遇に絶対的に不足していたことだし」

「辻さんも、鈴村さんは寂しい幼少時代を送っていたと言ってました。それを理解して木宮さんが鈴村さんを励ます歌詞をつけた、だからメアリーの初期は戦う曲が多かったって」

「サダ坊もたまにはいいこと言うな。その通りですよ。そういう思いやりも保が母ちゃんから譲り受けたところなんですよ。ベルさんがまったく持ってないもので、ベルさんも実はそういう自分を嫌悪してて、優子ちゃんと家族になったら変われると思ったんじゃないかな。たぶん、そうですよ。だから付き合ってすぐ妊娠したわけだし」

「えっ、優子さんって妊娠してたんですか」

話が急展開したことに伴は驚愕する。

「そのこと、まだ言ってなかったですね。そう、六月にベルさんと一緒に沖縄に来た時ね」

「子供は生まれたのですか」

「どうかな、ベルさんが死んだから、産まなかったんじゃないの」

「寺田さんって今はどこに」

「分かんないですよ。内輪で初七日をやった後は一度も会ってないし」

「木宮さんに訊けば分かりますかね」

訊くわけにはいかないが一応確認してみる。

「どうかな。あいつは」

「別れた女性のことなど興味がないですか？」

「俺には分かりません。なにせ、やらないと言って舌の根の乾かぬうちにソロをやる最低の男だから」

話が出発点に戻った。伴は話を変えようとしたが、味本は目を細めて考えてからこう訊いてきた。

「刑事さん、もしかしてあの事故を殺人事件だと思って捜査してますか？　もしかして保が関わっているとか？」

「詳しくは話せませんが、我々はあらゆる可能性を消さずに捜査しているので」

関係者が木宮のアリバイを否定する証言をした程度なら話してもいいのだが、彼がどう思っているのか知りたく、「味本さんはどう思いますか」と尋ねた。味本は沈黙した。

「木宮さんはサッカーを観たスポーツバーにはいなかったんですよね。ホテルに残った二人の間になにかトラブルが起きた可能性はありませんか」

木宮に私怨のある味本なら、あると言うかもしれない。ところが険しい表情を解き、「ないない、絶対ないですよ」と手を振った。

「どうして絶対ないと否定できるんですか。木宮さんのことを最低の男だと言ったじゃないですか」

「それに鈴村さんとはバンドの晩年、ずっと不仲というか、もう険悪だったんですよね。それに恋人も、うまくいってなかったとはいえ鈴村さんに奪われたわけだし」横から渡真利も続いた。

「そうですけど、なんだかんだ言って十八年一緒にやった仲間ですからね。どんなに憎くても、そんなことありえないですよ」

仲間――辻とまったく同じ理由を述べた。

「理解しがたい話でしたよね。鈴村がいくら片思いしていたとしても、木宮の交際相手だったわけですよね。人のものだから余計に欲しくなるというのは聞きますけど、バンドメンバーの彼女を横取りするなんて。彼女の顔を見ながら木宮のことを思い出したりしないもんですかね」

駅までの道すがら渡真利はずっとそこにこだわっていた。

「渡真利さんとしては、好きになった女性の前の男を知っているのは、嫌なものですか？」

渡真利はそこで「あっ」と声を出し、体ごと伴に向けて、「奥さまが再婚でしたね。お気を悪くされたらすみません」と頭を下げて謝った。

「いえいえ、僕も妻の元夫と実際に会ってるわけですから、ジェラシーまではいかないですが、面白くない気持ちになるのは事実です」

月に二回、蒼空が駒井と面会する際は、できるだけ伴が送り迎えするようにしている。そうしたのは、前夫である駒井を睦美に会わせたくないのが理由だった。

味本は木宮保と寺田優子の二人が部屋で歌っていたと話した。メンバーはあのホテルの五階に部屋を用意されていたから、鈴村も廊下を歩いた際に聴いていたかもしれない。鈴村はどんな気分でいたのだろうか。そしてその後どんな気持ちで寺田優子と交際したのだろうか。自分と別れた寺田優子が、鈴村と付き合ったことを木宮はどう感じたのか？　ジョージ・ハリスンのように嫉妬が燃え上がることはなかったのか。途中で浮かんだ顔が切り替わった。駒井はどういう思いで月二回の面会日に伴と会っているのか、そして蒼空を伴のもとに帰しているのか。

「いずれにせよ、渡真利さん、まず寺田優子という女性を探したいですね。今も木宮と繋がっていないか、下調べが必要ですけど」

「繋がってはいないでしょう。毎週、他の女が来てるわけだし。それに付き合ってたのは十九年以上も前の話ですよ」

渡真利はそう言ったが、まったく交流がないとは断定できない。肉体関係が一切ない男女の友情なんてものがそう頻繁に存在するとは伴は思っていないが、交際した男女が、その後別々になっても心のどこかで交流を持っていることはありうる。男女の恋愛の記憶方法は異なり、男性はフォルダー別に分けて過去の思い出として残すが、女性は上書き保存すると聞いたことがある。それだって個人差はあるはずだし、寺田優子に訊けば、彼女は木宮を庇おうとするかもしれない。

「寺田優子って名前、SNSで検索してみましたが、ありすぎて絞るのは無理ですね」

スマホを操作しながら渡真利が後頭部を押さえる。

「当時三十を過ぎてたということは今は五十代ですから、SNSはやってないかもしれませんね」

「年配の人も今は結構使ってるんですよ。でもそれよりもう一度、南さんやジョニー笹森に訊けば分かるかもしれませんね。あるいは比嘉とか」

三人とも事件が起きた期間中はヴィスタビーチ・リゾートにいたから、鈴村が寺田優子と付き合っていたのを知っているはずだ。そして木宮との交際も知っている。だがそれより詳しい人間がいたことを思い出した。

「寺田優子って藤田治郎の後輩と言ってましたね。彼に会いにいけば一発ではないですか」

「伴さん、音楽ライターだからまだ木宮と付き合いがあるかもしれないと言っていませんでした?」

「そこは事件の話を出さずに、別件で寺田優子を探していると言えばいいのでは」

口にした時は妙案だと思ったが、果たしてそんなにうまくいくだろうか。悩んでいたところに大矢係長から電話があった。

〈おい、伴、木宮が動いたぞ〉

張り込みを邪魔しない代わりに、木宮の行動に変化があったら連絡がほしいと組織犯罪対策五課を通してマトリに伝えてあった。

「どこに行ったんですか？」

〈広尾の聖ルチア病院だ。病院では内科か外科か微妙な場所に座っていて、怪しまれるからそれ以上は調べられなかったそうだ。だけどケガをしてる様子はないし、病気だったら長時間検査されるだろうから、たいしたことはないんじゃないかと言ってた。その後、芝浦のスタジオに向かったらしい〉

「スタジオってまさか」

〈ああ、すでにライブのバックバンドが集まってて、スタジオに三時間いたそうだ〉

「バックバンドって、七月八日の追加公演をやるつもりなんですか」

〈そこまでは知らないよ。俺はそれを伝えてくれって組対の係長に言われただけだから〉

「そうですよね、すみません」

電話を切ってから「渡真利さん、木宮保が姿を見せたそうですよ」と伝えた。会話が聞こえていた渡真利は「追加公演をやるとなると、この前の中止はなんだったんでしょうか」と首を捻った。

渡真利は自分たちの捜査がライブ中止の理由だと言っていたが、捜査が関係していたとしたら、それはマトリだ。木宮はドラッグを使用していて、捜査の手が及んでいることに気づいたから中止した？

だが追加公演をやるとしたら、その推理も当て嵌まらなくなる。

4

藤田治郎は二日間かけて、およそ千枚の原稿用紙のうち、後半の三百枚余をすべて燃やし終えた。

ちぎった原稿用紙を燃やしては、水をかけて火を消すという気の遠くなる作業だった。最初の七百枚、四人との出会いから、『ラスティングソング』の全国ツアーが終わり、鈴村のコカイン使用を知るまでの分も焼失させたかったが、到底無理だと諦めた。前の紙が燃え切る前に次の紙に火をつけてしまい、大きくなる火の塊をシンクに放り投げた。火災報知器が鳴ってもおかしくないほど火柱が立ったが、掛け布団をかけたらどうにか消えた。

これが保なら眠ることもなく続け、やり遂げるだろう。保だけでなくベルでもそうだ。ベルはクレジットカードでコカインが細かくなるように刻んでは、カードをヘラのように動かして整え、横一列に伸ばしていた。クレジットカードを使うのも、ストローではなくドル紙幣を丸めて吸引するのも、海外ミュージシャン同様、スタイルとしてこだわった。あまりに放恣《ほうし》な私生活に呆れることが多かったベルも、音楽となると誰にも真似ができないほど真摯に向き合って新曲を作った。リリースしたアルバムはベスト盤、ライブ盤を除くと、『ラスティングソング』が収録された二枚組の『とわのき』までで計六枚。収録曲をすべて合わせると七十曲を超える。実際はその何倍もの曲を「詞・木宮保　曲・鈴村竜之介」で作った。

とくに二枚目のアルバム以降は、保は詞が完成するとまずベルに持っていき、二人だけで演奏して確認した。味本とサダ坊は「水くさいよ、俺たちも入れてくれよ」と不満を見せたが、保は「ベルに却下されたら恥ずかしいじゃねえか」と言った。才能の違いを実感していた二人がそれ以上文句を言うことはなかったが、面白くはなかったはずだ。それはまだメアリー初期の頃、「治郎、メンバーだけで話したいから、おまえ席を外してくれるか？」とベルや保に言われた時の疎外感と似ていたに違いない。

九九年夏に『ラスティングソング』の全国ツアーが終了してから、ベルは自分でも詞を書き始めた。だがそれがメンバーに発表されたことは一度もない。読んだことがあるのは部屋に呼ばれた自分だけだ。

——治郎、どう思う？

——悪かないけど……。

とても保の詞と比較できるレベルになく、口籠もった。ベルは寂しそうに口を結んだ。

ベルが他のミュージシャンとのセッションに加わるなど、ギタリストとしてソロ活動を始めたのは治郎が勧めたからだ。最初ベルは気が進まないと拒否した。だが「もう知り合いのプロデューサーに話しちまったから」と説得して、無理矢理参加させた。

そうさせた理由の一つはコカインを使わせないためだったが、仕事を終えれば沖縄に帰り、五〇一号室に籠もるわけだからたいして成果はなかった。

もう一つの理由は、保と優子からベルを遠ざけるためだった。優子の保への好意を聞いていたとはいえ、ベルは保が付き合うはずはないと決めつけていた。だからヴィスタビーチ・リゾートに到着した保が、翌朝優子を連れてレストランに姿を見せると、ベルは鳥影を見るような表情で固まっていた。

その後も二人を妬ましい目で見つめるベルを何度も目撃した。高嶺《たかね》の花と呼ばれる相手でも思い通りに手に入れてきたベルが、なぜ普通のOLをしていた優子にそこまで心を寄せたのか。ベルが理想とする男女関係が、あの二人にあったのだろう。それくらいしか想像はつかない。それは一緒に音楽を楽しむ姿なのか、それとも優子の保への献身ぶりなのか。

精神を乱されたのは治郎も同じだった。あの夜見た優子の裸体が脳裏から消えず、何度も狂いそうになった。優子をメアリーのライブに招待し、保の楽屋に連れていかなければよかった。保の作った詞を身近にいた治郎より理解していた優子と、あの時の保はほとんど会話をしなかった。だが鋭い目付きで、彼女の顔を見つめていた。あの時点で優子に惹かれていたのだ。それなのに優子を取られるとしたら別の男だと、ベルのことばかり警戒していた。

それでも奪われたのが保ではどうしようもないと思う気持ちも心のどこかにはあった。自分が保に敵《かな》うわけがない、そう自分に言い聞かせて諦めた。

だが今は思う。果たして本当に諦められたのだろうか。あれから二十年以上も過ぎているというのに、いまだに彼女のことを忘れられないのだから。

そう思ったら、無性にコカインが欲しくなった。箸で燃えかすをあさり、残り火がないのを確かめてから台所を離れる。

便所に行き、トイレ用洗剤の裏側に隠しておいた、一回分ずつトイレットペーパーに包んだコカインを取ってきた。こうしておくと突然のガサ入れがあった時もまとめて便器に流せると、大麻を使っていた時に池之内から教わった。ただそれは体内から陽性反応が出ても所持していなければ処罰されない大麻の場合だ。コカインは尿検査で検出されれば逮捕される。

トイレットペーパーを開く。治郎が買ったのは粉末ではなく、結晶型のクラックコカインである。池之内はベルが使っていた、より純度の高い粉末も用意できると話していたが、鼻からスニッフィングするのは抵抗があった。

コカインだけでは咽《む》せるため、巻き紙にタバコを入れ、その先にコカインを載せて丁寧に巻いていく。唾で紙を接着して、両縁をねじって結んだ。三本の指で摘まんで咥え、ライターで火をつけて深く吸い込むと、毛細血管の先まで成分が行き渡るのを感じる。少しずつではあるが活力が戻り、心にタールのように貼り付いた暗い不安を取り除いてくれる。

二〇〇五年に逮捕された時は厳しい取調べに耐えられず、池之内の名前を出した。鬼瓦《おにがわら》のような顔をした取調官を思い出す。あの時に感じていたのは取調官への恐れではなく、将来を失うことへの絶望だった。

起訴猶予で済んだ時は、もう二度と自分を危険に晒すようなことはやめようと心に誓った。池之内が逮捕されたことで芋づる式に摘発を受けた暴力団が解散したと聞いた時は、これで二度と自分は薬物に手を出さないだろうと安堵した。

ところが五年前、池之内が連絡もなく現れ、新しい入手先が見つかったと悪魔の囁きをした。入手先はヴィスタビーチ・リゾートでメアリーの世話係をしていた比嘉だった。池之内が捕まったということは、比嘉が喋ったのか。

なにをどう悔やんだところでもう遅いのだ。週刊時報の高山が疑っているくらいだから、捜査の手は治郎の間近まで迫っている。前回の逮捕で家宅捜索を受けた時には原稿は読まれずに済んだが、警察が保まで疑っているなら、今回はそうはいかないだろう。後半部分は燃やしたが、それで済むか。あの時のことがすべて明るみに出ることの方が、恐怖としては大きい。

インターホンが鳴った。台所のモニターを覗くと、画面には宅配の制服を着た男性が写っていた。ついに来たか。覗かれていたようなタイミングだ。部屋を見回すが、カーテンは閉まっている。

あいつらまた同じ手を使いやがって。無視しようかと思ったが、ここまで来られたら、籠ったところで時間の無駄だろう。「はい？」と不機嫌に返事をした。男は宅配会社を名乗る。治郎は玄関に出てドアを思い切り開けた。扉の勢いに配送員は驚いてよろけた。近くに警察らしき人間は一人もいなかった。

「なんだよ。まっ、いいや、判子はどこに押せばいいんだ？」

「あっ、はい、ここに」

よほど怖い顔をしていたのか、若い配送員は怯《おび》えていた。出版社の知り合いからの、どうでもいい贈呈本だった。

朝から原稿を燃やすことに集中したせいで、気がついたら夕方になっていた。

直接鼻からコカインを吸引するのとは違って、ジョイントでの喫煙では不安からいくらか遠ざかれる程度で、食事が不要になるほど精神が昂ぶることはない。その分、効果が切れたからといって譫妄《せんもう》が出ることや幻覚を見ることもなかった。そもそも治郎に自分が薬物中毒という認識はない。大麻もそうだったし、コカインだって何カ月も吸わなくても平気だった。

飯を食いに出かけることにした。二日間着っぱなしの開襟シャツをはだけ、脇の臭いを嗅ぐ。風呂もシャワーも浴びていないが臭くはなかった。開襟シャツのボタンを閉め、下は綿パンのまま玄関を出た。

だが通りに出て、なにを食おうか考えているうちに空腹感は消えていた。反対方向にあるコンビニで酒だけ買って戻るか。体を反転させようとした時、隣のマンションの陰から男が出てきた。背後にも男がいる。すぐに彼らが何者か分かった。

「藤田治郎さんですね。厚生労働省麻薬取締部です」

顔を接近させてから正面の男が小声で名乗った。

「マトリか。ならさっさと連れてってくれ」

体の中にはコカインが残っているのだ。その時には否認する気も失《う》せていた。

Song 6

リトルバード

1

木宮保と鈴村竜之介の二人が交際した寺田優子の所在が判明した。ヒントとなったのは味本が話していた「藤田治郎の大学の三つ下」で、学校に問い合わせたところ、今も親交があるという教授が教えてくれた。だが家具の輸入会社で働いている彼女は、年に数回、海外の展示会や買い付けに行くらしく、今はデンマークに出張中だった。伴は、彼女の実家がある新潟県長岡市にやってきた。八十歳になるという母親が対応してくれた。

「優子は三十歳過ぎまではデパート勤めをしてたがけど、孫娘を出産する数年前にやめてね、仕事を再開したのんはその子が小学校に上がってからなんだけど」

「お子さんがいるんですか、お幾つですか」

「いくつになったかねえ。高校を出たばっかりだけどさ」

「卒業したのなら、十八歳ですか？」

「それくらいだかなあ」

「お父さんは誰だったんですか」

気が逸って訊いた。父親がいない子供だと決めつけたような問いになったが、母親はとくに気を悪くした様子はなかった。

「音楽やってた人らしいけど。鈴村竜之介って知ってるかね？　あたしは全然知らねえし、妊娠中に死んだって。そんな大事なこと、あの子は孫が生まれるまでひと言も言わねえんだから」

「驚かれたんじゃないですか」そう訊いた伴の声が震えてしまった。

「そりゃ未婚の母になるって言うんだから、こってびっくりしたわ。だけど自分で育てるからい、い、いって、あちこたねぇって」

誕生日を訊く。二〇〇二年十二月六日、鈴村が死んだのは六月十八日だから時期も合う。

「優子さんが仕事を再開するまで、お二人の生活は、ご両親が面倒を見られていたのですか」

「金のことで優子が頼んできたことはないよ。二人がここにいたのは、孫が三歳までで、埼玉に引っ越してからは年一回戻ってくるだけで詳しくは知らねえけど、相手の親御さんが認知してくれたから、少しは面倒見てくれたんじゃないかな」

「お孫さんは今、大学生ですか」

「バイトしてるよ。あたしは大学行かせた方がいいと言ったけど、孫が仕事したいって言ったみたいだわ。母親が仕事してるっけに、気を遣ったんかね。ライブなんとかいう会社と言ってたな」

「お孫さんのご連絡先を教えてくれませんか」

「教えてもいいけど、孫に怒られるんだあ。一度連絡してからでいいかね」

「お願いします。ご迷惑はおかけしませんから。あっ、お名前はなんですか」

「あやか、だ」

「どんな漢字を書きますか？」

「説明しにくいっけに書くもん貸してくいる？」

彼女は伴の手帳に「彩薫」と書いた。


「斉藤《さいとう》さん、こんな遠くまで来てなんの捜査をしてるんだって呆れてるでしょ」

伴は駅に向かうタクシーで隣に座る刑事に言った。

「そんなことはないですけど、鈴村に子供がいたからって、十九年前の事件が殺人だったことには結びつかないですよね？」

斉藤は警視庁の捜査一課に属し、階級も同じ巡査部長だが、歳は四つ下だ。

「普通はそう思いますよね。斉藤さんは木宮保といってもあまり興味はないでしょうし」

小柄で短髪、筋肉質の体型をした斉藤は、警察官になる前は、クラブユースに所属してサッカーに打ち込んだという警察官では珍しい経歴の持ち主だ。怪我《けが》をしなければＪリーグでの活躍が約束されていた選手だったらしい。

「木宮保は聴きますよ。ｍｅｍｏｒｙが好きです」

「最新の曲じゃないですか」

今年二月にリリースされてヒットしたシングルである。

「あの曲、卒業式で告白できなかった男子が、好きな女の子に電話しようか迷う曲ですよね。私は高三のユースの試合で、靭帯《じんたい》損傷の大怪我で入院して、卒業式に出席できなかったんです。恥ずかしながら私にも当時、好きな子がおりまして」

頬を少し赤くして短く整えられた後頭部を掻く。

「斉藤さんの青春にもそんなロマンチックな一ページがあったんですね」

「ありますって。スポーツやってる連中は案外、根はピュアなんですから」

渡真利と二人だけの特別捜査だったのが、昨日から捜査員が二人増員された。その一人が斉藤である。増員されたのは三日前の六月二十二日、元メアリーの事務所社長で、音楽評論家の藤田治郎が麻薬取締法違反で逮捕されたことが関係している。藤田は現在、湾岸署で取調べを受けている。尿検査の結果コカインの陽性反応が出ており、本人も使用を認めた。

伴が気になったのは、部屋にメアリーのことを書いた原稿用紙が七百枚残っていたことだった。ずいぶん昔に書かれたものなのか紙が変色していたその原稿を、伴は昨夜、夜中までかかって読んだ。そこには伴の知らない、デビュー前からのメアリーの実像が色濃く書かれていて、頁《ページ》をめくる手が止まらないほど引き込まれた。残念なことに原稿は一九九九年、藤田が鈴村のコカイン使用を知ったところで止まっていた。その先は燃やしたのか、灰と燃えかすがシンクに残っていた。

寺田優子が娘を出産していたことは、上越新幹線の長岡駅に向かうタクシーから渡真利に伝えた。

〈やはり生まれてたのですね。父親が死んでも産んだのは、寺田優子はそれだけ鈴村竜之介を愛していたということでしょうか〉

照れることなく愛していたという言葉を使えるところが、渡真利らしい。

「誕生月から換算すると鈴村が死んだ時は妊娠四カ月ほどですから、堕《お》ろせない時期ではなかったはずです。それでも彼女は出産した。シングルマザーになりますが、鈴村の親が出産後に認知したと言っていたので、鈴村が受け取るはずだった著作権料が入ったのではないでしょうか」

〈あのサミーが認めたのですか？　息子に子供がいたなんてひと言も言わなかったのに〉

「さっきホテルに電話して山崎聖美に孫のことを確認しました。いるみたいですわね、と他人《ひと》事《ごと》のように言われましたよ」

〈それでよく認知しましたね。あの女、意地でも認めなそうですけど〉

「今はDNA鑑定で立証できれば男性が亡くなっていても父親だと認定されますので、裁判にするのも無駄だと諦めたのかもしれませんね」

伴は山崎聖美に、生前に鈴村竜之介から聞いていたのかどうかも尋ねていた。

——あの子がわたくしにそんな話をするわけがないじゃないですか。

彼女は恥じらいもなく言った。

——お孫さんのことはいつ知りましたか。

——死んで半年ほどして、藤田という人が来て、竜之介の子だから母親と会ってくれと言ってきたんですよ。

ここでも藤田治郎の名前が出た。

――それで寺田優子さんやお孫さんとは会われたのですか。

――どうしてわたくしが会わないといけないのですか?

――息子さんと結婚する予定だったんですよね。それでしたら……。

――逆にお訊きしますが、生きていれば竜之介は二人をわたくしに会わせたでしょうか。

そう言われて伴は答えられなかった。

「ところで渡真利さんの方はどうですか?」

そう言うと彼は〈それが……〉と口籠もり、〈まだ藤田に会わせてもらってないんです。館《たて》山《やま》さんが頼んでくれているのですが〉と申し訳なさそうに言う。館山というのが応援に入ったもう一人の捜一刑事である。以前同じ班だったが、あまり押しの強いタイプではない。

「我々はこれから寺田彩薫のもとに行ってみます。渡真利さんは引き続き藤田をお願いします」

渡真利には、燃やした原稿用紙は何枚あり、そこにはなにが書いてあったのか、そのことも藤田に訊くように頼んでいる。

2

藤田治郎は麻薬取締官から長い取調べを受けていた。北沢署管内に住む自分が湾岸署に移送されたのは、捜査の本命が保だからだろう。有名人が逮捕された時に収容されるのがこの警察署である。

「すべて認めたじゃないですか、もうなにも話すことはないでしょう」

池之内の名前も出し、使用に至った経緯も隠さずに説明した。

「藤田さん、あなた、まだ話していないことがあるでしょう」

「木宮保のことですか？　それは知らないと言ったじゃないですか」

「あなたは三カ月前に木宮さんの自宅を訪れていますね。その一カ月後、コンビニから木宮さんに荷物を送りました」

マトリは宅配便の伝票を出した。「これを見ると、木宮さんの全国ツアーの広島公演が終わった翌々日が配達指定日になっています。いまさら自分が送ったものではないなんて言わないでくださいね。なんなら防犯カメラの映像も見せますよ」

どうやら自分はずいぶん前からマークされていたようだ。それなのに保に会いにいったり、宅配便を送ったため、保までターゲットになってしまった。

「中身がコカインという証拠はないんでしょ？」

「コカインではありません。大麻ですよ」

「中を調べたんですか」

「乾燥大麻四十グラム、おおよそ二カ月から三カ月分。結構な量です」

「確認しておきながらそのまま送ったんですか？　マトリというのはどこまで性悪なんだ」

皮肉を言うと、取締官から強い目で睨み返された。

前回の逮捕時は十日の勾留期限が延長されたが、治郎が池之内の名前を出し、購入ルートを明らかにするとまもなく釈放された。だが保が絡んでくるとなると今回の取調べはさらに長引きそうだ。おそらく自分の逮捕事実も発表されていないのではないか。

マトリが調書を閉じたので、この日の取調べがやっと終わったと思った。もう夕方だ。それなのに「トイレはよろしいですか？」と訊かれた。断ると初めて見る男が二人入ってきた。名乗られた時は驚きを隠せなかった。二人とも警察官で、一人は沖縄県警の捜査一課の刑事だというのだ。

「我々は二〇〇二年に沖縄で亡くなった鈴村竜之介さんの事故死について調べています」

沖縄県警の渡真利という刑事が言った。

「鈴村の？　なんで、いまさら」

「事件性があると証言している人間がいるんですよ」

「は？　そんなこと誰が言ってるんですか」

「それは答えられません。それと今日、別の刑事が寺田優子さんの実家に行きました」

「優子の？」

思いがけずそう口にしてから「寺田さんの？」と言い直す。

「親しいんですよね。メアリーのメンバーに寺田さんを紹介したのもあなただとか」

「それは……大学の後輩だから」

「前回、あなたが逮捕された時、身元引受人になると言ってくれた人が二人いたそうですね。一人は木宮さん、もう一人は寺田優子さんがかつて勤務していたデパートと取引があった洋服リフォーム会社の社長さんだったとか」

返事はしなかった。保には断っただけだったが、優子には不起訴後に会いにいった。彼女からは一切、非難されなかった。だが治郎は顔もまともに見ることができず、あの時ほど情けないと思ったことはなかった。

「寺田さんには、鈴村さんとの間に彩薫さんという娘がいるそうですね。その子を鈴村さんの母親に認知させたのが藤田さんだとか。私の相棒の刑事がさっき新潟から戻ってきて、明日その娘さんと会うアポを取りました。彼女の勤め先って、ライブジェット東京、木宮さんのコンサートを企画している会社ですね」

目の大きな、南国風の顔をした刑事はそう続けた。けっして威圧感はないが、だんだん冷静に聞いていられなくなる。

「あなたの部屋から原稿用紙の束が出てきました。その刑事が音楽に詳しくて、これはすごい、ただのバンドの歴史ではない、メアリーのすべてが、藤田治郎という人の目を通して細かく分析して書かれてあると感心していましたよ」

「そう言ってもらえるのはありがたいですね」

お世辞だろうが、確かにあれはそう評されていいものだ。十八年間も密着していなければけっして知ることのできない、彼らの表も裏もすべて書いたのだから。

「ただ一番いいところで終わって、続きが燃やされていたことを残念がっていました。なぜ燃やしたのですか」

「それは答えられません」

「原稿は全部で何枚あったのですか？」

「それも答えたくないですね」

拒否したものの、大きな目に吸い込まれそうになる。

「残った原稿では、鈴村さんがコカインを始めたこと、それが池之内経由だと知り、木宮さんの睡眠薬の調達で池之内をメアリーに接近させたことをあなたが悔やんでいるところで終わっていたそうですね。それだって結構なスキャンダルですが、そうなると燃やした中には、それ以上の知られたくない事実が書いてあったのでしょうね」

「…………」

「他の人間もコカインを使っていた、たとえばあなたとか？」

治郎は顔を上げて刑事を見た。だが渡真利という刑事は目を合わせたまま「それとも二〇〇二年の事故の真相とか？」と続けた。治郎は目を伏せる。自分でも失敗したと思うほどわざとらしくなった。

「そのあたりはゆっくり聞きましょう。ところであなたは木宮さんがコンサートを中止した理由が、分かっているんじゃないですか」

「それはさっきのマトリの刑事さんが言ってたことと関係してるんじゃないですか。私が送った大麻のせいで、保は最近になって、自分にも捜査の危険が及んでいると警戒したとか」

渡真利という刑事は黙っていた。ただ強い視線で治郎を見ている。

「もしかして私が伝えたと思ってるんですか？　でしたら違います。三カ月前に保と会いましたが、それだって十九年振りです。気軽に会える関係なら宅配便なんかで送りません。私の携帯の通話記録だって調べてるんでしょ？」

いたたまれなくなって自分からそう話した。週刊時報の高山には、ベルの死亡後、保と没交渉になっていると話したが、それは嘘だった。だが十九年振りに会ってからは電話もしていないから、付き合いがないと言ったことはあながち間違いではない。

「私たちが聞きたいのはそういうことではありません。木宮さんから公演をキャンセルした事情を聞いているんじゃないかということです」

「でしたらその事情を言ってみてくださいよ。当たっているならそうだと言いますよ」

渡真利がドアの方を見た。気づかなかったが先ほどのマトリが立っていて、彼が頷いた。

「木宮さんは聖ルチア病院に行っています。それから彼のもとには毎週女性が訪れています。その女性は別の病院に勤めていますが」

「それは薬剤師でしょう」

保のやつ、今もそうやって薬を不正に貰っているのか。だが刑事からは「違います。医師だそうです」と言われた。

今の保に家に呼ぶような女医がいたとは意外だった。

「そこまで調べてるのでしたら、保がキャンセルした理由もその女性から聞いて知っているのではないですか」

「医師ですので、令状がない限り、守秘義務があることを理由に話してくれません。恋人なのかと思いましたが、古くからのファンであって男女の関係ではないと言っていました」

渡真利という刑事も困っているようだ。意地悪してやろうかと思ったが、話すことにした。

「その女性は保の体を心配して様子を見にきているのでしょう」

「どういうことですか」

「保は癌なんです」

「癌ですって」

二人の刑事は声を上げ、出入り口で扉にもたれかかって聞いていたマトリまでが、扉から体を離した。

「肺癌だそうです。あいつはヘビースモーカーでしたからね」

「それでもライブをやっていたのですか？　まともな治療もせずに？」

「医者からは手術を勧められましたが、全国ツアーの前だったので断ったみたいです」

「早く治療しなければ手遅れになるじゃないですか」

「喉への転移も見つかったそうです」

「だから治療しなかったのですか」

「今回はツアーに横浜が入ってますからね。治療は最後の横浜が終わってからすると。彼にとって横浜は特別ですから」

横浜が特別だとまで、保から聞いたわけではないが、治郎はそう思っている。その横浜をドタキャンしたと高山から聞いたものだから、治郎は驚いたのだった。

「ということは、今回はよほど体調が悪化したということですか」

「すでに悪い兆候は出てたのかもしれませんね。名古屋公演に行ったファンのブログを読んだけど、相当盛り上がったのにアンコールはやらなかったみたいだし」

「無理はしなかったということですか」

「完璧に歌えないと判断したんじゃないですか。そういうところが木宮保なんです。昔から完璧主義でしたからね」

完璧主義で神経質な男――保だけでなく、ベルも音楽に関しては同じだった。そんな二人をすべてにおいて尊敬していたわけではない。ベルの屈折した性格にはずいぶん振り回され身も心も疲れ果てた。保も似たようなものだ。

「兆候は出ていたんですか」

「あったから検査したんでしょう。本人は時々苦しくなる程度だと言ってましたけど、強がってるだけで相当な痛みがあると思いますよ」

「あなた、それで大麻を送ったのですか」

渡真利という刑事が気づいた。

「さきほどあちらの麻薬の刑事さんが結構な量と言いましたが、福岡後の広島から来月の追加公演までが二カ月半くらいだったんです」そう言って治郎はマトリを一瞥する。「でも女性医師が自宅に来てるってことは、私が送った大麻は使っていないのかもしれませんね。その女医が多くの痛み止めを渡してるんですよ。昔から保は、頼まなくても周りが助けてくれる男でしたから」

「彼女は法律に反する行為はしていないと言っています」

マトリが言うと、渡真利が「あなたは、木宮さんが痛みに堪えられないだろうと思って、勝手に大麻を送ったのですか」と続けた。

「勝手？　まぁ、そういうことになりますね」

「木宮さんに求められてもいないのに？」

「はい、ひと言も頼まれていません」

「どうして」

「だから言ったじゃないですか。あいつは昔から周りが助けてしまうって。それを一番やったのが私です。それが昔からの、私の役目だったんですよ」

言葉を吐き出すと、虚無感が胸の中で広がった。

「つまりこれがさっきの答えです」

治郎は一度息をついてからドアの前で立つマトリに顔を向けた。

「全国ツアーに出る直前、保は体の異変に気づき、医師から癌だ、手術が必要だと宣告された。だけど保は全国ツアーをやり遂げたいと、即時の治療を拒否した。彼がいつ宣告されたのか詳しくは聞いていませんが、私が彼と再会したのはおそらくその直後です。保は、医師から貰った痛み止めを飲んでると話しました。でも私は、そんな薬じゃ効かないだろうと言いました。その理由は、私の原稿を読んだ刑事さんに訊けば分かると思いますが、ひと言で言えば、あいつは薬さえ信用しない男だからです」

「大麻なら効くと思ったのですか」

「私にはそれしか思いつかなかっただけです。だから池之内から買って、送った」

「違うでしょ？　あなたは木宮から痛み止めとして大麻を頼まれて送ったんでしょ？」マトリが口角泡を飛ばして追及したが、治郎は首を左右に振った。

「だから頼まれていませんって」

「送ったのに、あなたは木宮さんが受け取ったかどうかも確かめていないのですか」今度は渡真利という刑事が訊いてくる。

「荷物が戻ってこなかったので受け取ったのだろうとは思ってましたよ。でも使ったならこの前の横浜は中止してないんじゃないですかね。とはいえ海外では癌患者が痛み止めとして大麻を使用していると知ってるだけで、実際、大麻にどれだけの鎮痛効果があるかは、私は癌になったことがないので知りませんけど」

渡真利にそう言ってから、視線を再びマトリに移した。マトリは奥歯を噛みしめていた。

3

伴は斉藤とともに、鈴村竜之介と寺田優子の娘、寺田彩薫に会いにいった。祖母はバイトだと言ったが、実際は契約社員で、面会場所に指定されたのはライブジェット東京の制作で来週、海外ミュージシャンが公演する日本武道館だった。

祖母からは帰り際、「父親のことを訊いてもあの子はなんも喋らねえよ」と忠告されていた。理由は答えなかったが、伴はコカインの多量摂取による死亡とネットに書かれているからだと思っている。年頃の娘だと、自分の父親を誹謗《ひぼう》中傷する人間より、そんな噂を作った父を恨む可能性はある。

出てきたのは、前髪を目の上で切り揃え、Tシャツにジーンズ姿の小柄な女性だった。目は奥二重で、顔だけで鈴村の子と感じることはなかった。ただ少しふて腐れたような陰のある表情は、ステージ上の鈴村がいつもこんな雰囲気だったように思えなくもなかった。

「我々は十九年前の彩薫さんのお父さまの事故死について再捜査しています。本来はお母さまにお尋ねすることですが、デンマークにご出張中だそうなので」

遠回しに訊いても怪しまれるだけだと伴は正直に話した。

「母なら二週間後に帰ってきますけど」

それでは渡真利の出張の最終週になる。

「まずは彩薫さんから聞かせていただけますか。お父さまの亡くなった件、彩薫さんはお母さまからどのように聞いていますか」

彼女の鼻根に皺が入る。祖母の話では、彩薫が鈴村の子であることを家族以外で知っている者はいないそうだ。だから父親のことで彼女が世間から後ろ指をさされることはなかった、と。それでも傷ついているのは彼女の心の問題である。

「ネットにはいろいろ出ていますが、そのことを調べているわけではないんです。我々は事故ではないんじゃないかと思っています」

「事故でないとはどういう意味でしょうか」

「捜査内容は話せないのです。彩薫さんはお母さまからなにか聞いていませんか」

「いいえ、なにも」

「事故以外のことはどうですか？　お父さまが有名なバンドのギタリストだったのは当然、ご存じだと思いますが」

「小さい頃に母から教えてもらいました。でもその後はほとんど聞いてません」

「もっと詳しく知りたくなったんじゃないですか。あなたも音楽が好きなようだし」

ライブの準備で騒がしい周囲を見回してから尋ねた。電動ドリルの音と作業員の声が交互に聞こえてくる。

「知りたい時期はありましたけど、でも母があまり話したがらなかったから」

「彩薫さんはメアリーの曲は聴きましたか」

「聴きましたよ」

「どう思いました」

「どうと言われても。父のギターは巧いなとは思いましたけど」少し考え込んで言う。

「彩薫さんも楽器をやってたんですか」

「はい」

「なにを」

「ギターです、私のは遊びですけど」

「ボーカルは？」

「それもやりましたけど」

「じゃあ今はソロになった木宮さんにはどんな印象を持ってますか？」

そこで母親の前の恋人である木宮を出した。しばらく返事がない。「好きとか、嫌いとか、そういう印象だけでもいいですけど」

「嫌いです」彩薫がはっきりと意思表示したように伴には感じられた。

「どうしてですか」

「だってあの人、みんなが準備したライブを理由も言わずにドタキャンしたんですよ。そんな無責任な人、好きになれません」

キャンセル理由は体調不良の可能性が高い――昨日、藤田を取調べた渡真利から、木宮は癌だという衝撃的な事実を聞いた。だが木宮が隠している以上、ここで明かすわけにはいかない。

しかしドタキャンだけで、ここまではっきり嫌いと言うだろうか。一応、父親の仲間だったのだ。母親から二人の関係を聞かされているかと思い「キャンセルがなかったら好きでしたか」と尋ねる。

「あまり」気のない声に聞こえた。

「お父さまのライバルだったからですか？」

「…………」

「ネットとかにお父さまと仲が悪かったと出てたからですか」

彼女がなにか答えるような気がしてしばらく待つ。会場からハンマーを打ちつける金属音が連続して響いた。それでも黙って顔だけ見ていると、腕組みしていた彩薫が沈黙を破った。

「母が木宮さんに書いている途中のメールを、一度覗いてしまったんです」

「お母さまが木宮さんに？　どんな内容だったんですか」

二人の関係が復活した？　そんな予感が過《よぎ》る。

「季節の挨拶をしているだけで、それ以上読んだら悪いと思ってやめましたけど、でも……」

「でも？」

「その後、母が楽しそうに続きを書いてる姿を見たら、なんか父が可哀想な気がして」

彩薫の気持ちがうっすらと理解できた。なぜかそのことが伴自身に降りかかってくる。蒼空もまた、睦美が伴と親しくしているのを見て、複雑な気持ちなのではないか。

「彩薫ちゃん、大丈夫？」

離れた場所で職人と作業の相談をしながら、ちらちらと様子を窺っていたサングラスを頭に載せた女性が声をかけてきた。最初に応対に出てきた村木由紀という彩薫の上司である。村木には寺田彩薫の母親の知り合いについて訊きたいことがあると頼んでいた。

「さっき木宮さんって聞こえたけど、木宮保さんのこと？　刑事さん、彩薫ちゃんになにを訊きたいんですすか」

「いえ、たいしたことではないんです。今は個人的な理由で木宮さんのことを話しただけです。僕も木宮さんのファンなので」

思いつくままにごまかした。

「それならいいけど」

「私なら平気ですよ」

彩薫はそう答えてから「刑事さん、木宮さんのことなら村木さんが詳しいですよ。リトルバードとかめっちゃ上手ですから」とこれまで見せなかった笑みを見せた。

「リトルバードは塚っちゃんでしょ。私のオハコは、12の季節とカラー&フレグランスよ」

両方ともソロになってからの曲だ。前者は五、六年前、後者は三年前のものでソロになった木宮のブレイクのきっかけになった曲である。

「村木さん、この筋肉質の刑事も木宮さんのファンで、ｍｅｍｏｒｙが学生時代の思い出と重なったそうですよ」

話題を繋ごうと、伴は「ねえ、斉藤さん」と彼の背中を叩いた。

「ええ、まぁ」

斉藤は照れたが、二人の刑事が木宮ファンだと聞いた村木は、それまでの硬い表情を解いて、『ｍｅｍｏｒｙ』の出だしを歌った。

「おめでとう　写真に向かって予行練習　きれいになったねこれ　俺のセリフじゃないな　スマホで届く距離なのに　アドレス帳の一番上から名前を消す〜」

「上手です、村木さん」彩薫が手を叩く。

「村木さんはメアリー時代から木宮さんのファンですか？」

同世代な気がして伴が尋ねた。

「バリバリのファンですよ。横浜に住んでいながら、最後の横浜公演に行かなかったのが、私の一生の悔いなんです」

「それ、僕は観にいきましたよ」

「すごい。刑事さん、じゃあラスティングソングはメアリーヴァージョンと木宮さんのソロヴァージョン、どっちが好き？」

「えっ、どっちだろう」

正直、比較したことはなかった。二つはまったく別の曲といっていい。そばに彩薫がいることを思い出し、「メアリーですね」と言った。しかし彩薫が鈴村の子だと知らない様子の村木にその意図は伝わらず、「私は断然、木宮さんヴァージョンだね。だってあと戻りできない後悔を歌う曲でしょ。それをギター一本で見事にアレンジしてるもの」と小鼻をうごめかす。刑事がやってきたことを警戒していた村木だが、木宮の曲に話題が移ったことで心を許してくれたようだ。一方の彩薫はその逆だ。好きではない木宮の話で盛り上がっていることに、いい気はしないはずだ。ポケットからスマホを出して弄りだした。

「寺田さんってすごいですね。ライブの企画会社で働きたい若い人っていっぱいいるのに。なかなか採用されないでしょう」

スマホを見ていた彩薫に話しかける。

「でも契約社員ですし」

彩薫は顔も上げずにつまらなそうに答える。

「コネで入ってきたので、最初はどうかと思ったけど、彩薫ちゃんはすごくよくやってるから、いずれ社員になれるよ。今年の四月からでいいと言ったのに冬休みからアルバイトで来てるし。あっ、コネなんて言ったら彩薫ちゃんに失礼だね」

「コネって、誰かのご紹介だったんですか」

「有名な音楽評論家の先生からの紹介ですよ」

「評論家って、もしかして藤田治郎さん？」

「そう、藤田先生。刑事さん、よく分かりましたね」

こんなところで、また名前が出てきた。

「いえ、なんとなく。あっ、僕は藤田さんの本もよく読んでるんで」

言葉につかえ、ごまかしているのは明白だったが、村木は「刑事さんもあの本読んだんだ」と藤田が昔書いた女性シンガーの本を話題に出し、「ただ取材して書くだけじゃなくて、元から人を見る目があるんだろうね。でないと本なんて書けないか」と伴の言い訳を疑っている様子はなかった。

「お母さまって、藤田さんと今も交流があるのですか」

動揺を隠すために村木の視線から顔を逸らし、伴は彩薫に質問した。

「年賀状のやりとりとか、その程度です。母が私のことを、高校を卒業したら音楽の仕事をしたがってるって書いたみたいです」

「お母さまからそう聞いたのですか」

「藤田さんから私に電話がかかってきて、どんな仕事をやりたいのって訊かれたから、ライブの企画と言ったら、そしたら契約社員で良ければと連絡をくれて」

「それはいつですか」

「去年の八月の初めくらいです。夏休み中だったから」

渡真利の取調べで、頼まれてもいないのに木宮に大麻を送ったことを、藤田は「それが昔からの私の役目」と話したそうだ。となれば鈴村の娘の面倒を見ることも彼の役目なのか。

藤田に訊くことがまた増えた。

4

日曜日も麻薬取締部の取調べから始まった。取調べに土日が関係ないのは前回の逮捕で承知している。ただし矢継ぎ早に尋問された前日までとは異なり、この日はマトリの質問が間延びしている。

「私が供述したこと、池之内はなんて言ってましたか？」

「どうせ話すと思ってたわ、と言ってましたよ」

怒ってはいるだろうが、自業自得だ。あいつが勧めてこなければ自分は更生していた、きっとしていたはずだ。

「池之内に関しては営利目的が実証されたわけですからね。それは……」

マトリが上目で治郎を見る。

「私も同じだと言いたいんですね。でも私は保から金を貰ってませんけど」

「貰ってなくても大量所持は営利目的とみなされ実刑の判決が出ることがあります」

「どのみち、二回目だから覚悟はしてますよ」

二度目だろうが三度目だろうが執行猶予がつくこともある。だがその基準が治郎には分からない。

「保の家のガサ入れはしないんですか。それとも使ったかどうか分からないと私が言ったから、ガサ入れに躊躇しましたか？」

「捜査は粛々と進めています」

「保のことを張り込んでいたのなら、保が出したゴミだってチェックしてるんでしょ？　もしかして部屋で燃やしたと思ってますか。私が原稿用紙を燃やしたみたいに」

「あなたに言われなくてもやってるよ」マトリの一人が不機嫌そうに言った。

「保はそんなことはしないと思いますけどね」

あえて冷めた口調で言うと、もう一人が「どういう意味ですか」と身を乗り出した。

「保は、私のようなセコい人間ではないということですよ」

「適当なこと言うなよ。あんたの予想なんて聞いていないよ」マトリが舌打ちした。

その後も不毛な時間が流れ、午後三時を過ぎると取調官が代わった。ここから鈴村の事故死についての聴取だ。

十九年前のことを今さらどうやって調べるのか興味があった。一人は昨日と同じ沖縄県警の若手刑事だったが、もう一人は違った。「ばん・かなで、です」と名乗り、「ピアノの伴奏と同じ字を書きます」と言ったが、頭の中で変換するのに少しの時間を要した。

「それはずいぶん音楽好きなご両親につけられたのですね。私も子供の頃はピアノを習ってたんですよ。才能のなさにやめましたが」

「原稿で読みました。鈴村さんが、俺が作る曲に一番理解があるのは治郎だと褒めていましたよね。私は藤田さんが社長をしていた頃からメアリーのファンなので興味深く読ませていただきましたよ」

「それは残念なことをしましたね」

「残念なこととは？」

「だってメアリーが解散になったんですから」

「それは藤田さんのせいではありませんよね？」

伴という刑事は小首を傾げたが、視線はまだ治郎に貼り付いていた。なにか余計なことを口走ってしまったかと会話を巻き戻してみる。ファンだったバンドが解散したのだ、残念と口にしたところで、とくに問題はない。

「事務所の社長もやられていたわけですから、いろいろ責任を感じられているでしょうけど」

「社長といってもお飾りですよ。給料制だし、最後はクビにされたも同然だったし」

誰にと訊かれるかと思ったが、そこのところは突《つつ》かれなかった。その部分も原稿に残っていたから分かっているのだろう。そこでようやく視線が解かれた。

「昨日、寺田優子さんの娘さん、彩薫さんに会ってきました。彩薫さんを鈴村さんのお母さまに認知させただけでなく、彼女がライブジェット東京で働くことができているのも、藤田さんが口を利いたからだそうですね。彩薫さん、感謝していましたよ」

「ああ、そんなこともありましたね」

「契約社員なら入れると彩薫さんに伝えたのが去年の八月だったとか。働くのは四月からでいいとあなたは言ったが、彩薫さんは早く仕事を覚えたいと、冬休みからアルバイトを始めたそうですね。木宮さんの全国ツアーって去年の夏には決まってたでしょうね？」

「刑事さん、なにが言いたいんですか」

「もしかして、わざと木宮さんのライブを企画する会社に彼女を紹介したのかなと思って」

「なんのために」

「それは分かりませんけど」

「一社に声をかけて話が通る業界ではないですよ。いくつもの社に訊いて、受けてくれたのがライブジェットだっただけです。なんなら他の音楽事務所に訊いてくださいよ。藤田治郎から頼まれたけど断ったと言いますから」

「音楽評論家の藤田先生の紹介でも受けてもらえないものですか」

皮肉に聞こえた。

「評論家など音楽業界の底辺ですよ」

調べれば、自分の稼ぎが少ないことなどすぐに分かる。ベストセラーで稼いだ貯金を切り崩して生活し、もはや枯渇寸前だ。

「ツアー日程は決まっていたかもしれないけど、夏はまだ発表になってなかったと思いますよ。去年はコンサートどころじゃなかったし。正直、私も知らなかったから」

「本当ですか」

いちいち確認を取られることに胸の中でなにか引っかかりを覚える。

「保の全国ツアーの企画会社を紹介したからって、それがなんだと言うんですか」

「そうですね。彩薫さんは木宮さんのことがあまり好きではないみたいでしたから」

治郎には刑事がなぜ彩薫と保を繋ぎ合わせようとするのか、話が見えてこなかった。表情に出たのだろう。「我々はやはり、頼まれもしないのに、なぜ木宮さんに大麻を送ったのかが解《げ》せないんです」と言ってくる。

「それはこの前、説明したはずですよ」

「それがあなたの役目だったと。だから彩薫さんの認知から就職先まで面倒を見たと？」

「面倒を見たというほどのことはしてないですよ。私にできることをしただけです」

「できることね」

意味深な言い方だった。彼は彩薫になにを聞いたのか。彩薫とは電話で話した以外、会ったこともなく、どんな顔をしているのかも知らない。気にならないわけではないが、その気持ちはずっと抑えてきた。

「あなたがメンバーの面倒をよく見ていたと、いろんな方が言っていました。とくに木宮さんと鈴村さんに対しては。でもその割には二人に差がありませんか」

「差とは？」

「だって鈴村さんに対しては奥さんや娘さんの世話までしている。でも木宮さんには大麻を送るというバレたら彼を犯罪に巻き込むことをやったわけです」

「鈴村は死にましたからね」よく考えもせずに言葉が出た。「今のはあまり適切ではないですね」と断り、「私は保に迷惑をかけようと送ったわけではありませんよ。治療を遅らせてでもツアーをやると言うから、協力しただけです。私が保の不眠症のために睡眠薬を手配したのは、私の原稿で読まれていますよね？」と言い直す。

「読みました。あれも今発覚すれば法律違反で、あなたと池之内、そして木宮さんも検挙されていたでしょう。最低でも書類送検されていた事案です」

「捜査一課の刑事さんが調べているということは、鈴村の死を殺人事件と見ているわけですよね。ではお訊きしますが、刑事さんは誰が殺したと思ってるわけですか」

自分から訊いた。刑事は答えない。「保ですか？」

「その可能性はあると思っています。鈴村さんが亡くなった時、木宮さんがホテルにいて、従業員に逃げ道を訊いたとか、いろいろ証言が出てきましたので」

「それって比嘉の話ですよね。比嘉の証言に信憑性《しんぴょうせい》なんてありますかね？」

「彼の人間性は疑っています。でもそれ以外にも、気になることを言っています。たとえば木宮さんのベースが五〇一号室に残っていたとか」

それがなぜ疑惑になるのか、そう尋ねるのもわざとらしい。そう思い聞き流したことが彼らには異様に映ったらしい。二人の刑事の視線に耐え切れず沈黙を破った。

「メアリーのファンでしたら、当然、当時の保と鈴村の関係はご存じですよね」

「もちろんです。今回の捜査で、お二人は目も合わせなかったと語った人もいました」

「その証言は間違ってませんけど、不仲になろうとも、彼らが二人だけになる時間はありました。それは保に詞ができた時です。詞が完成すると、保はまず鈴村だけに聴かせてたんです」

「ベースを持って歌ったってことですか。それで鈴村さんの部屋にベースがあったと」

「保はベーシストですから」

普段から楽器を持って歌うのが習慣だから。今さらそんな補足をしなくとも、伴という刑事は理解しているだろう。

「なるほど、ベースが部屋にあったのはそういう理由ですね。でもそれならなにも比嘉に部屋に戻してくれと頼むことはないんじゃないですか？　鈴村さんの部屋にベースを置いて、一旦部屋を離れた、その間に鈴村さんが亡くなったと言えばいいだけでは？」

「そんな言い訳は通じませんよ」

「どうしてですか」

「保があのベースを、そんな粗雑に扱うわけないじゃないですか」

「そうでしたね。あのベースは木宮さんのお母さんが、なけなしの貯金で買ってくれたものだと、あなたの原稿で知りました。そうなるとまた疑問が出てきます。木宮さんはベースを比嘉に預けたまま、なぜ取りにいかなかったのでしょうか」

「さぁ、それは保に訊いてもらわないと。比嘉はなんて言ってました？」

「アリバイ工作をした報酬として貰ったと主張していますが、我々は比嘉が無断で売ったと見ています」

「どうしてですか」

「比嘉は、木宮さんのベースの価値が分かってなくて、池之内の言い値の五十万円で売りました。貰ったのなら木宮さんからなにか説明があってもいいでしょう。ちなみに池之内は木宮さんがソロデビューするのを待って、コレクターに六百万円で売ってます」

五十万が六百万？　さすがに開いた口が塞がらなかった。池之内はメアリーを安値で大手事務所に売ったことをずっと悔いていた。当時は資金不足でそうするしかなかったようだが、それだけに睡眠薬の手配を頼んだ時は二つ返事で引き受けた。コカインで鈴村から結構な金を貰っていた池之内だが、その鈴村が死んだら、今度は保のベースでボロ儲けするとは、まったくたいした商売人だ。

「さすが池之内だ。保がソロになる情報を掴んで、保が取りにこないなら俺に売れ、保には俺が話しとくからと比嘉を唆したのでしょう。池之内という男は鼻が利きますから」

治郎は、保が復活したことすら知らなかった。史上最多の台風集中上陸となった二〇〇四年、中でも多数の死者が出た十月の台風が関東地方を通過した翌朝、急にサダ坊から電話が入り、まだ人がまばらな午前中の渋谷に呼び出された。指定されていた喫茶店には味本もいて、ものすごい剣幕で怒りをぶちまけていた。小一時間文句を聞かされたその帰り道、治郎は宇田川町のＨＭＶに寄って、保のソロデビュー曲『リトルバード』を買った。

　朝の陽が眩しい　頰を動かす優しいさえずり
　そよ風に体をくねらすリトルダンス

　虐待や別れといった人間のドロドロした内面を描いてきた保が、あまりに美辞麗句を並べていたことに違和感を拭えなかった。だが三枚目のシングルを聴いて、歌詞の意味が急に身に染みてきた。その時は保の底なしの才能に体が震えた。

「刑事さんは、比嘉が池之内に売ったことより、どうして保がそんなに大事にしていたベースを放っておいたのか、それが気になるわけですね」

　歌詞を脳裏から掻き消してそう尋ねると、伴の黒目が動いた。

「はい、ギター一本で出直すと決めたとしても、ベースを捨てることはないですよね。コレクターから実物を見せてもらいましたが、大切に使っていたのがよく分かりました」

「よほど金が必要だったんじゃないですか」

「それとも嫌な思い出になっていたとか？」

　そう返されたところで会話に間が生じた。治郎は少し俯《うつむ》いて、笑みを浮かべた。

「なにか可笑しなことでも言いましたか、藤田さん」伴から突かれる。

「なるほどね、これで理解しましたよ。刑事さんがどうして今ごろ、十九年前の事件を再捜査しているのか。比嘉の証言が眉唾だったとしても、保がベースを捨てたことがどうしても解せず、だから保を疑わざるをえないと」

「その通りです」

「保は二度とあのベースを見たくなかったんですよ」

「どういう意味ですか」

「あの時、保は鈴村の部屋にいたんです」

「えっ」

二人の刑事が同時に反応した。さらに伴が「鈴村さんが亡くなった時ですか」と確認してきたので治郎は頷いた。「ですが保が殺したわけではないです」

「どうしてそう断言できるのですか」

「それはあの日、私もホテルにいたからです。実を言うと私が第一発見者です」

「あなたが……」

「風呂で溺れていた鈴村を浴槽から引っ張り上げて、大声で呼びかけました。その時はもう息をしてませんでした。私の大声を聞き、保がすっ飛んできました。そして保が鈴村が死んでいるのを確認しました」

「それでどうしたんですか」伴が早口で返してくる。

「あとは刑事さんが調べた通りですよ。保が比嘉に電話をしました」

「どうして。普通は救急車を呼ぶでしょう」

渡真利の問いかけに治郎は答えなかった。

「話してください、藤田さん。そのことが燃やした原稿用紙に書いてあったんですよね」

今度は伴が詰め寄ってきたが、治郎は目を瞑った。曇り空ではあったが窓から爽やかな風が吹き込んできた、あの日の沖縄の風景が脳裏に広がった。目を開けると刑事二人が目を見開いて治郎を見ていた。

「分かりました、私が原稿を燃やした部分について話しますよ」

「本当ですか」

「ですけど覚えている限り、原稿に沿って話しますから、気長に聞いてください」

5

《『ラスティングソング』の全国ツアー以降、メアリーは新曲も出さなければライブもやっていないが、活動を停止していたわけではなかった。年に数回レコード会社から頼まれて、私が東京またはベルが常宿にしている沖縄のヴィスタビーチ・リゾートに四人を集めた。

ただし集合したところで、すぐにレコーディングとはいかない。保の詞が完成しないからだ。

保が詞作りに苦悩しているのは、優子と交際してからも変わらず、むしろ酷くなっていた。

一度だけ、ベルが保留にした保の詞が入った曲を、残りのメンバー二人と私の三人で聴いた。

味本とサダ坊は「いいんじゃないの」「これだけファンを待たせたらなんだって売れるよ」と

楽観的だったが、私には保らしい言葉の響きも強いメッセージも聴き取れなかった。その詞は結局、保自身が却下した。

「どうしたんだよ、保。あのラスティングソングを作ったおまえらしくないじゃないか」

二〇〇一年の春、ミーティング後に私は保をバーに誘って励ました。

ジッポーでタバコに火をつけた保は、半分以上残っているグラスの酒を呷《あお》った。

「あの歌を超えるものはなかなか作れねえよ」

「超えられなくてもいいだろ。同じレベルでも」

「同じレベルだってそう簡単にできねえ」

髪を掻きむしり、明らかに苛《いら》ついていた。

「私生活はどうなんだ。寺田さんとはうまくいってないのか？」

「普通だよ」

「一緒に住んでるのか」

「まだ住んではない」

「もう二年近いだろ。結婚する気なんだろ」

「どうかな。俺に結婚は向いてない気がする」

「寺田さんは結婚したがってるんじゃないのか」

「そうだな。だけど優子からこの前、言われたよ。保さんは私をお母さんに重ね合わせている、私にお母さんと同じことを期待してるって」

「おまえ、おふくろさんと比較してんのか」

「してねえよ」怒ったように否定したが、「だけど俺が楽しい気分になった時、ふと見ると、優子から笑顔が消えてるんだ。ああ、俺はまた優子が嫌がることをしてるんだなと自分のことが嫌になる」と唇を噛んだ。

そう言うのだから、否定しても自覚はあるのだろう。とはいえ、どこか母親と重なるから優子に惹かれたのだ。

「だったらそう見せないように気をつけろよ」

注意すると保は黙った。だが意識する、しないの問題ではない。保が詞を作る苦しみから解放されるのは、優子と二人で演奏したり歌ったりしている時だ。それこそが保があの団地の一室で母親と過ごしたかけがえのない思い出の再生なのである。

次の東京でのミーティングにスウェットの上下で現れた保は、珍しく優子を連れてきた。

「お願いします。このままじゃメアリーは世間から忘れられてしまいますよ」

進展がないことにレコード会社の社員が四人を拝み倒していた。そんなことをされてもベルも、そして味本もサダ坊も困惑するだけだ。彼らだって前に進みたいが、自分たちではどうすることもできない。

「悪いけど四人だけにしてくれないか」

見るに見かねたベルがそう言い、レコード会社の社員、そして私と優子も外に出された。

「優子ちゃん、保は大丈夫なのか。少し自分を追い込み過ぎなんじゃないのか」

廊下のベンチで、私は優子に尋ねた。

「保さん、仕事に没頭している時はなにを言ってもダメなの。たまに眠れた時も熱病にかかったように一晩中うなされてて。一度、頭をマッサージしてあげたら、その時は眠れたんだけど、それも一回目だけで次からは効果がなくて。保さんから、悪いからいいと言われて」

悪いからいい、ではなく、もっときつい言葉で断られたのではないか。不眠で苦しんでいる時の保は頭が朦朧としているのか、「気遣い」の性格が一変し、思いやりに欠ける。

「運転中もずっと考え事をして危ないから、今日は私が運転してついてきたんだけど」

「どうして一緒に住まないんだよ。そういう状況なら優子ちゃんがそばにいて助けてあげた方がいいんじゃないのか」

「私はずっと一緒にいたいけど、そうしたら余計にうまくいかない気がして」

「どうしてだよ」

「彼は普通の幸せを望んでいないんだと思う」

「幸せになりたくないヤツなんていないだろ」

「ううん、ありふれた日常から溢れる歌詞なんて、彼は求めてないのよ。彼は言ってたもの。本当に幸福な人間はメアリーの曲なんか聴かず、他のアーティストを聴いてるって」

「そんなことはないよ」

「彼にとっての詞は、子供の時にとても寂しかった記憶やみんなに負けたくないと思った悔しさが原点にあるのよ。だからそういう環境に自分を置こうとするんだと思う」

調子のいいことを言って唆してくる大人を皮肉った『セロファン』、落ち込んだ自分をこのままではダメになると奮い立たせる『勇敢なミスターゲルドフ』、そしてベルの母親への憎しみを代弁した『ファイトバック』や『サミー・ハズ・ダイド・スティリー』……優子の解釈は当たっていた。

次のミーティングはベルが死ぬ前年の二〇〇一年十月、場所は沖縄だった。

保は優子を連れてこなかった。池之内が来ていて、私が到着した時には、ベルは黒目が泳ぎ、完全にジャンキー状態だった。

保も異常だった。昼間近く、髪が逆立つほど寝癖がついた頭で部屋から出てきて、酒ばかり飲んで、飯はあまり食わない。腫れぼったい目で焦点が定まらず、保もまたドラッグ中毒者のように見えた。

深夜、フロントから電話があった。保が一階のロビーを夢遊病者のように彷徨《さまよ》っていて、そのまま寝てしまったらしい。エレベーターで一階に降り、ロビーのソファーに突っ伏すように寝ていた保を肩に担ぐと、保が目を開けた。

「保、おまえ酒と睡眠薬を一緒に飲んでるな」

「そうだよ」

「酒で飲んだら、薬は逆効果なんだぞ」

「俺も昔、医者からそう言われたよ。だけど俺の体は違うみたいだ。毎晩、薬と一緒にウオッカをボトル半分ほどストレートで飲むと気を失うように意識が消えるんだ」

そのまま眠っていると勘違いしているようだが、そうではない。こうやって深夜に徘徊しているのを何度も目撃されていた。だいたいウオッカのストレートを毎日ボトル半分も飲むとは、それだけでも自殺行為に等しい。

「夢はどうだよ。相変わらず悪夢を見るのか？」

「ヘンな夢ばかりさ。海外でライブをするために空港に行ったけど、着いたら搭乗ゲートが変更されてて、移動した時には飛行機は離陸した後とか。海外の空港でターンテーブルから楽器が出てこないこともあったな。係員を探して訊こうとすんだけど、緊張して声が出ないんだよ。可笑しいだろ。海外ライブなんてもう何年もやってないし、大事な楽器を預けるなんて絶対ないのに」

「それは悪夢障害なんだよ」

「なんだよ治郎、それ」

「乗り物に間に合わないのは締め切りが関係してんだよ。おまえ、レコード会社がバチスタだった頃から社員に早く詞を作れとせっつかれてたじゃないか。その後もベルから急《せ》かされてたし。楽器が出てこないのはたぶんベースの演奏が関係している。人前で声が出ないのはボーカルだ。全部、おまえの仕事に関係してんだよ。あまりに完璧にしようとこだわりすぎるから、夢にまで出てきておまえを苦しめるんだよ」

安易に薬を調達したことを悔やんでいた私は、睡眠障害について様々な文献を読み、人を介して大学の精神科医にも相談していた。保の症状は睡眠障害の中でも「悪夢障害」と呼ばれるものらしい。不快な夢によって中途覚醒が繰り返され、時間や方向感覚が失われたような状態で目が覚める。そうした夢は生存、安全、または身体保全への脅威を回避しようとする意識に起因することが多いという。

いい詞を作るために保の神経はつねに逼迫《ひっぱく》し、安眠したいという意思とは反対に悪夢をたぐり寄せているのだ。精神科医からは「メカニズムを分析したいので、そのミュージシャンの方を病院に連れてきてくれませんか」と逆に頼まれたが、私は断った。

「今も一旦目が覚めたのに、また夢の続きを見たりするのか」

「ああ、一度目が覚めたと思っても、自分では起きたと思ってるだけで、夢の中なんだろうな。どうやら俺の頭は壊れてしまったみたいだ。最近は薬を飲む前の記憶まで飛んでて、いつ薬を飲んだのかすら、覚えてないことがある」

自嘲するように口許を歪めたが、私は笑うこともできず、保の心が和らぐ言葉を探した。

「詞ができないのは保だけの問題じゃないだろ。ベルの曲も単調だ。だから詞が出てこないんだよ。サダ坊や味本も、最近のベルの曲は昔の焼き直しだと言ってるよ」

その頃のサダ坊と味本は、別のアーティストとのセッションに参加し一人で稼いでいるベルに不信感を抱いていた。

「ベルの曲は関係ない。俺の問題だ」

保が自分の責任だと背負い込むのはこれまでと同じだった。もっとも保がどんないい詞をつけたところで、メアリーが復活することはありえないと私は思っていた。

花を見にいこうねと約束した時は　いつも咲く前だった
やっと行けるねと仲直りした時は　いつも花は散っていた

『ラスティングソング』の一節。彼らは張り合い、いがみ合うことで、メアリーの一番美しい瞬間を気づかずに終わった。やり直そうとしたところでもう次の花が咲かないことは、彼ら自身が痛感している。

そして《歌だけが繰り返し流れる》という最後のフレーズ。その歌詞が彼らを責め立てるようにそれぞれの中で耳鳴りする。

彼らに残っているのは、もはや後悔だけだった。

※

順調ではないだろうが、保と優子の交際は続いていると思っていた。ところが二〇〇二年六月になって驚くべき事実を知らされる。もう待てませんとレコード会社から集められたヴィスタビーチ・リゾートに、ベルが優子を連れてきたのだ。あまりのショックに私は茫然自失となり、メンバーも声を失っていた。

私は保の部屋を訪れ、「ベルが寺田さんを連れてきたぞ。いったいどうなってんだ」と迫った。保は「俺たちはもう別れたからいいんだよ」と素知らぬ顔をする。

優子は一緒に来ることに乗り気ではなかったようで、ミーティングや食事の席ではベルとは距離を取った。それなのにベルが優子の肩を抱き寄せ、無理矢理手を引っ張って、隣に座らせる。

「優子ちゃん、どういうことだよ。こんなこと、保だっていい気はしないはずだよ」

ベルが席を外した隙に、私は彼女を詰問した。

「保さんはどうとも思ってないですよ。ちゃんと話し合って別れたんだから」

「同じメンバーだぞ。それにまだ別れてから、そんなに経ってないんじゃないか？」

そう言っても彼女は返事もしない。思わず私は「優子ちゃんは保と付き合う前に、ベルの部屋に連れ込まれて無理矢理されそうになったんだろ？　あの時、優子ちゃんが保が好きだと言わなければ、ベルに暴行されてたんだぞ」と口にした。彼女の目が光った。焦った私は、さらにベルの酷さを言い重ねた。

「母親に虐待を受けて育ったベルは、女性全員に恨みを持ってんだよ。前の奥さんもそれが原因で別れたんだ」

思い留まらせようと必死に説得するが、「ベルさんはそんな人じゃないです。彼を悪く言うのはやめて」と遮られる。

「だけど……」

「私のことは放っておいて。治郎さんは関係ないでしょ」

面罵《めんば》されたようだった。慎ましい女性だった彼女にそう言われたことに、私はショックを受けた。

メンバーやスタッフも、恵理菜と同じことが起きるのではと優子を心配していた。一方でそうなることを期待する連中もいた。

「ベルさん、恵理菜の時も俺の前でやっていいと言ってたんだよな。あの時は怯《ひる》んだけど、優子だったらできそうだよ」

にやついたジョニー笹森と比嘉の会話が聞こえてきた。彼らの下卑た笑いに、私は生きた心地がしなくなった。

　優子への心配は尽きなかったが、その沖縄で、停滞していたバンドに思いがけない動きが生じた。ベルが新曲を作ってきたのだ。それは単調だ、昔の焼き直しだとメンバーが揶揄していた最近の曲とはまったく一線を画していた。

　聴き終えると、メンバーは魂が抜け落ちたようにしばらく虚脱していた。『ラスティングソング』のようなスケール感はなかったが、程よいテンポでこれまでのベルの曲にはなかった優しいメロディラインが耳に残った。

「これ、売れるぞ。メロだけでも大ヒットの匂いがしたわ」サダ坊が口火を切る。

「保はどう思うよ？」

　私が保に振ると「いいと思う。いい詞が浮かびそうな気がする」と間髪を容《い》れずに返ってきた。保がそんなことを言うのはここ数年なかったことだ。

「で、タイトルはなんなの？」味本が尋ねた。

「ツブにしようと思ってる」

　少しもったいつけてベルが答えた。

「なにそれ、ヘンだよ」

「ベルさん、こんないいメロディにそんなダサいタイトルつけちゃもったいないよ」

　味本もサダ坊も反対したが、ベルは理由を説明しだした。

「俺たちはラスティングソングで一旦終わったんだ。だからこのツブから再出発するんだ」

その時はリスタートにふさわしい詞を書けなどと難しいことを言って、また保にプレッシャーをかけていると私は心配した。ところが翌日、保の部屋から歌声が聞こえ始めた。保の頭に詞が浮かびだしたのだ。これはいける。そう思った私は、レコード会社の担当者に電話し、「この沖縄でレコーディングできるかもしれませんよ」と伝えた。

〈本当ですか〉

痺《しび》れを切らしていた担当者は翌日には沖縄に飛んできて、保の気が変わらないうちにと那覇のスタジオを借りた。さらにチーフエンジニアなどレコーディングスタッフも呼び寄せた。

スタッフ全員が揃った六月十八日はワールドカップの日本戦がある日だった。明日からのスタジオワークに向け、正午から二時間ほどミーティングをして、その後は自由になった。

みんなはスポーツバーでサッカー観戦すると言って那覇市内まで出掛けた。私も誘われたが、彼らと騒ぐ気になれずホテルに残った。

優子がベルと付き合いだしたことには、完全ではないが気持ちの整理をつけたつもりだった。だからこそみんなが出掛けている間にベルと二人で話し、優子を大切にしてほしい、優子だけは母親への復讐の道具にしないでくれとベルに念を押しておきたかった。ただ、今は浮かれているベルに、なんて切り出せば伝わるのか、頭がまとまらない。

たまたまつけたテレビが日本戦を流していた。まもなく三時半、入場セレモニーを呆然と眺めていたが、その時になってようやく覚悟が決まった。ちょうどキックオフの笛が鳴ったところで、私はテレビを消して部屋を出た。

前日まで優子も一緒に宿泊していた五〇一号室に向かった。半開きのドアの前でチャイムを押すが返事はない。またコカインをやっているのか？　コカインもやめろよ、そんなことをしたら彼女を巻き込むことになるぞ。それも忠告しようと中に入る。バスルームのドアは開けっ放しで、床に服が脱ぎ捨ててあった。

音楽はかかってなく静かだったが、ベルはヘッドホンで聴くこともある。湯気が立つバスルームに向かって、「ベル、いるんだろ」と声をかけた。足を踏み入れたところで目に飛び込んできた姿に目を疑った。床にロックグラスと空のウイスキーボトルが転がったまま、浴槽から足だけが二本、出ていたのだ。

「おい、ベル、ベル」

湯の中に、白目を剝いてベルが沈んでいた。慌てて引き起こし、浴槽にもたれかけさせて体を揺するが反応はなかった。その間も私は「ベル、ベル」と大声で叫んでいた。

「どうした、治郎」

背後から声がして、保が入ってきた。

「ベルが、ベルが溺れてたんだよ」

「なんだと」

保と二人でベルを湯船から持ち上げて出し、呼びかけながら頰を叩き、胸を押す。

「ダメだ、死んでる」保はそう呟いた。

救急車を呼ぶものだと思ったが、保は比嘉に電話し、脱出ルートを訊いた。

「治郎、行くぞ」

「行くって、どうするんだよ」

「ここから出るんだよ、おまえだってごたくさに巻き込まれたくないだろ」

「ああ……そうだな」

「なにやってんだ、行くぞ」

それでも私の頭は混乱していた。先にバスルームを出かかった保が戻ってきて、私は腕を引っ張られる。

廊下に出た保は、ドアレバーに指紋がつかないようにTシャツの裾を使って、非常口の扉を開けた。保の後ろについて私も外の螺旋階段を駆け下りた。その日は森の樹木が揺れるほど風が強く吹いていて、階段から足を踏み外しそうになった。途中で階下の一般フロアの客室の方々から「あ〜」という悲鳴にも似た長いため息が一斉に漏れ聞こえた。日本が失点したのだとあとで気づいたが、その時は逃げることに必死で、なんの声だったのか、考えようともしなかった。

一階まで下りると、保は関係者以外立入禁止と札がかけられたドアノブをさっきと同じようにTシャツの裾で摑んだ。手探りで灯りをつけ、螺旋階段を下りていく。

じめっとして、嫌な臭いが鼻を突いた。幅が二メートルほどしかない暗渠《あんきょ》のような細い通路は、照明をつけたところで薄暗くて足下が不安になった。

それでも立ち止まることなく走り、従業員駐車場に出た。保は壁にかかっていた車の鍵を取り、二台のうち一台のエンジンをかけた。

私が助手席に飛び乗ったところで車は急発進した。》

6

「そこまでの話が、燃やされた原稿用紙に書かれていたのですね」

伴が確認すると、虚空に目を泳がすように過去を振り返っていた藤田が現実に戻ったかのように、「まったくそのままではないですが、内容は大きく変わりません」としっかりした口調で答えた。

これまで聞いた証言と外れておらず、藤田が能弁に作り話をしているようには聞こえなかった。捜査記録によると現場に警察官が着いたのが四時十分で、鑑識の到着が四時三十分、その時点で死後一時間前後だろうと割り出した。三時半過ぎに発見したのならそこに疑念もないが、かといって説明通りには受け取れなかった。

「木宮さんはどうして逃げようと言ったんですか。普通はあなたが思ったように119番に電話をするか、ホテルのフロントを呼ぶものでしょ」

「保はコカインで死んだことを心配したんですよ」

「でも吸ってなかったんですよね」

「今思えば風呂場にはなかった気がしますけど、あの時、真っ先に浮かんだのがコカインでしたから」

「優子さんが前日まで泊まっていたんですよね。それでもやめなかったんですか」

「恋人ができたからってやめるやつではないですよ。むしろそういう理由でやめるのはロックじゃない、そう考える男です」

「コカインが過ったとしても、なにもお二人が逃げる必要はないですし、それに逃げたことが目撃されたら、あらぬ疑いをかけられるんじゃないですか」

「それは保に訊かないと分からないです。だけど、あの日だったから誰にも見つからなかったんだと思います」

「あの日とは？」

「日本戦当日だったからですよ。ホテルの外も同様で、ダイナーに到着するまで、車は一台もすれ違わなかったですから」

逃走している途中、部屋の方々から失点した際の長いため息が聞こえてきたと、藤田は話した。サッカーにあまり興味のない伴には当時の記憶がないが、繁華街を捜査中だった二年前のラグビーW杯準々決勝南アフリカ戦では、町から人が消え、日本が失点したりボールを奪われたりするたびに、藤田が言ったような長いため息が、飲食店から漏れてきた。

「木宮さんはそこまで計算されていたんですかね」

「保は私よりサッカーに無関心だったから、日本戦があったことも知らなかったんじゃないですかね。でも私は、逃げた理由はコカイン以外のこともあったと思っています」

藤田が急に伴の顔を見た。

「それはなんですか」

「第一発見者である私のことを心配してくれたんですよ」

「どうしてあなたを心配するのですか？」

「私が寺田優子さんに気があったこと、保だけでなく、鈴村にまで奪われたことにショックを受けていたのは、原稿の内容を知った刑事さんならご存知ですよね」

「つまり木宮さんは藤田さんが疑われることを心配したと」

「おそらく」

藤田の恋心は叶わず、木宮が優子の恋人になった。二人はうまくいかなかったが、次に優子は鈴村と付き合い、妊娠した。鈴村に対して一番怒りを抱いたのはこの藤田だろう。それでもこの説明にはなにかが足りない、頭の中で迂闊《うかつ》に信じてはならないという警告音が鳴り、そこで閃《ひらめ》いた。

「今の話にベースは出てきませんね」

「言い忘れました。バスルームに顔を見せた時、保はベースを持っていました。でも鈴村が浴槽内で倒れていることに驚き、保はベースを床に置いて駆け寄ったんです。非常階段を下りてからベースのことを思い出したのは私です。私は引き返そうと言いましたが、保がまた比嘉に電話しました。その時のことは私も気が動転していて、記憶が不確かかもしれませんが」

「あなたが疑われることを心配したのではなく、やはり木宮さん自身が疑われるのを気にされたんじゃないですか」

伴はもう一度確認する。「最初から木宮さんは五〇一号室にいた。木宮さんが鈴村さんを殺し、それで一旦離れて、あなたが五〇一に入ったことを確認してから声に気づいた振りをして戻ってきたとか」

「そんなことはありえませんよ。先に保がいたなら、保が部屋にいるのに鈴村が風呂に入ることになるじゃないですか。入るわけがない」

「そういう意味ではなく、風呂に入っていた時に木宮さんがやってきて、二人はなにかで言い争いになり、それで犯行に及んだとか」

「それならわざわざ鈴村の部屋に戻ってこないでしょう」

「誰かに罪を擦《なす》り付けるためだったとか、いえ、そこまでの意識はなくとも自分が第一発見者でないと示すには、あなたが鈴村さんに会いにきたことは都合がよかったはずです」

「そんな魂胆があったら、私と一緒に逃げないですよ」

すべて藤田の言う通りだった。だが藤田の叫び声に木宮が気づいたことに疑惑が膨らむ。木宮の部屋は五〇四号室で、鈴村の三つも隣だ。叫んだところで聞こえるだろうか。

「ちょうど詞が完成した時だったんです。だからベースを持ってきた。廊下を歩いている時に私の声が聞こえたんでしょう」

「どうもタイミングがよすぎるような気もしますが」

「よすぎだろうが事実なのだから仕方ないです」

「ここまで話していただいて失礼ですが、今の話では木宮さんより藤田さんの方が、鈴村さん殺しの動機がより強くあったということですね。あなたがおっしゃったように」

「だからさっき、そう話したんですよ」

「今の話は一部、あなたの作り話が入っていて、真実は、あなたがずっと好意を抱いていた寺田さんと付き合うなと鈴村さんを説得した。その際に諍《いさか》いが起き、カッとなって殺した、それが事実ではありませんか」

「仮に鈴村と話す機会があったとして、鈴村の返答によっては、私は頭に血が上ったかもしれません。でもそうはならなかったでしょうね」

「どうしてならなかったと決めつけられるのですか」

「だから言ったじゃないですか。私は彼らが誰と付き合おうと、その相手が私が好きな女性であろうと、文句を言える立場にはなかったからです」

「確かに木宮さんと寺田さんが付き合っていた時も、あなたは二人がどうしたらうまくいくか相談に乗り、応援してたんですものね」

その推察には藤田が声を出して笑った。

「うまくいく？　応援ですって？　冗談はよしてくださいよ」

「違うんですか？」

「まったく見当違いですよ。保の時からずっと心の中で別れろ、別れろと願ってましたよ」

「そうなると鈴村さんにはさらに……」伴は言いかけた口を噤《つぐ》んだ。

「刑事さんは、私が保には我慢できた、だけど鈴村には我慢できずに殺したと言いたいのですか？」

「そうです」

「もちろん鈴村にまで優子を取られたことに私は絶望しましたよ。でも好きな女を取られた恨みで殺人を犯すなら、鈴村より先に保を殺しています」

藤田はおぞましい言葉を躊躇なく並べ、苦みのこもった笑みを口の周りに広げた。

ここまで聞いた限りでは、木宮より藤田への疑念が強くなった。だがそれならどうして木宮は一緒に逃げたのか。自分まで疑われる行動を取ることはない。

「ところで藤田さんは、寺田さんが妊娠していたこと、鈴村さんから直接聞いたのですか」

「最初は直接聞いたわけではないのです」

「では誰から？」

「死ぬ前日の朝、鈴村が寺田さんを空港まで送ろうとした時、私は味本やスタッフと一階のレストランで朝食を取ってました。『飛行機、お腹の子、大丈夫かな』と鈴村が言ったのが聞こえ、赤ん坊ができたのかって話になりました。トイレで会った時、鈴村に確認しました。優子が妊娠した。東京に戻ったら籍を入れると言っていました」

「その話、木宮さんは？」

「知らなかったはずです」

「どうしてですか」

「あいつは朝が弱いから」

「私が訊きたいのは、なぜ知らせなかったのかということです」

「なにも知らせることはないでしょう」

「なぜですか」

「当然でしょ。やっと詞ができつつあるのに、余計なことを伝えて気分を害することもありません」

「藤田さんはどう思いましたか。寺田さんが鈴村さんの子を身ごもったことについて」

「……もう妊娠したのかと」

「もう？」

「さっき刑事さんが言ったじゃないですか。私は彼女に永遠の片思いをしてました。恥ずかしいから何度も言わせないでくださいよ」

藤田は鼻から息を吐いた。


取調べを終え、伴と渡真利は湾岸署から警視庁に戻った。藤田が第一発見者で、溺れた鈴村を残してそのまま二人で逃げたとは。移動する間、取調べで聞いた内容を頭で整理するのに必死で、二人とも会話をしなかった。

「渡真利さん、藤田の証言を聞いてどう思われました？」捜査一課の大部屋に入って伴は渡真利に感想を求めた。

「ますます混乱してきました。藤田が木宮を庇っているようにも聞こえました」

「藤田は木宮の犯行ではないと頑なに否定してましたよね」

「それならどうして藤田は原稿の終盤を燃やしたのでしょうか」

渡真利もこの日までの二日間で七百枚の原稿を読んだ。

「鈴村の遺体を置き去りにして逃げたからでしょう。藤田も木宮も遺棄罪に問われます」

「遺棄だけならもう時効ですよ」

「そうなんですけどね」

仮に鈴村の息が完全に絶えていなくても、その場合、人を危険な状態のままにしてその場から立ち去ったとして保護責任者遺棄罪が適用される。法定刑は最大五年の懲役だが、公訴時効は五年なのでとっくに過ぎている。

「それに藤田の原稿には、鈴村のコカイン使用や寺田優子に片思いしていたことまでが赤裸々に書かれていました。それに比べたら、今日の話だってなにも燃やさなくてもいいんじゃないでしょうか」

渡真利が言うようにこの日の説明ではなぜ燃やしたのか理解に苦しむ。残していた方が事故死だという裏付けになったはずだ。

「渡真利さんは燃やした原稿になにが書かれていたのだと思っているんですか」

「公表されたら木宮のアーティスト生命が完全に終わってしまうようななにか……」

「一緒に逃げただけでも、公表されたらアーティストとしては終わりですよ」

「そうなんですけど、私はあの原稿を読んだ時、藤田の木宮への思いに、友情をはるかに凌駕《りょうが》したものを感じました。優子への思い以上に、彼は木宮を愛してたんじゃないかと」

「ものすごい発想ですね。確かに木宮の睡眠障害のために大学の精神科医にまで相談したのは驚きました。でも大麻を送ったんですよ。好きだった相手を犯罪に巻き込むようなことをしますかね」

「それも藤田が木宮を愛したがゆえの、盲目的な献身から生じているのではないでしょうか」

「ちょっと待ってください、渡真利さん、言っていることが難しすぎて、僕には理解できません」

「だからといって藤田は、なにも木宮から愛されようとは考えてなかったんですよ」

「藤田は代償を求めなかったということですか」

「でも心の中では違ったのでしょう。藤田は言ってたじゃないですか。好きな女を取られた恨みで殺人を犯すなら、鈴村より先に保を殺していますって」

「あれは衝撃的な告白でしたね。僕も背筋が凍りました」

渡真利が分析するように、藤田のメアリーへの献身ぶりは尋常ではなかった。藤田が残した七百枚の原稿でも、最初はメアリーの知られざる過去について精緻《せいち》に書いてあったのが、途中からは一つのバンドに尽くしたが、けっして報われることがなかった男の悲哀に主題が移り、読み進めていけばいくほどその物語に引き込まれた。

謎は深まったが、藤田が話し始めた内容には真実味があり、木宮と藤田が、鈴村の死亡現場から逃げたことを裏付ける有力情報も多数含まれていた。非常口から螺旋階段を下りた時に風で木が揺れていたと話したこと。ホテルの隣は当時は森だった。そして地下通路は暗く、灯りをつけても足下がおぼつかなかったこと。さらに嫌な臭いを感じたことまで、実際に歩いた感覚と一致した。二人があの通路を通って逃げたのは間違いない。だが事故死か殺人事件かは、まだ見えてこない。木宮が殺した？　そう判断するには動機が不透明だ。では藤田が？　それならどうして木宮が一緒に逃げなくてはならないのか。共犯？　そうだとしたらわざわざ自分から二人で現場にいたことを供述しないだろう。

「伴、大変だぞ」大矢係長が駆け寄ってきた。「麻薬取締部が木宮保の任意聴取を決めた」

「どうしてですか、木宮は大麻を使用してないだろうと藤田治郎は供述してるんですよ」

「木宮が藤田からの荷物を受け取った際にハンコを押した。それを理由に取調べるそうだ」

「だとしても急ぎすぎですよ」

「供述書を読むと藤田は、保は大麻を燃やしたりしないと言っています。麻薬取締官は藤田の供述を信じ、木宮が所持しているうちにガサ入れしたいと賭けに出たんじゃないですかね」

渡真利が横から言う。

「だけど渡真利さん、なにも出てこなければ、事務所から抗議が来て、今後の捜査に支障が出るだけですよ」

「取調べ中に、我々にも叩けるチャンスが貰えるかもしれないじゃないですか」

「彼が任意に応じるかどうかも分かりませんよ。応じたとしても我々のやってることは大麻とは関係のない別件捜査ですし」

「でしたら麻薬取締部が落とすか証拠固めして逮捕状を取るのを期待しましょう。木宮本人を取調べできるだけでも大きな前進ですよ」

渡真利は嬉々《きき》としてそう話したが、伴はそこまで前向きになれなかった。

Song 7

12の季節

1

伴はホテルの喫茶室で大きく深呼吸した。

「伴さん、緊張されていますね」

向かいに座る渡真利に見抜かれた。だがそう言った渡真利も両手を体の前で組んだり離したりと、落ち着きがない。

昨日、厚生労働省麻薬取締部は、事務所を通じて木宮保に任意聴取を申し入れた。任意なので断ることもできるが、木宮は同意した。
そして今、この都内のホテルで麻薬取締官が木宮を聴取している。昼間の休憩中に取調べ状況を聞いたところ、木宮は、藤田から送られてきた荷物を提出したが、荷物は箱すら開けられていなかったという。

開けもしないのに、どうして受け取ったのか？　木宮は知人である藤田治郎からの荷物だったからだと答えた。だが開梱しなかった理由については「興味がなかったからだ」とのみ供述したそうだ。藤田治郎に自分が癌であること、そして痛みがあることを伝えたのだから、荷物の中身は薬物関係だと分かっていたのではないかと麻薬取締官は詰問したが、木宮はこう述べたという。

「そんな予感はしたけど、今の俺には必要ない。だから開けなかった」

それは麻薬取締官にも、そして内容を伝え聞いた伴にもまた、理解しがたい回答だった。

取調べ前に木宮は尿検査にも応じたが、結果は陰性だった。大麻は所持で立件できるが、使用歴の証拠もなく、箱の中身を大麻と認識していたかどうかすら分からなければ公判を維持することは難しいだろう。中間報告を聞いた段階で伴は、この内容だと刑事部の上層部は麻薬取締部のお手つきだと嘲笑しているだろうと思った。ところが――。

〈伴、おまえの捜査で木宮を吐かせろ〉

渡真利と近くの定食屋で昼食を取り、ホテルの喫茶室に待機したところで、大矢係長から電話があり、そう命じられた。

「吐かせろって、僕らの事件は殺しですよ。まだ証拠もなにもないし」

〈死体を置いたまま現場から逃げただけでも、木宮には充分、罪の意識はあるはずだ。それに北村管理官のもとに、マトリの上層部から、頼むからそっちでなんとかあげてほしいと泣きが入ったみたいだ〉

「そんな無茶な。向こうが無謀な捜査をするからじゃないですか」

大矢によると、藤田から木宮への情報漏れを危惧した麻薬取締部は、藤田の逮捕を急いだ。その際に、藤田に貼り付く週刊時報と取引をしたという。

「どうして週刊誌なんかと。麻薬捜査は内偵が基本でしょ」

「週刊時報は木宮のことも疑っていて、麻薬取締部に取材をかけたみたいだ。週刊時報に藤田の逮捕を公表させないため、木宮が捜査対象になっていることを認めるしかなかったんだろう」

だが木宮がシロとなれば、週刊誌は捜査ミスを記事にするかもしれない。麻薬取締部はそれを心配しているのだ。大矢からは〈マトリだって貴重な取調べ時間をこっちに分けてくれたんだ。協力してやれ〉と一方的に電話を切られた。

「そろそろ、時間ですね」

コーヒーを飲みながら渡真利が腕時計を見た。三時から一時間だけ、取調べ時間を貰っている。伴たちが木宮の自宅前の張り込みを控えた協力への埋め合わせのようなものだが、木宮の所属事務所には麻薬に関する取調べだと伝えているため、鈴村の事件について訊くことは完全な別件捜査で、違法な取調べである。

「時間ですね、行きましょう」

伴は息を呑んで喫茶室を出た。あの木宮保の取調べをする、そう思ったら昨夜は眠れなかったが、今は違う。殺害容疑までたどり着けなくても、なぜ現場から逃げたのかは吐かせる。そう自分に言い聞かせ、エレベーターで木宮のいる部屋へと移動する。

ブザーを押すと麻薬取締官がドアを開けた。広めの部屋には、Tシャツにジーンズという格好の木宮が、もう一人の取締官とテーブルを挟んで向き合って座っていた。癌だと聞いたが、顔や体つきは以前テレビで見たまま、若い頃に比べ幾分肉は付いたが、五十五歳という年齢より若く見える。

木宮が伴に目を向けた。ライブで見せる強い視線。対面していた麻薬取締官が席を譲る。伴がその席に座り、渡真利は横に立った。

「お疲れのところ申し訳ないですが、もうしばらくお付き合い願えますか」伴はそう言って名乗った。渡真利が「私は沖縄県警の……」と伝えた時、木宮の黒目が反応して微かに膨らんだように見えた。

「お察しの通りです。我々は十九年前の鈴村竜之介さんの死亡事故を再捜査しています。木宮さんはあの時、現場に藤田さんと一緒にいたそうですね」

そう訊いたところで、木宮はいつまで経っても返答しようとしない。渡真利が困惑した顔を向けたので、伴は全容を摑んでいると示したつもりで、ある程度まで話すことにした。

「藤田さんから聞いています。木宮さんは鈴村さんが溺れていたのに、救急にも警察にも通報せず、比嘉高雄から聞いた脱出ルートを使ってホテルを出て、車でダイナーに移動した。ベースのことやダイナーのマスターにアリバイ工作を頼んだことまで我々は調べています」

「治郎が言った通りだよ」

初めて木宮が口を開いた。ライブやテレビで聴いた低い声だが、少し痰が絡んだのか掠《かす》れていた。

「どうしてあの場から逃げて、アリバイ工作を頼んだのですか」

「ごたくさに巻き込まれたくなかったからだ」

藤田の証言に出てきたのと同じ言葉を使った。鈴村の部屋に向かった廊下で、藤田が「ベル、ベル」と叫ぶ声がして、なにが起きたのかと走って部屋に入った。バスルームを覗くと、髪の毛までずぶ濡れになった鈴村を、藤田が浴槽の中で揺すっていた。木宮はベースをその場に置き、藤田から鈴村の体を奪って、二人で浴槽の外に出して心臓マッサージなど手当てを施したが、すでに心臓は止まっていた。そこで比嘉に電話をして脱出ルートを確認した。その他の供述も、藤田のものと一致していた。

「木宮さんはどうして鈴村さんの部屋に？」

「詞ができたからだ」

それも藤田の供述通りだった。

「詞ができたら鈴村さんのもとに行くのですか」

「真っ先にあいつに持っていくのが俺たちのやり方だった」

あいつ、やり方……どこか冷たさを感じた。不仲と聞いているから先入観でそう思ってしまうだけか。

「鈴村さんが納得して初めて曲になるのですか」

「納得することもあれば、納得しないこともある。だけど別にやつが納得しなくても曲になったものはある」

「その時にできた詞はどうだったんですか」

「あいつには聴かせられなかった。部屋に行った時がやっと完成した時だったから」

そうなると、歌詞が原因で諍いが起きたわけではないのか。確認のためにタイトルを尋ねた。

「ツブという曲だ」これまでの捜査通りだった。

「部屋に行った事情は分かりました。ですがやはりその場から逃げたことに疑問が残ります。逃げるより救急車を呼ぶのが先でしょう。いくら手遅れだと分かったって、普通は逃げませんよ。藤田さんにも同じ質問をしましたが、彼はそうするものだと思ったのに、木宮さんが『行くぞ』と言ったことに頭が混乱したそうです。どうして逃げたのか、それは保に訊かないと分からないと言われました」

目を真っ直ぐに見据えて投じる伴の質問を、木宮は瞬きすることもなく聞いていた。

「だから巻き込まれたくなかったからと言ったじゃないか。警察沙汰になるのはごめんだと、あの時は思ったんだ」

「それは薬物の捜査ですか。それとも殺人などの事件性を疑われるのを心配されたのですか」

「あとの方かな」

「どうして殺人事件を疑われるのを恐れたのですか。鈴村さんと諍いがあったのですか」

「別にそんなものはない」

「藤田さんにはありましたか？」

「ないな」同じ答えだった。

「本当ですか。藤田さんは、あなたの元恋人で、鈴村さんと交際していた寺田優子さんに好意を抱いていたことを認めています。そして藤田さんは、自分が疑われることを木宮さんが案じて、それで一緒に逃げてくれたのではないかと話していました」

そこまで言うのは賭けだった。そうだと言われたら、それ以上追及しにくくなる。

「俺はそんなことは考えなかったよ」

木宮は予想に反してそう答えた。

「そうなるとますます謎ですよね。いくら脱出ルートの存在を知っていたとしても、電話で比嘉に訊いたくらいですから、一度も通ったことはなかったんですよね」

「なかったよ」

「そんなリスクを冒してまで逃げようとしますか。誰かに見られたら、余計にあなたたちは疑われてしまうんですよ」

「あの時はそれがベストだと思ったのだから、仕方がないだろ」

「あなたは麻薬取締官が、メアリー時代に藤田さんを通じて不正に睡眠薬などを入手したことを尋ねた時も、あの時はそうするしか方法はなかったと答えたそうですね」

「そう答えた。だけど悪いことをしている、どうしようもなくダメな俺が他人を巻き込んでいるという罪悪感は持ってたよ」

木宮ははきはきと喋った。心証では、彼が嘘をついているとも、心の中に迷いが生じているとも感じられなかった。

「逃げたことが罪に問われるのか？」

言葉だけを聞けば挑発的だった。だが表情は変わらず、疑問に思ったことをそのまま質問してきたように感じた。

「今は罪にはなりません。逃げただけなら時効ですから」それだけではこの話題が終わると思い、「ですが外に漏れたら騒ぎになるでしょうね」と付け加えた。木宮はその意味が分かっていた。

「マスコミが知れば憶測で騒がれるだろうな」

「憶測でしょうか？」

目を見つめて表情を読む。木宮は伴を見返し、「憶測だよ」と答えた。伴は自分がマスコミ

にリークすると脅したことを反省し、「今の外に漏れたら云々の私の発言は、任意で応じてく

ださっている木宮さんに対して大変不適切でした。取り消させてください」と頭を下げた。木

宮は得意顔一つせず、泰然としていた。

「率直にお尋ねします。鈴村さんが殺された可能性はあると思いますか」

「ない」

「あなたが殺したのではないですか。だから逃げた？」

「俺は殺してない」

「藤田さんですか」

「違う。治郎が来た時はすでに死んでた」

「そう言い切るのはおかしくないですか。あなたが来る前に、藤田さんが鈴村さんを殺してい

ないとは限らないじゃないですか」

「治郎はそんなことしない」

「あなたでないなら、藤田さんの犯行である可能性が出てきます」

「殺したのならあんな必死に介抱しないよ。あいつは『ベル、ベル』と大声で叫んで体を揺す

っていた。俺はあいつを信じる」

表情からは動揺の色すら窺えなかった。現状の任意捜査では、木宮からこれ以上聞き出すのは難しそうだ。その後も一通り質問をしたが、成果はなかった。なにか聞き足りないことはないか、渡真利の顔を見て確認する。渡真利が声には出さずに口だけ動かした。

「こ・ど・も」――そうだった。そのことを確認しようと事前に打ち合わせていた。

「もう一つ、訊いてもよろしいでしょうか」

「どうぞ」

「鈴村さんが亡くなられた時、寺田優子さんのお腹の中にはお子さんがいました。鈴村さんのお子さんだったそうですね。そのことを木宮さんはご存じでしたか」

それまでの質問にはすぐ答えていたが、木宮は返答に結構な時間を要した。

「どうしたんですか。知ってたかどうかです。難しい質問ではないはずですが」

口を結んでいた木宮の眉間に皺が寄った。藤田は「知らなかったはず」と答えた。ここまで藤田の証言と一致していたのは二人で事前に打ち合わせができていたからか。しかしこの部分は相談していなかった？

「知ってたよ」

さらに低い声を発した。初めて藤田の証言と食い違いが生じた。

「それは誰から聞いたのですか。鈴村さんですか、それとも寺田さんですか」

「優子ではない」

「では鈴村さんですか？」

また口を閉じた。じろりと伴を見る。

「それは答えないといけない質問なのか？」

強い目つきに気圧《けお》されそうになる。伴はまなじりを裂き、「我々には大事な質問です。答えていただけませんか」と懇願した。返ってきたのは「答えられない」だった。

「どうして答えられないのですか」

「答えたくないからだよ。個人的な理由だ」

「では質問を変えます。前の恋人に鈴村さんのお子さんができたと聞いた時、あなたはどう思いましたか」

「普通だよ」

口にした時、少し視線が揺れた。ここに事件を解く鍵があるのではないか。

「普通とはどういうことですか」

木宮は下唇を噛んだ。十秒程度だったかもしれないが、伴には相当長く感じた。

「めでたいことだと思ったよ」

嘘を言ってる——そう感じた。

「本当にそう思いましたか？」

「バンドの仲間に子供ができたんだ。めでたい以外、なにがある」

「当時、あなたと鈴村さんの信頼関係は壊れていた。多くの人が、二人は不仲だったと証言してます」

「誰がなんと言おうと、俺と鈴村は当時、メアリーの一員だった」

辻や味本が言った「仲間」という言葉が重なり、一度は湧き上がった嘘だという感触は泡のように消えた。

2

桜が開花した三月の終わり、かつて音楽雑誌にいて、今はファッション誌で仕事をしている旧知の編集者から治郎に電話があった。

――藤田先生、木宮保さんのツアーはどことどこに行くつもりですか。最後の横浜は絶対に行くんでしょ？

――まだ決めてないけど、インタビューならやんないよ。俺は木宮保には興味がないから。

――なんだ、ロングインタビューやれるならお願いしようと思ったんですけど。

彼はあっさり引き下がった。用件はそのことではなかった。

――前に同じ音楽誌にいて、今は別の出版社で文芸をやってる友人がいるんですけど、木宮さんから〈藤田治郎に会いたい〉って連絡があったみたいですよ。

――会いたいって、保が、いや木宮がそう言ったのか。

耳を疑った。いまさらなんの用だ。十六年前に大麻で逮捕された時に弁護士を通じて身元引受人を断ったが、それ以降は連絡を取っていなかったのだ。インタビューどころか、ソロになった保のライブにも、治郎は行ったことがない。胸騒ぎが始まった。

断るつもりだったのが突然気が変わり、「会うと言ってくれ」と編集者に伝えた。彼からは翌日に、〈木宮さんが三日後に自宅に来てくれと言っています〉と住所を伝えられた。東急田園都市線の三軒茶屋だった。治郎が住む下北沢とは路線が異なるが、同じ世田谷区内で、茶沢通り一本で歩けない距離ではない。保がそんな近くに住んでいるとは思いもしなかった。

教えられた番地には、ベルの邸宅とはほど遠い、普通の一軒家があった。表札のない門を入り、数歩進んだところに紺のペンキが塗られたドアがあった。インターホンを押す。モニターを見ているのか〈鍵は開いてるから入ってくれ〉と記憶に染みついた声がスピーカーから響いた。ドアノブを回すと、玄関には色の褪《あ》せたブルーのニューバランスのスニーカーとビーチサンダルが置いてあるだけで、治郎の賃貸マンションの玄関と広さもさして変わらなかった。ただ、スニーカーもビーサンもきちんと揃えて置いてあるところが保らしい。

治郎はギターが鳴る方向へと進んだ。廊下も掃除が行き届いているが、壁紙は一般家庭にありそうな白の量産品で、飾り物もなく、とてもスーパースターの自宅とは思えなかった。

——保、開けるぞ。

そう言ってからリビングのドアを開く。中もまた二人掛けのソファーとテレビがあるだけで無味乾燥だった。保はソファーに胡座を搔き、マーチンのビンテージギター、D-18を弾いていた。アコースティックギターを弾く姿はテレビで見たことはあったが、合成映像を見せられているようで治郎には受け入れ難かった。それでも目の前にいるのは、間違いなくアコギを持つ木宮保である。方々に飛び跳ねていた長髪は、今は短くしていたが、神経質そうに目を細めて弦をピックで弾くのは昔と同じだった。

——まさか、保がギターとはな。おまえ、いつからベルになったんだよ。

床に置かれたクッションに腰を下ろして、治郎は軽口を叩いた。

保はチューニングに違和感を覚えたのか、そこで演奏をやめてペグを回し、再びギターを弾きながら、沈黙を破った。

——俺がギターを弾いて歌っているのを直接聴いたことがあるのは、治郎だけだものな。

サウンドホールに顔を向けたまま言う。

懐かしい記憶が呼び戻された。保の母親が亡くなった時、保は母親のギターを棺桶に入れて見送った。ギターがなくなって寂しいんじゃないかと、治郎が代わりのアコースティックギターを楽器店で買ってきた。それほど高価なものではなかったが、保は喜んでくれ、治郎の前で母親がよく弾いた曲を弾き語りした。

目の前ではないが、他にも保のギターを聴いたことはある。沖縄のヴィスタビーチ・リゾート五〇五号室。隣の五〇四号室から、保の歌声に、優子の歌声が重なって聞こえ、治郎はそのたびに耳を押さえて部屋を離れた。

——全国ツアーが始まるんだってな。

保がなかなか用件に入らないことに痺れを切らして治郎からそう切り出した。だが保は答えることなく、八枚目のシングル『12の季節』のイントロのリフを弾き始めた。

一つ　小麦色の肌　あご紐《ひも》の跡
二つ　淡い綿　手の中ですぐ溶けた
三つ　ダイヤモンドダストの髪飾り

語りかけるように歌う。以前なら保が歌うと引き込まれたが、この時はそんな気にはなれなかった。

――保、前回のライブはイズミ音楽事務所が企画してたのに、今回はライブジェット東京に頼んだんだって。どうしてだよ。

――今回は全国八都市だからな。

歌うのはやめて答えるが、『12の季節』は弾き続ける。

――イズミ音楽事務所だって大手で全国ツアーはいくらでもやってる。理由になってねえよ。

――治郎、ライブジェットにあの子を入れてやったんだってな。

――あの子って誰だよ。

――惚けるのかよ、治郎。

――優子の子だろ？　保はあの子に聴かせたいと思ったから、ライブジェット東京にしたのか？

そう尋ねると、保は初めて治郎を見た。

――あの子だけじゃない。ベルにも聴かせたいんだ。

保が「ベル」と呼ぶのはもう何万回、いや無限に聞いた。だがそれまでの耳に触れた時とは感触が違い、身震いした。

保はそこで曲を替えた。『ラスティングソング』のアコースティックヴァージョン。アルペジオで弾くイントロは終わったが、歌わずにインストゥルメンタルで続ける。

ベルが死んだあと、保は「俺はもう二度とベースは弾かない」と宣言した。治郎は、これ以上メアリーを続けないという意味だと受け取ったが、味本やサダ坊は違った。保が食事の誘いにも乗ってこなかったことに、音楽活動もやめるつもりだと解釈したのだろう。だから二年後、保がソロデビューしたことに二人は驚き、激怒したのだ。

だが保に抗議にも行かなかったのだから、そこまで本気では怒っていなかったのではないか。彼らだって保がいたから自分たちもプロミュージシャンになれたことを理解していたし、ファンが保の歌声を聴きたがっているのは分かっていた。ただ、なぜ保が曲調や演奏のスタイルを変えたのか、それを説明してくれないことに、気持ちの置き所がなかったのだろう。治郎にしたって、自力で理解するまでは同様だった。

Bメロの途中、治郎が思いに耽っているなか保の声がした。

――だけど最後の横浜まで、やれるかは分からないけどな。

ギターの音に掻き消され聞こえにくかった。保は先を続ける。今度は聞こえたが、聞き間違いかと思った。

――おい、保、今なんて言った。

――癌なんだよ。肺だけでなく、喉にも転移が見つかった。

聞き間違いではなかった。肺でも充分衝撃を受けたが、喉と聞いて愕然《がくぜん》とする。

――ツアーは中止するんだろ？

それが当然だろうと思った。だが保は昔よく見せたように、目尻に細かい皺をたくさん作って、笑い声を漏らした。

――やめるわけねえだろ。ここまで準備してきたのに。

――そんな呑気《のんき》なこと言ってて大丈夫なのか。

――治療しないわけじゃない。ツアーの最後、七月八日の追加公演が終わったら、入院するつもりだ。

――そんな先まで待ってたら癌が進行してしまうじゃないか。

――どのみち、完治するかどうかは半々くらいだそうだ。それに治療したら二度と歌えないかもしれない。

――声帯を取るのか。

――今はそうしないで済む治療法もあるらしい。俺はそれを選択した。

――だったら今回は中止して、治療に専念すべきだろ。ツアーなんてまたできる。

――だけど医者が、歌えたとしても今と同じ声が出る保証はないって言うんだ。だったら今回、やるしかないだろ。

昔のようにバンドが奏でる轟音《ごうおん》の中でシャウトするわけではない。だがアコースティックなサウンドになった今は、心地よく聴衆の耳に届く歌の技巧は絶対条件だ。ただでさえ神経質で完璧主義者なのだ。ほんの少し喉の状態が変わっただけでも、保は納得しないだろう。

――おまえ、だから追加公演を受けたのか。

これまで追加公演を一切やっていなかった保が、今回受けたことをずっと疑問に思っていた。しかも同じ横浜で最終日からおよそ四週間後だ。ステージセットをゼロから組み立てるのは手間も費用もかかるので企画会社が嫌がる。だが毎週末続いていく全国ツアーの最後に、さらに追加公演を続けていては体がもたないと、あえて日を空けたのか。

——さすが治郎だ、俺のことがよく分かってるな。

そう言われたところで嬉しくもなかった。いつのまにか保のペースに乗せられている。昔から同じだ。保にしても、ベルにしても、こうやって俺を巻き込み、俺は彼らから抜け出せなくなる。

その時、ソファーの上に薬袋が置いてあることに気づいた。なるほど、そういうことか、それで呼び出されたのか、治郎は勝手に解釈した。

——保、痛いんだろ？

——痛みまではないけど、違和感はあるな。

——違うだろ、苦しいんだろ。それも昼間より夜じゃないのか。おまえの症状は必ず夜に出るから。

夜が更ければ更けるほど保の脳はなにかを生み出そうと激しく動き出す。不眠症、悪夢障害が始まり、睡眠薬の量は増えていった。「治郎、薬って体に効かすんじゃないんだな。脳を騙すために使うんだな」そんな台詞を何度も聞いた。だから複数の種類の薬が重ならないよう、一週間ごとのピルケースに仕分けていった。ホテルの一室で、無心に作業を続ける保の後ろ姿が、暗い情景とともに呼び起こされる。

——治郎の言う通りだ、苦しくなるのは不思議と夜中になってからだ。

——それで痛み止めを貰ってるのか。だけどそんな薬、おまえの体には効かないだろ。

鎮痛剤は、中枢神経に働きかけて、痛みから感覚を遠ざける対症療法だ。根治療法にはならない。

――そんなことはないさ。なんとか昼間は普通にやれている。今の調子ならライブもやれるだろう。

――睡眠はどうだ。相変わらず大量の薬を飲んでるんだろ?

――飲むには飲んでるが、以前より量は少なくなった。それも治郎のおかげだ。

――いいよ、俺に気を遣ってそんなことを言わなくても。おまえが少量の薬で過ごせるわけがないのは、近くにいた俺が一番よく分かっているから。

――本当だ。昔ほど思い悩まなくても詞が出てくるようになったんだ。

――嘘だ。

間髪を容れずにそう言った。いくら曲調が変わっても、あれだけワードを並べて作り直していく作業に苦しんだ男に、そう簡単に歌詞が浮かぶわけがない。だがそれ以上、保はなにも言ってこなかった。また沈黙が訪れた。

――分かったよ、保が俺を呼んだ理由が。ツアーを完走できるよう、もっと強い痛み止めを用意してくれってことだな。

話しながら納得したことを口にした。やはり自分はこの男から一生離れられないようだ。そう解釈してとっとと立ち去ろうと、床に手を突いた時、保のギターが『ラスティングソング』の大サビから長いエンディングソロに入った。ベルが弾いていると錯覚するほど、記憶の中の音と重なって聞こえた。

――なぁ、治郎。俺のギターはどうだ。俺にもギターの神様は降りてきてるか?

弦をチョーキングし、ネックを揺らす。歪んだ音が治郎の心の奥底まで侵入してくる。

――なんだよ、急に。

――俺のギターは泣いてるか。ベルのギターのように泣き声が聴こえてくるか。

まるで心の中を射貫《いぬ》くような問いかけに、心臓が早鐘を打った。

――ベルとおまえは全然違う、もうやめろ。

それでも保はやめようとしない。

――やめろ、やめてくれ。

堪りかねて叫ぶと、保はようやく弦をネックごと握った。

治郎は今度こそ立ち上がった。こんな嫌がらせをするためにこの男は俺を呼んだのか。そこに俺はのこのこと出てきてしまったのか。

――分かったよ。おまえがツアーを完走できるだけの痛み止めを調達して送る。全国ツアーの成功を祈ってる。

――違う、そんなこと、もう治郎に求めていない。

――だったらなんなんだよ。

――俺が治郎を呼んだのは、あの曲を聴いてほしいと思ったからだ。

――あの曲ってなんだよ。

――ベルが作った最後の曲だ。

――おまえ、まさか、このツアーであの曲をやるつもりなのか？

――やろうと思ってる。

ベルが作ったあのメロディに保がどんな詞を乗せたのか無性に聴きたかったが、気持ちを抑えた。聴けば二度と頭から消えなくなるだろう。そうなれば自分はパニックになり、今度こそ本当に心が壊れる。

――勘弁してくれ、俺はメアリーにはどっぷりと浸《つ》かったけど、ソロになったおまえとは無関係なんだ。これ以上、俺を巻き込むのは勘弁してくれ！

叫びながら背を向け、保の家を出た。

＊

取調室に呼ばれて、しばらく待たされると、伴という刑事が入ってきた。今朝は麻薬取締官ではなく、最初から殺人犯係の取調べが行われるようだ。

「藤田さんが言った通りでした。木宮さんは部屋にあった大麻を提出しました。ですが箱じたいが未開梱でした」

「そうでしたか。ということは保は罪に問われないんですね」

「まだ捜査中ですが、このままでしたらそうなる公算が大きいでしょう。木宮さんは差出人が藤田さんだったことに、なにかわけありだと思ったけど、大麻とまでは思わなかったと話していますから」

「余計なことをして保に迷惑をかけたようですね」

自分を呼び出した理由は、薬の調達ではなかった。やはりあの曲を聴かせるためだったのだ。

「保はさぞかし怒ってたんじゃないですか。無実の罪で聴取を受けたのですから」

「そうでもなかったですよ」

「でも感謝はしてなかったでしょう」

「さすがにそういった言葉は聞かれませんでした」

そう言われても落胆することはなかった。感謝の言葉を述べられた方が、上手《じょうず》ごかしを言われたようで不快になっていた。

「で、そちらの捜査はどうだったんですか」

彼らの目的は殺人捜査である。

「藤田さんとまったく同じことを言っていました」伴は表情に出すことなく淡々と答えた。

「でも藤田さんと違うことも言っていました」

「それはなんでしょうか」

もったいぶっているつもりではないのだろうが、少しの間を置いて伴は口を開く。

「木宮さんは、寺田優子さんに子供ができたことを、知っていたと話していました」

「なんだ、そんなことですか。それだったら鈴村から聞いたのでしょう」

詞ができた時に二人きりになることは話しているし、刑事たちもそれは知っていた。

「それが誰にいつ聞いたかは教えてくれないんです。話したくない、個人的な理由だと」

「あいつは一度言い出すと頑固ですからね」

「その質問には答えないのに、寺田さんに、鈴村さんの子供ができたと知った時の感想については答えてくれました」

「なんて答えたのですか」

「めでたいことだ。バンドの仲間に子供ができたんだ。めでたい以外、なにがある。誰がなんと言おうと、俺と鈴村は当時、メアリーの一員だったと言ってました」

バンド仲間、メアリーの一員。特別な言葉ではなかったが、鎮めたはずの心の熾火《おきび》が風で煽られ、胸の中で燃え広がった。

3

伴は落ち込んだまま駅から自宅までの夜道を歩いた。

結局、木宮を落とすどころか、木宮が逃げた本当の理由を聞き出すこともできなかった。

今朝、木宮を聴取した前日の調書を読んだ北村管理官から、「おまえの調べでは、木宮がどうして現場から逃げたのかがまったく解明されてない。なぜもっとしつこく追及しないんだ」と叱責された。大矢係長は近づいてくることもなかった。捜査ミスをしたのは厚労省の麻薬取締部だが、鈴村が死亡した現場から逃走したことを認めさせながらも、納得できる理由を聞けなかったのは伴の力不足だ。

一番の悔いは、「逃げたことが罪に問われるのか?」と訊いた木宮に、「今は罪にはなりません」と答えてしまったことだ。時効を過ぎたからといって、彼が藤田とともに鈴村の死体を放置した事実には変わりない。それでも別件の任意捜査で、あれ以上、逃げたことを木宮に追及することはできなかった。

自由に捜査させてもらったのに上司を失望させた。捜一の刑事として失格の烙印《らくいん》を押されたも同然だ。せっかく警視庁に上がったが、これではたった一年で所轄に戻されるかもしれない。殺人事件が起きれば捜査本部に入って、解決するまで二期二十日間は道場に泊まり込みになる捜一刑事と比べたら、所轄の刑事の方が細かい事件に追われるものの、家族といられる時間は多くなる。家庭を持ち、まもなく二人目の子供が生まれる伴には、むしろその方がありがたいとも言える。だがそれも所轄による。東京でも西側の所轄になれば、通勤に相当な時間を要す。これまでなら近くの官舎に入ったが、睦美の勤務先や蒼空の保育園があるため、引っ越しというわけにはいかない。さすがに離島に飛ばされたら、二人に頭を下げてついてきてもらうしかないが。

重たい足取りで自宅に到着し、ドアを開けた途端に母子の明るい笑い声が聞こえた。

「奏くん、お帰り」

パジャマ姿の蒼空が駆け足で玄関まで来た。

「蒼空、どうしたんだよ、もうすぐ十時になるのに。寝ないとママに怒られちゃうぞ」

そう言ったが、本庁を出る時にメールしたので待ってくれていたのかもしれない。

「お帰りなさい」

マタニティー用パジャマに着替えた睦美も出てきた。服の上からも少しお腹が目立ってきた。あと三カ月ほどで産休に入るが、六年生の英語の授業を受け持っているため忙しく、ここ数日は家に持ち帰って仕事をしている。

「蒼空じゃないよ、スカイって呼んで」

四歳児からまさか英語が出てくるとは思わず、「どうしたんだよ、スカイちゃん、英語教室でも通うのかな？」と体を屈めて尋ねると、蒼空に代わって睦美が説明した。

「違うのよ、今日私が迎えにいったら、蒼空がうちのママは英語の先生なんだよ、ってみんなに自慢してたの。それで蒼空、私の名前はスカイなんだよって」

「スカイちゃんのママは英語の先生でよかったな」

蒼空の頭を撫でると、「うん」と笑顔を弾けさせた。だが睦美は浮かない顔をしている。

「どうしたんだよ」

「ううん、そうしたら他の子供たちが、ぼくは、あたしはって訊いてきたのよ」

「教えてあげたらいいじゃない？」

「私もそうしようと思ったのよ。でも今の子って、変わった名前の子が多いじゃない。希望の『希』に羅生門の『羅』でキラちゃんとか、『夢』にお風呂の『呂』でメロちゃんとか、結局、一人も英訳できなかったわ」

「キラキラネームか」

「そう。うちの子も難しい字だけど、意味はあるでしょ。結局、他の子はみんなガッカリしちゃって。なんか悪いことしちゃったわ」

「それにしてはさっきは盛り上がっていたじゃないか」

二人のはしゃぐ声が玄関まで聞こえてきた。

「ランドセルをパソコンで見てたの。メーカーのＨＰ見たら蒼空の名前とちょうど同じ水色があって。スカイブルー」

「奏くん、蒼空、スカイブルーに決めたよ」

「それはいいけど、ランドセルなんてまだ二年も先だろ」

「一階のゆりえちゃんが、おじいちゃん、おばあちゃんにピンクのランドセルを買ってもらったって話を聞いたの」

その子は年長で、まだ入学まで半年以上あるが、睦美の話だとランドセルはオーダーメイドもあって、年長になったらすぐに頼む人が多いらしい。

「女の子なのに水色なんて大丈夫なのか」

「全然平気よ。うちの学校では女の子でも紺や茶色、チェックのランドセルだっているのよ」

「すごいバリエーションだな。俺たちの時代は男子は黒、女子は赤に決まってたけど」

そう言いながらも通勤中に、黄色い帽子に色とりどりのランドセルを背負った小学生を見たことを思い出した。伴の頃は高学年になるとランドセルは持たなかったが、この付近の小学校は大きい子でもランドセルを背負い、帽子もちゃんと被って、すれ違う大人に挨拶している。

「ご飯、食べるでしょ？」

「うん、頼むよ」

胸ポケットの中でスマホが振動していた。大矢係長からだった。

「はい、伴ですが」

〈今、寺田優子から電話があったぞ〉

「寺田優子って来週までデンマークのはずでしたよね」

〈それが予定を切り上げて戻ってきたらしいんだ。新潟のお母さんから伝言を聞いて、カイシ

ャにかけてきた〉

「ということは？」

〈事情聴取にも応じると言っている。明日の午前中に警視庁に来てくれるそうだ〉

「本当ですか」

声が上ずった。今回の事件に寺田優子は関係していないが、鈴村が死んだことを彼女がどう思っているのか、そのことだけでも聞きたい。

「渡真利さんには？」

〈まだ伝えてない〉

「なら僕からすぐにかけますよ」

電話を切って、渡真利にかけた。

〈本当ですか。もしかして捜査の突破口になるかもしれませんね〉

渡真利も喜んでいた。なにか成果を見いださなくてはとプレッシャーも感じるが、それよりも木宮保と鈴村竜之介の二人と付き合ったのがどんな女性なのか、その興味の方が上回った。

＊

寺田優子は予想していた女性とは違っていた。味本はリハに来ても邪魔しないよう存在を消していたと話していた。またデビュー以来、猛スピードで突っ走っていたメンバーに、そんなに急がなくていいと示してくれる女性だったとも。おとなしい雰囲気の女性だと思っていたのだが、パンツスーツのせいか、テキパキと働くキャリアウーマンの印象を受けた。実際、家具輸入会社に勤務し、部長として海外に買い付けにいっている。顔は年相応の雰囲気で、目を奪われるほどの美人ではないが、五十六歳という年齢より若く、ほどよいメイクで品のある女性に映った。

「警察は新潟の母だけでなく、娘にも会ったそうですね」

挨拶を済ませて、出向いてくれたことにお礼を言ったところで、彼女は毅然《きぜん》とした態度でそう不満を述べた。

「申し訳ございません。寺田さんが海外出張中だと聞いたので、お母さまに頼んで彩薫さんに連絡していただきまして」

「それでしたら娘ではなく、私に電話していただければよかったのに」

最初はそうしようと思った。しかし連絡すれば、寺田彩薫とは会えなくなる。あの時は鈴村竜之介の遺児がどんな顔をしているのか見てみたい気持ちが強かった。ただ、こうして母親と対面すれば、寺田彩薫は完全な母親似だ。顔の形や奥二重のところがそっくりだった。

「新潟の母が勝手に彩薫に連絡したのですから仕方がないですね」

憤慨していたが、怒りは収めてくれた。

「申し訳ございません」

「今回はなにを調べているのでしょうか」

「鈴村竜之介さんの死亡事故の再捜査をしています」

事前に渡真利と決めていた通り、彼女には駆け引きなしに訊くことにした。

「どうして今頃なのですか」

「関係者の証言から、鈴村さんが亡くなった現場に、当時の捜査記録には記述がなかった人物がいたことが分かったからです」

「それは誰ですか」

すぐさま訊かれた。分かっていて訊いているわざとらしさは感じられない。

「その質問の回答はもう少しあとでも構わないですか。それより寺田さんは東京で連絡を受けたと思いますが、亡くなったと知らせを受けた時はどう思われましたか」

「どう思ったもなにも、あまりのショックに、なにかの間違いであってほしいとしか、それくらいしか思えなかったです。なにせ当時の私には……」

そこで声が途絶える。

「お腹に赤ちゃん、彩薫さんがいましたものね」

「その通りです」

「その知らせは誰から聞いたのですか。木宮さんですか」

捜査記録に寺田優子という名前などなかったため、てっきり沖縄県警は彼女が宿泊していたのを把握できなかったのだと思ってそう尋ねたのだが、彼女は「連絡を受けたのは警察からです」と答えた。驚いたことに捜査員は、彼女が前日に鈴村の部屋に宿泊していたことを聞いていながら、鈴村が遊びで東京から呼び寄せた女性の一人だと判断し、捜査記録に残さなかったようだ。そもそも部屋からコカインが見つかったことで、沖縄県警は端《はな》から事故死と決めてかかっていたのだろう。検視以外は、通りいっぺんの内容しか記録されていない。

「その時の警察官から、事件性を疑うようなことは言われなかったですか」

「鈴村が薬物を所持していたことですか？」

話が逸れた。だがそれも聞きたかったことなので、「鈴村さんはあなたと交際できたこと、子供ができたことを大変喜ばれていたと聞きました。それなのになぜドラッグを所持していたのでしょうか」と言う。

「私といた時は使っていません。私にはもうやめると約束しました」

「寺田さんはそれを信じたのですか」

やめると言うのは中毒者の常套句《じょうとうく》だ。

「付き合ったからとか、子供ができたからとか、そういう理由で急に優等生になるのは、根っからのアーティスト気質だった彼には無理だったのではないでしょうか。彼は心を入れ替えたとアピールして、私の前で捨てるような人ではありません。俺を信じてくれ、その言葉だけで私は充分でした」

「そういうのがロックじゃないと思っていたとは、コカインで逮捕された藤田治郎氏も言っていました」

藤田の逮捕は事前に告げている。

「カッコ悪いですかね。むしろ親としての責任感が出て、その方が立派じゃないですか」

横から渡真利が口を出した。寺田優子は一瞥したが、なにも言わなかった。

あのまま生きていたとして、鈴村が本当にドラッグを断ち切れたかどうかは分からない。専門家に言わせれば使用する確率の方が高いだろう。しかし死亡時、それまで頻繁に呼び寄せていた池之内を沖縄に来させなかったのは事実である。

他にもいくつか質問をするが、彼女自身、思い出したくないのか次第に口が重くなった。伴はメモを見る。事前に渡真利と相談した質問項目は残り四つになった。

その一つを問おうとしたが、いきなり言えば失礼になると、「実は私は最近、子を持つ女性と結婚したんです。娘は四歳です。前の父親にもなついていたので、結婚に迷いがあったのですが、妻から、血は繋がっていなくてもこの子に父親は必要だと言われて決心しました」と長い前置きをした。「私のことはどうでもいいですね」と苦笑いで頭を掻いてから「父親がいないお子さんを出産することに、寺田さんは迷いや心配はなかったですか」と尋ねた。

遠回しな質問をして余計に気を損ねたかと案じたが、寺田優子は気にした様子はなく「他の人なら迷ったかもしれませんが、鈴村の子供ですから」と迷いなく答えた。

「鈴村さんを愛していたということですか。それとも鈴村竜之介の遺伝子を残したかったということですか」

「両方です」

少し冷めた言い方に聞こえた。だが相手が稀代《きだい》の名ギタリストなら後者の回答も理由になる。

「実は我々は、あなたが鈴村さんと付き合う前まで木宮さんとお付き合いされていたことも知っています。木宮さんとはどうして別れたのでしょうか」

ラスト三つ目の質問に入る。

「いろんなことです。しいてあげるなら性格の不一致でしょうか」

「どう合わなかったのですか」

「彼には私より大事なものがあったということです。音楽とか……」また言葉が切れた。

「お母さまですか」

彼女の瞳が動く。

「それにあなたは耐えられなかったと？」

「彼も私といることに耐えられなかったんだと思います。私が結婚したいと匂わせたり、一緒に住みたいと迫ったり、結果的に彼を追い込んでしまいましたし」

「でもあなたは喧嘩しても尾を引くようなことは絶対に言わなかった、木宮さんが言ったことにまず『それいいね』から入ってくれると」

「そんなこと、誰が言ってたんですか？」

「当時の関係者です。木宮さんからそう聞いたと」

「そんなことはないです。言葉では言わなくても態度で苦しめたこともありますし」

あくまでも自分に非があるように話した。二〇〇二年初めに別れたとしたら彼女は三十六、七歳、今の睦美とほぼ同じだ。中途半端な交際では将来に不安を覚えるのは当然である。

「その時に鈴村さんから告白されたのですか」

「私が友人に誘われて行ったあるミュージシャンのライブに、偶然、鈴村がゲスト出演したんです。私の席はアリーナの前から十列目だったんですが、鈴村は私が来てることに気づきました」

「気づいたって、ステージの上からですか」

「アンコールの前にスタッフの人が来て、終わったら楽屋に来てほしいと伝えられた時は、びっくりしました」

「それでどうしたんですか」

「会いにいったら、鈴村から『会場で一人だけ元気がない子がいるなと思って眺めていたら、それが優子ちゃんだった』と言われて」

「それで？」

「そこまで言う必要がありますか」

強い拒絶反応を感じたが、それでも伴は「教えていただけませんか。これも捜査上、知っておきたいことですので」と引き下がらなかった。

「昔のことですから」

彼女は頑なだった。これ以上、しつこく訊けば打ち切られてしまうと、伴は話を変えた。

「ではライブに行った時期だけ教えてください」

「三月です」

「三月のいつ？」

「後半だったと記憶しています」

「鈴村さんが亡くなる三カ月前ですね。では木宮さんと正式に別れたのは？」

「最後の話し合いをしたのは、鈴村と会ったあとです」

「あとだったのですか？」

彼女の表情に影が差した。伴の質問は、二股をかけるあざとい女だと侮辱したように伝わったのだろう。

「でも彼とはすでに終わっていましたから」

「その後は？」

「それは……刑事さんのご想像の通りです」

鈴村と交際し、妊娠したということだ。そうなると伴がここに来るまでに浮かんだ仮説は間違っていたことになる。この仮説については渡真利も「私もずっと考えていました」と同意見だった。それがラスト前の質問だ。

「失礼ながら我々は、彩薫さんは鈴村さんではなく木宮さんの子供の可能性もあると思ったのですが、いかがですか」

「いいえ、違います」

「本当でしょうか」

「娘は鈴村の子です」

口許を引き、しっかり答える寺田優子の表情からは、真偽を読み取ることができない。

断定されると、それ以上は追及できず、質問は残すところ一つになった。伴は心を落ち着かせてから口にした。

「では最後に聞かせてください。鈴村さんが誰かに殺されたという可能性はありませんか。いえ、はっきり言います。木宮さん、もしくはあなたの大学の先輩、藤田治郎さんにです。あなたの個人的見解で構いません」

「絶対にありません。鈴村が亡くなったのは事故です」

彼女は瞬き一つせずにそう答えた。

4

拘置所の晩飯はまずかったが、コカインのせいで食欲がないとは思われたくないと、治郎はすべて平らげた。俺は正常だ。ジャンキーではない。食い終わるとすぐに横になった。

昼間の長い取調べの疲れでまどろみ始めた。ところが耳の中で音が鳴りだし、現《うつつ》に引き戻される。聞こえてくるのはメアリーの曲でも、ソロになってからの保の曲でもない。まだ完成形を聴いたことのない『ツブ』という曲だった。

ベルが演奏した構成は今も覚えている。F_{M7}↓G_7↓Em_7↓Am。不安定なサブドミナントから安定のトニックで帰結させる、Jポップで頻繁に見られるもので、複雑なコードワークを好むベルにしては珍しかった。そしてサビにかけて音を増やしていた。普段は字余りの歌詞が多い保だが、あの音源を聴いただけでベルの意思は伝わり、一音ずつはっきりと母音を乗せていったに違いない。

そこまでヒントがあっても、詞は想像がつかなかった。

間違いなく保の声だが、ノイズまじりで、言葉が判別できない。いつしか耳からベルの音源は消え、保の声だけがレコード盤をスクラッチしたように歪んで響く。

ふと気づいた。ソロになって、曲調がまるで変わった保だが、思えばその原点となったのは、この『ツブ』ではないか。

もしかしてベルは、いずれ保がソロになり、アコギに転身することも予感していたのか。そんなはずはない。彼は自分が絶命するなどとは思ってもいなかった。メアリーが永遠に続いていくことを切望していたのだ。それならどうしてあんなメロディを作ったのか。

保はあの曲をライブでやりたい、だから聴いてほしいと治郎を自宅に呼んだ。調べたところ、彼が今回の全国ツアーで新曲を披露した記録はなかった。治郎が聴くのを拒否したことで、保は披露することを諦めたのか。

——違う、違うんだ、覗いてたわけじゃない。保に用があって、でも寝てたら悪いと思って……。

突としてあの夜のシーンが脳裏に再現された。ヴィスタビーチ・リゾートのバルコニーから覗いた保の部屋だ。あの時目にしたシーンは、何度も夢に出てきては治郎を苦しめる。金縛りにあったかのようにその場から動けなかった治郎に、保は「治郎！」と言っただけで、カーテンを勢いよく閉じた。翌日もなにも言われなかった。しかし夢の中の保は「治郎、どうして覗いた、なぜ覗いたんだよ」と厳しく責め立てる。

バスローブで体を隠して怯えていた優子も、夢では「治郎さん、なぜ覗いたの」「どうしてそんな卑怯なことをしたの」と詰問してくるように治郎の記憶は塗り替えられていた。カーテンの隙間から見えた黒い影、いやそれだけじゃない。目の前で痴態を見せつけてきたベルと恵理菜のように、一糸まとわぬ保と優子が体を重ねて、ベッドの上で乱れていく。

立ち上がってトイレに行く。急に胃がせり上がってきて、気づいた時には、便器に顔を突っ込み、勢いよく胃の中のものを戻していた。口の中を不快な酸味が支配する。

床に蹲《うずくま》ってすべてを吐き終えてからちり紙で口を拭いた。まずい食事を強がって胃に詰め込んだところで、まったく消化できていなかったようだ。便器に飛び散った吐瀉物《としゃぶつ》を見ないよう、治郎は目を背けて水を流した。

目覚めた時には汗で服が背中に貼り付いていた。下着を替えてから、いつもと同じ時間に取調べが始まった。最初は、前日には顔を見せなかったマトリだった。供述書の中身を確認して、署名をさせられた。

署名を確認した取締官は「関係書類を検察に送っておきますから」とぶっきらぼうに言った。どうやら麻薬取締部の捜査は終了したようだ。

「だけど藤田さん、まさかしないとは思いますけど、検察でこれまでの捜査をひっくり返したりはしない方がいいですよ。そんなことをすれば保釈も認められなくなりますからね」

「木宮保の捜査中は、保釈請求しても認められないと思ってましたよ」

軽口を叩くと、マトリは明らかな嫌悪感を示した。彼らのプライドを傷つける意地の悪いことを言ってしまったようだ。

二十日間の勾留延長も覚悟していたが、今回は十日で起訴されそうだ。池之内から買ったことを話し、さらに殺人犯係の刑事の取調べにも協力した。マトリにとっては残念だったろうが、治郎が送った大麻を保はたぶん使っていない、だけど捨ててはいないはずだとも伝えた。それらはすべて嘘ではなかった。マトリとしてはもはや治郎に使い途《みち》はなく、とっとと捜査を終わらせたいのだろう。

「保釈が気になるのなら弁護士に聞いてください」

ようやく声が聞こえたが、別に気にもしていなかったからどうでもよかった。保釈されなくてもいい。このまま刑務所行きで構わない。返事もせずにいると取締官が続けた。

「長山寛弁護士《ながやまひろし》が会いたいそうですよ」

「はぁ」

名前も聞いたことがないし、前回頼んだ弁護士とも違った。

「その弁護士、誰が依頼したのですか」

寺田優子なら断ろうと思った。前回、彼女がいろいろ手を尽くしてくれたのに裏切ってしまい、彼女には合わせる顔がない。取締官は想像もしていなかった名前を出した。

「木宮さんみたいですね。保釈金も木宮さんが用意すると言ってるようです」

「保が、どうして？」

治郎が余計なことをしたせいで、保は麻薬捜査を受けることになったのだ。絶対に俺のことを恨んでいると思っていただけに、頭が激しく掻き乱された。

「分かりました。その弁護士さんに会わせてください」

保釈はない、このまま刑務所に行くのを覚悟していたが、外に出られると聞くと、靄が晴れていくように気分が明るくなった。ただ手を尽くしてくれた以上、保に会わなくてはならない。

もう二度と顔も見たくないと思っていただけに、そのことだけは気が重かった。

5

伴は一度出庁してから、捜査車両の使用許可を得て、赤坂のビジネスホテルに向かった。ロビーで待っていると、渡真利がキャリーバッグを引いてエレベーターから降りてきた。

木宮保の任意聴取から三日が経過し、また、検察が藤田を起訴する見込みが立ったということで、予定の一カ月を一週間余して殺人事件の捜査は打ち切りとなった。無念の思いで沖縄に戻ることになった渡真利に、伴は「羽田まで送ります」と申し出たのだった。

「申し訳ございません、伴さんも忙しいのに」

笑みを見せた渡真利だが、目許《めもと》には疲れが滲み、ふっくらしていた頬が若干こけたような気がする。彼は丸三週間、休みなしで仕事をした。伴と別れたあとも、ホテルの一室で捜査資料や、その日の取調べのメモを読み返していたのだろう。それでも一緒に動き回っていた時は、疲れた素振りを見せなかった。

「伴さんのおかげでいろいろ勉強になりました。ありがとうございました」

ホテルの回転扉を出たところで渡真利は直立して頭を下げた。

「こちらこそ、お役に立てずに申し訳ありませんでした。上司からおまえの捜査は甘いとこっぴどく叱られましたし、今回は自分の力不足を痛感しました」

頭を下げ返す。ビジネスホテルの正面の駐車場に停めた車のロックを解除すると、渡真利はキャリーバッグをトランクにしまってから助手席に乗る。運転席の伴もシートベルトを締めた。

「伴さん、あまり自分を責めないでくださいね。比嘉の証言にしたって、木宮保が逃げたというだけで、彼は藤田治郎がいたことも知りませんでした。多くの人間が言ったように鈴村は事故死だったんですよ」

渡真利は慰めてくれたが、胸の内では結局なにも分からないまま捜査を終了させられたことが悔しくて仕方ないだろう。それは伴も同じだ。木宮犯人説にいまだ強く執着しているわけではないが、今回の捜査には敗北感しか残っていない。

「比嘉の話にしても藤田の証言にしても、事件の核心までもう一歩というところまで近づいた気はしたんですけどね」

「いえ、比嘉の言うままに木宮保が殺したと決めつけた私の判断が性急過ぎたんです。もっと調べてから上に報告していれば、伴さんや警視庁の皆様にご迷惑をかけずに済みました」

「そんなことはないですよ。僕が渡真利さんでも上司に捜査を願い出ていました」

最初は十九年も前の事件をどうやって解明するのか、気乗りしない点もあったが、今は渡真利の気持ちのすべてに共感できる。

「それに取調べや聞き込みを、伴さん中心にやってもらって、今回の経験は私のこれからの捜査に役立ちます」

「今回のことが渡真利さんのキャリアを汚してしまったかもしれません。せっかくエリートコースを歩いてこられたのに、こんなことでケチがついたら申し訳なくなります」

「そうなら私は大歓迎ですよ。私はまだまだ現場にいたいのですから」

そうだった。渡真利は警務部に戻り、いずれ警部の昇任試験を受けることを交換条件に東京に来たのだった。殺人の捜査が不発に終わったことで、彼は素直に上司の言うことを聞くのだろうか。今の感じだと、上司を怒らせそうな気もしないではない。

車が動きだしてから伴はFMラジオをつけた。ゆっくり選局していくと、女性パーソナリティが声を弾ませていた。

〈私が好きな木宮さんの追加公演、体調不良の噂もあって開催が危ぶまれていましたが、予定通り七月八日、来週木曜に行うと今日、所属事務所が発表しました。私、中止になった六月十二日は仕事で行けなかったんですけど、今回はジャジャジャジャーン、なんとチケットを持ってるんですよ～。だから今朝からメチャハッピーで浮かれてます〉

伴は別の局に替えようとした。渡真利の手が伸び、「そのままにしましょう」と制された。

〈さてラスティングソングの木宮保ソロヴァージョンを聴いてもらいましたが、私はこの曲のオリジナルが発売された一九九九年は六歳だったんで、メアリーと言われても正直、ピンと来ないんですよね。でも自慢じゃないですけど、木宮さんのファンになったのは、三年前のカラー&フレグランスがヒットする前からなんですよ。今から六年前、これからかける12の季節が発売された時です。この曲のミュージックビデオで、木宮さんが雪の中で弾き語りをしてる姿を見て「こんなに渋いおじさんがいる」って目がハートマークになって。あっ、おじさんなんて言ったらファンには怒られちゃうけど、リスナーの皆さんはご存じの通り、私は超ファザコンなんで。それで昔の曲も聴き始めたんですよ。タンポポとかリトルバードを。歌詞がすごく刺さるんですよね。なぜか懐しい気持ちになって〉

女性パーソナリティはテンションを上げて話を続けている。

「この女性にとっては木宮保はおじさんなんですね。寺田彩薫にも、そんな風に映ってるんですかね」渡真利が呟いた。

「この女性、一九九九年に六歳ということは今二十七か八ですよね。渡真利さんとそんなに変わらないじゃないですか」

「そうですね、二十八だとしたら二つ違いです」

「渡真利さんにもおじさんに見えましたか」

「私には見えなかったです。うちの父、早く結婚したんで、木宮保より一歳下なんですけど、木宮は父よりずっと若く見えました」

曲が紹介される。

〈それでは二曲続けて聴いてください。木宮保で、二〇一五年のシングル、12の季節と、二〇〇九年のタンポポ〉

ラジオからアコースティックギターが静かに鳴り始めた。

一つ　小麦色の肌　あご紐の跡
二つ　淡い綿　手の中ですぐ溶けた
三つ　ダイヤモンドダストの髪飾り
四つ　笑顔のきみ　花びらの涙
僕は椅子の背にもたれかかった　白熱灯に季節がめぐる

木宮の儚《はかな》い歌声がラジオから流れた。メアリー時代の鼻にかかった歌い方とは明らかに異なる。一語一語がはっきりと耳に届く。

この歌が発売されたのは二〇一五年、伴は三十三歳で蒲田署の刑事課にいた。睦美は前の夫と結婚したばかりで、蒼空はまだ生まれていない。木宮は四十九歳。藤田は五十三で、寺田優子は五十歳。

ラジオからは二番に入った『12の季節』が聞こえてくる。

五つ　向日葵《ひまわり》のトンネルをきみが通り抜けてく

「癌を患っているのに本当にやるんですかね」

聴き入ったまま運転していると、隣から渡真利の声がして現実に引き戻された。癌の木宮が追加公演の実施を発表したということは、少し休んで体調が戻ったのか。そんなに悪いようには見えなかったが、ツアーをすると体重が何キロも落ちると聞くから、休まなければ体への負担は大きかったのかもしれない。

『12の季節』が終わると、合間のトークなしで二曲目に移った。『タンポポ』だ。ラジオから歯切れのいいコードカッティングのイントロが鳴る。

ぎゅうぎゅうに詰めた青いバッグ　背中にしょったら笑顔が零れた
ハンカチ持って　黄色の帽子を被ってさぁ出かけよう

木宮にしては珍しくアップテンポで声を弾ませて歌う。

「これ、味本和弥が馬鹿にしていた曲ですね。メアリーのボーカリストはいつから陽水になったんだと言った」

渡真利はよく覚えていた。味本は、木宮が子供の時、大好きな母親に連れられピクニックに行ったのを思い出して作った曲だと話していた。冒頭の歌詞に加え、サビに《上の方から背伸びして一番のタンポポを探した》とあるからだろう。だが今は違和感を覚えた。上の方から背伸びして探す一番のタンポポって、いったいなんだろうか？

「渡真利さん、どうしてこの曲、上の方からタンポポを探すんですかね」

「タンポポって小さい花だから、上からは普通じゃないですか」

そうじゃない。それなら「上の方から」なんて分かりきったワードを入れない。

「だったら、この曲、どうして出かける前に黄色い帽子を被ると思いますか？」

「小学生だからじゃないですか。私が学生時代に住んでいた地域の小学生も、みんな黄色の通学帽を被っていましたよ」

「ピクニックにまで被らないでしょ」

「遠足じゃないんですか。学校の行事なら、子供は被らされるでしょうし」

言っていることは正しいが、この歌は違う気がした。

「遠足だったら、お弁当とか水筒が出てきてもいいでしょ。でもこの歌にはそんな歌詞は出てきません」

「伴さんはいったい、なんの歌だと言いたいのですか」

「僕が思ったのは……」

脳裏に浮かんだのはピクニックでも遠足でもなく、蒼空と睦美が楽しそうに話していたランドセルだった。

伴はハザードランプをつけ、ハンドルを切って道路脇に停車した。

「どうしたんですか、伴さん」

「渡真利さん、飛行機の出発時間、まだ間に合いますか」

「時間的には余裕ですけど」

「ではちょっとお待ちください」

ポケットからスマホを取り出す。十時半なので授業中かもしれないが、発信ボタンを押すと、睦美はすぐに出た。

「睦美、今、授業中じゃないよな」

〈授業中なら電話に出ないわよ。どうしたの、奏くんが就業時間中に電話してくるなんて〉

「この前、蒼空に水色のランドセルって言ってたけど、青のランドセルも持つかな。男の子じゃないぞ、女の子だぞ」

〈女の子でも持つわよ。青が男の子の色という感覚じたい、今は薄れてきてるから〉

「なら遠足行くと、必ず持っていく物ってなんだ。子供目線で考えてくれ」

〈そりゃ、お菓子じゃないの？〉

「あとは？」

〈お弁当〉

「ハンカチじゃないよな？」

〈ハンカチは親が学校に持っていかせるものよ。遠足ならタオルでしょ〉

「そうだよな。ハンカチは学校だよな。じゃあもう一つ頼む。またランドセルだけど、ランドセルにぎゅうぎゅうに詰めた、そう言われて想像するのは何年生だ。荷物が多くなるんだから高学年かな」

〈荷物が多ければ何年生でもランドセルはいっぱいになるでしょうけど、鞄《かばん》の大きさは同じだから、そう見えるのは体の小さい低学年、一年生とかじゃない〉

「だよな。やっぱり一年生だよな」

〈なによ、だよなとか、やっぱりとか〉

睦美は不審がっていたが、「帰ってから説明する」と言って電話を切った。「ほら」と助手席の渡真利に笑顔をぶつける。

「ほらって、小学一年生が青いランドセルで学校に行って、それがなんだと言うんですか。私にはまったく話が見えてきません」

渡真利は呆気にとられている。

「タンポポって通学する小学生のことだったんですよ。だから、上の方から背伸びして一番のタンポポを探した、に繋がるんです」

「黄色い帽子に青いランドセルを背負った寺田彩薫を、木宮保が遠くから眺めていると言いたいんですか」

「その通りです。渡真利さん、勘がいいです」

そう言って、スマホで木宮保のディスコグラフィーを検索する。女性パーソナリティが曲紹介で言っていた通り、《タンポポ、２００９年6月10日発売》と出ていた。

「やっぱりだ。この歌、寺田彩薫が六歳の時だから、ちょうど小学校に入学した年に作った曲です。そして12の季節は二〇一五年ですから、彩薫が十二歳の時です」

渡真利も自分のスマホで検索し、「本当だ」と目を丸くする。

「そうなってくると、他の曲も寺田彩薫と関係しているかもしれませんよ」

「伴さん、リトルバードは二〇〇四年ですから、寺田彩薫は一歳です」

「そうだったのか。《朝の陽が眩しい　頰を動かす優しいさえずり》って鳥だと思っていましたが、赤ちゃんだったんですね。だから《そよ風に体をくねらすリトルダンス》なんですね」

一歳の頃の蒼空を知らないが、朝、眩しそうに目を細めて、なにか喋ろうとしている乳児の蒼空は想像ができた。リトルダンスというフレーズが、おしめを取り換えている時の赤ん坊がいやいやいやをしている姿に重なった。蒼空の顔を思い浮かべていると、少し大人びたように「スカイって呼んで」と言った娘の声が耳を掠めた。

「あっ」

「どうしました、伴さん」

「寺田彩薫の名前って英語にすると」

「えっ、あっ、そっかぁ！」

一瞬、目を細めた渡真利が瞳をくりくりさせて叫んだ。彩薫は色と香り。

「カラー&フレグランス！」

顔を見合わせて二人が同時に口にした。

「伴さん、我々はどうしてこんな単純なことに今まで気づかなかったんでしょうね」

「気づくわけはないですよ。まさか木宮があの娘《こ》のために曲を作っていたとは思いもよらなかったですから」

「ということは、寺田彩薫はやっぱり木宮の子なんですかね」

「その可能性が有力になりましたね。だからって、今回の捜査に直接結びつくわけではないですけど」

自分の気持ちが先走らないように、あえてそう言った。木宮の子供だとして、それがどうなるのか。鈴村に育ててほしくなかった木宮が鈴村を殺した、そんな安直な発想は浮かんでもこなかった。彼らの関係はそんな単純なものではない。ただこれだけは言える。木宮保も寺田優子も藤田治郎も、なにか嘘をついている。

「伴さん、カイシャに電話してもう少し東京にいさせてもらえるよう頼んでみます。説明が長くなりそうなので外で話していいですか」

「もちろんです」

渡真利は車外に出た。助手席に目をやるとシートに渡真利のスマホが落ちていた。

「渡真利さん、スマホ、忘れてますよ」

「よかった。一瞬、ホテルに忘れてきたかと思いました。今、使ったばかりなのに」

冷静な渡真利も結構、慌てていた。

Song 8

1

ラスティングソング

会議室で伴は、渡真利とともに、北村管理官、大矢係長、斉藤、館山刑事の四人を前に自分の考えを説明した。ホワイトボードには先に、彩薫の生年月日と、木宮がシングルカットした曲をソロデビューから順に記し、リリース年月、その時の彩薫の年齢も書いておいた。

寺田彩薫　２００２年12月６日生まれ

リトルバード　２００４年９月　１歳
言葉探しのポエトリー　２００５年７月　２歳
レインパーティー　２００７年６月　４歳

ペインテッドカラー	２００８年５月	５歳
タンポポ	２００９年６月	６歳
スナハマ	２０１１年８月	８歳
スノーティアラ	２０１２年11月	９歳
12の季節	２０１５年３月	12歳
よろこびの鐘	２０１６年６月	13歳
カラー＆フレグランス	２０１８年11月	15歳
ワンフレーズ	２０１９年６月	16歳
ｍｅｍｏｒｙ	２０２１年２月	18歳

「このように二〇〇四年から今年まで、木宮は十二枚のシングルと四枚のアルバムをリリースしています。アルバムの曲までそうとは言い切れませんが、少なくともシングルカットされた十二曲は、すべて寺田彩薫を歌ったものだと推測されます」

「ｍｅｍｏｒｙも寺田彩薫の卒業の曲なんですね」

この歌に高校時代の思い出を重ねていた斉藤刑事が言う。

「斉藤さんの夢を壊してしまいましたか？」

「いいえ、好きな子でも自分の娘でも、会えない切なさを歌っているのは同じです。それに《きれいになったねこれ　俺のセリフじゃないな》の部分はいかにも会える環境にないことを物語っていますね」

伴も《アドレス帳の一番上から名前を消す》の部分に彩薫を連想した。ア行だから、昔の仲間や仕事関係者とも交流を持たず、世間と距離を置くように生きている木宮がアドレス帳に入れたら一番上になっているのかもしれない。だが自分が木宮なら、誤操作で電話がかかることがないようそこには登録しない。いや、木宮は彩薫の電話番号さえ知らないのではないか。

「僕は12の季節が、十二カ月を指しているとも思っていたのですが、違いました。《一つ　小麦色の肌　あご紐の跡　二つ　淡い綿　手の中ですぐ溶けた　三つ　ダイヤモンドダストの髪飾り　四つ　笑顔のきみ　花びらの涙》と夏、秋、冬、春の順番で循環し、少女も季節ごとに一つ、歳を重ねていると考えられます」

「そうなると二歳の秋に出てくる、手の中で溶けた淡い綿は雪ってことだよな。秋なのに雪なのか？」大矢係長が疑問を呈す。

「なかなか鋭い質問です、係長。でも彩薫は三歳まで、寺田優子の実家がある新潟県長岡市で過ごしたそうです。長岡なら本来は秋の季節である十一月くらいに初雪が降ってもおかしくありません」

するとスマホで歌詞を眺めていた館山が唸った。

「この歌、二番の最初は《五つ　向日葵のトンネルをきみが通り抜けてく》なんですよね。うちにも五歳の男の子がいますが、息子の背丈が向日葵の高さのどれくらいなのかなんて考えたこともなかったです。でも大きめの向日葵は一メートル以上ありますから。きっとキャーキャー言いながら向日葵のトンネルを走れるくらいだと思います」

「うちの娘も四歳ですが、テレビで大きな向日葵が出てきても、娘の身長と比較したことはなかったなぁ」伴も答えた。

間奏を挿んだ三番は《九つ　初めて自分で選んだワンピース　十　汗のしずく　繋ぐバトン　十一　かじかんだ手　焚火《たきび》にかざし　大人みたい　十二　新しいステージにきみは立つ》で終わる。この歌が発売になった年、小学校を卒業した彩薫は中学に進学した。お祝いを伝えたくて、木宮はあえて夏、秋、冬、春の順番にしたのだろう。

昨夜、睦美にも木宮のシングルを聴いてもらった。

——これらの曲、女の子の何歳の頃を歌ったと思う？

——リトルバードは赤ちゃん。

睦美はすぐに言い当てた。

——レインパーティーは三歳か四歳くらいかな。たぶんこの曲に出てくる「パステル」は傘で、「鏡」は水たまりのことよ。

——なるほど、《鏡を覗いた　足踏みした》ってあるもんな。蒼空もやってたのか。

——やってた、やってた。傘と長靴買ってあげたら、早く雨降らないかなって楽しみにして、その日は長靴を泥んこにしてた。ペインテッドカラーはもう少し上じゃない？　この歌を聴いて、ディズニーランドに行く予定が台風で中止になって落ち込んだ蒼空に、クレヨンでお絵かきして慰めたのを思い出したわ。この歌詞、ペンキが出てくるのに、青、赤、グリーン、ペールオレンジなのよね。ペールオレンジって昔の肌色のことよ。クレヨンにはあるけどペンキにはないんじゃない？。

——親というのは全部覚えてるんだな。睦美の言う通り、レインパーティーは四歳、ペインテッドカラーは一つ上で五歳だよ。

——子供は好きだけじゃ育てられないからね。一緒にいていろいろ考えさせられるし。

そこで渡真利の携帯が鳴った。渡真利は「沖縄のサミーからです」と言って電話に出た。

「そうですか……」しばらく会話が続き、「お忙しいところ、ありがとうございました」と丁寧に電話を切った。

「どうでしたか、渡真利さん」伴が尋ねる。

「伴さんの言う通りでした。寺田優子の代理として藤田治郎が求めたのは娘の認知だけで、鈴村が受け取る印税については、なにも言わなかったそうです。お金は渡そうとは思わなかったのですかと尋ねたら、〈母親にも相続権はあるんですよ〉と自分がもらうのが当然のように言われました。あと〈お金を出すなら竜之介の子供として鈴村姓で育てていただかないと〉とも言ってました」

「鈴村姓で？」大矢が聞き返す。

「お金まで出させるなら孫を寄越せという脅しじゃないですか。自分の息子もまともに育てられなかったあの女に、育てる気などなかったと思いますけど」

「そうなると、寺田優子が働きだすまでの生活費は木宮が出していたんですかね」一緒に新潟に行った斉藤が首を捻った。

「僕はそう思ってます」伴は断言するように答えた。

「木宮は娘に会ってるんだな」

「いいえ、係長、会っていないと思います」

「どうしてだよ、伴。タンポポの歌詞でおまえは、一番のタンポポを木宮が遠くから探したと話してたじゃないか」

「最初はそう思いましたけど、実際は見にいってないんじゃないでしょうか」

「遠くからでは見つからないからか？　でも女の子で青いランドセルならすぐ分かるだろ」

「あの歌詞には、見たかったけど行けなかったという思いが入っているように感じるんです」

チーフエンジニアの南が言っていた「ＩＦ ＯＮＬＹ」。木宮の歌詞には「なになにであればいいのにな」という、実際は叶うことのない願望が含まれている。

「じゃあ木宮は寺田優子からのメールだけを基に歌詞を書いたというのか」

「そうだと思います」

「会ったことがないのによくここまで書けるな。これがミュージシャンの才能なのか」と大矢は口を丸めて感心する。

「木宮の才能もありますが、それだけ寺田優子が子細に伝えたのでしょう。子供を持ったことがない男が想像だけでは書けませんよ」

「そこまでするならどうして寺田優子は木宮の子供として育てなかったんだ。木宮が拒否したとはとても思えないぞ」

皺ばむ顔で聞いていた北村管理官に訊かれる。

「それが一番の謎です。鈴村の子だと言い張ったことを含め、彼女には我々に知られたくないなにかがあるんだと思います」

彼女は三月のライブで鈴村と再会した時には、木宮とはすでに終わっていたと話した。出産するまでどちらの子か分からなかったのか。それなら産後に調べれば済むことで、木宮の子と判明したなら、木宮の子として育てればいいだけの話だ。そこがどうにも腑《ふ》に落ちない。

そこで隣の斉藤がポケットからスマホを出して弄り始めた。

「どうしました、斉藤さん」

「いえ、藤田治郎は日本対トルコ戦のキックオフの笛を聞いてから、鈴村の部屋に行ったと供述したんですよね？」

「はい、私たちにそう答えました」

「あのゲーム、ベスト16の相手がトルコだったことで、絶対勝てると期待して見てたんでよく覚えています。失点したのは試合開始早々なんですが、それでも前半十分くらいだった記憶があるんです」

「どういうことですか」

斉藤は下を向いたままスマホをタップしている。

「……ありました。もっと時間がかかっていました。前半十二分にトルコに先制されています」

「十二分って、本当ですか？」

その時には、伴もなぜ斉藤がそんなことを言い出したのか理解できた。

「おい、いったいなにが本当ですかなんだ」

大矢に訊かれた。急に心臓が脈打つ音が速くなった伴が、斉藤に先んじて説明する。

「係長、想像してみてください。藤田が同じフロアの鈴村の部屋に行くと、すでに浴室で死んでいた。そこに木宮がやってきて、蘇生《そせい》を試みたんでしょうけど、逃げることにした。この間《かん》、時間にしてどれくらいだと思いますか」

「逃げるのなら、あまり長くはそこにいたくないだろうから、ざっと見て四、五分ってところか。あっ、それで十二分か。藤田の供述が崩れたぞ！」

大矢も気づいた。

「はい、藤田の供述では、部屋に向かった時間と、非常階段で日本が失点した嘆き声が聞こえてきた時間とが合いません。でも藤田が五〇一号室に行った時、鈴村はまだ生きていた。すでに木宮もいたか、一緒に部屋へ行ったか、あとから来たのかは分かりませんが、言い争いになり、鈴村を死に至らせた。それなら時間的には一致します」

「そうなると逆に短すぎないか。水に沈めるなりして溺死させたってことだろ。プールで溺れても三分以内に救出すれば生還できるって聞いたことがあるぞ」

「いえ、それは誤嚥していない場合です。人なんて一分もあれば殺せるって、渡真利さんが監察医から聞いています」

「はい。鈴村は当時、相当量のアルコールを摂取していましたので、誤って大量の水を飲めば、あっという間に窒息死します」

渡真利は自信満々にそう言い切った。伴は壁の時計を見た。会議が始まってまだ十分しか経っていない。ホワイトボードに木宮のシングルタイトルを書き、これまでの捜査状況を詳細にわたって説明したが、それでもこの程度の時間経過なのだ。十二分もあれば、沖縄で目に焼き付けた五〇一号室のドアの向こう側で、なにが起きていても不思議はない。

「管理官、自分にもう一度木宮の捜査をやらせてもらえませんか」

伴は姿勢を正してから頭を下げた。

「管理官、伴と渡真利さんに、このヤマの継続を認めてもらえませんか」

大矢も頭を下げて擁護してくれた。渡真利も一緒に頭を下げている。

「ここまで調べたのだから捜査を継続するのは問題ない。だけど肝心の木宮はもう任意での取調べには応じないんだろ？」

「そうですね。さきほど事務所に様子を尋ねたのですが、来週に迫った追加公演の準備でバタバタしているそうです。ライブが終わったらすぐに癌の治療に入ると言ってましたし」

「だったら俺がＯＫを出しても難しいんじゃないか」

北村の表情に険しさが増す。

「伴さんたちがここまで調べた執念には感服しますけど、この捜査で裁判所から令状を取るのは難しいですよ」館山からも言われた。

それでもここで諦めるわけにはいかない。警視庁の中で自分よりメアリーに詳しい人間はいないはずだ。そして沖縄から志願してきた渡真利の執念にも報いたい。

木宮と鈴村の間でなにが起こり、木宮はどんな思いで歌を作ったのか。木宮の心情を知ることは、これから蒼空の本物の父親になろうとしている自分にも関わってくるような気がしてならない。

「木宮にぶつけます」意を決してそう言った。

「ぶつけるって、どうやって」と大矢。

「大丈夫です、うまくいく方法があります」

昨夜、リリース順に聴いた木宮の曲を思い浮かべながら、伴はそう話した。

2

保釈申請をしてくれた長山弁護士は五十代で、髪をきっちり横分けにし、細い目に四角い眼鏡をかけていた。誰かに似ていると思ったら忘れかけていた記憶が脳裏に甦った。メアリーの四人と出会った頃に起きた『グリ森事件』で公開された容疑者の似顔絵、「キツネ目の男」だ。池之内を「トラボルタ」、ジグソー社員の凸凹コンビを「おぼん・こぼん」と呼んだように、あの四人ならそんなあだ名をつけたのではないか。

起訴後、拘置所の面会室では長い時間話をしたが、罪状や裁判に関すること以外の私的な会話は一切なかった。言葉遣いは丁寧だったが、終始、見下されているように感じた。

保釈手続きを終えて、拘置所を出た時、外に新聞記者がいた。マトリは、治郎を逮捕、起訴したことを発表したようだ。

——藤田治郎さん、コカインはいつから常用していたんですか。

記者が呼びかけてきた。たかだか音楽ライターの自分がいつからコカインを使おうがどうでもいいだろうと、治郎は無視して用意されていたタクシーに乗ろうとした。頭を下げて座席に入ろうとしたところで、通り過ぎていった景色を治郎は二度見した。

記者とは離れた場所に週刊時報の高山が、生田と並んで立っていた。二人とも憐憫《れんびん》の目で治郎を見ていた。木宮に繋がる大きなネタを期待したのに、あんたはなにも持ってこなかった。そんな皮肉と侮蔑が聞こえてくるようだった。

もう二度と週刊時報で書くことはないだろう。他の雑誌も同じだ。だが今は他の仕事を探す心配もない。刑が確定すれば数年間は刑務所に入るのだ。これでやっとこの業界から離れられる。今度こそ、今度こそ音楽から足を洗うことができる。

その後は薬物依存症者支援のＮＰＯ法人が運営する神奈川県のリハビリ施設に連れてこられた。与えられた部屋は四畳ほどで、テレビもない。着いてすぐに簡単な説明とカウンセリングを受けたが、それ以外はなにもしないまま、壁にもたれて座っている。日は沈んでいき、いつしか夜の帳《とばり》が下りていた。

部屋の電気をつける気にもならず、放心状態でいると暗闇に突然、光が差し、総毛立った。光ったのは消音にしていた携帯電話だった。登録していない番号だが、手を伸ばして取り「はい」と気のない返事をする。

〈弁護士の長山です〉

キツネ目が虚空に浮かんで光る。

「な、なんでしょうか」

〈寺田優子さんから会いたいと連絡がありました。会われるなら場所を用意しますが〉

優子と聞き、胸が張り裂けそうになる。

「先生は木宮から頼まれたと言ってましたけど、本当は寺田さんからの依頼だったのではないですか？」

〈いいえ、木宮さんです。寺田さんは警察から私の名前を聞いて電話してきたようです〉

断ろうかと思ったが、彼女の誘いを無下にするのも気が引けた。

「分かりました。私はいつでも大丈夫なので時間と場所が決まったらお知らせください」

心を落ち着かせてそう答えた。電話を切ると部屋が再び闇黒《あんこく》に戻る。

最初に留置場に収容された時から、けっして消えることのなかったベルのギターが、耳の中で大きく鳴り始めた。ギターはチョーキングとスライドを繰り返し、断末魔のうめき声のように不協和音を響かせる。

天井から光が降りてきて、ステージには歓声とともにメアリーの四人が立っていた。ベースを持つ保がスタンドマイクに唇をつけて歌い始め、ベルが腰を揺らしてギターを弾く。味本もサダ坊もいた。記憶の中の彼らはモノクロだったのに、そこにいた四人には色彩があった。保のメイプルのベースはレモンイエローに、ベルのサンバーストのギターはブラッドオレンジに、味本の赤茶のブーツはパープルに、サダ坊の赤のリストバンドはショッキングピンクに、どれもパソコンで色づけしたような眩しい極彩色に変わり、治郎の瞳孔は力なく開いていく。

もうやめろ。おまえら全員、俺の前から消えてくれ。治郎は目を瞑り、耳を両手で押さえて拒絶した。だがいくら視界を閉じ、音を遮ろうとしたところで、眩しい光も激しいサウンドも途絶えることはなかった。

コカインが欲しい。せめてコカインをくれないか。

治郎は悶《もだ》えながら手を伸ばした。

3

横浜シーアリーナでは、二日後に迫った木宮保の追加公演の準備に追われていた。伴は邪魔にならないよう、機材搬入口に近い通路の隅に渡真利と並んで立っている。ライブジェット東京の村木に、あるお願いをした。彼女からは「自分では判断できないので、上と相談する間、ここで待っていてほしい」と言われた。

通路の奥に、Tシャツの上からスタッフパスを首にぶら下げた寺田彩薫が現れた。手にファイルを持って男性スタッフと会話している。

「伴さん、ダメですよ」歩きだしたところで、渡真利に上着を摑んで止められた。

「大丈夫です、少し雑談するだけですから」

ライブジェットの社員に会いにいくと告げた時、北村管理官から「間違っても寺田彩薫に余計なことを訊くんじゃないぞ」と忠告された。寺田優子が鈴村の子供だと言い張っているのに、刑事が娘に余計なことを告げ、あとで問題になるのを心配しているのだ。それでも、ちょっと会話するくらいはいいだろう。寺田彩薫が関係者と話し終えたタイミングで、伴は話しかけた。

「こんにちは」

振り向いた彼女の顔に不快さが滲んだ。気にせずに「ライブの準備ってどこも大変なんですね。これまでたくさんのライブに行きましたが、裏方さんの大変さを思い知りました」と準備に追われる周囲を見回した。

「そうですか」彩薫はそれだけ答えて立ち去ろうとした。「明後日は天気がよさそうですね」と呟くと彼女は足を止めた。

彩薫が再び顔を向ける。唇が若干厚いところが木宮に似ている気がしたが、アテにはならない。鈴村も厚い唇をしていた。鼻梁《びりょう》が通っているところは鈴村から受け継いだと見えなくもなかった。

「すみません、少しお話しできませんか」

「少しなら」彼女は了解した。

「先日、木宮さんについてあまり好きではないとおっしゃっていましたが、歌はどうですか。若い女性にも響くと言われてますが」

果たして木宮の歌詞の意味は伝わっているのか、それを知りたくて尋ねてみる。

「とくにないです」あっさりと否定された。「それに私が聴いてたのはメアリーの頃の歌ですし」

「お父さんがギタリストだったからですか」

「だからって別にギターだけを聴いてたわけではないですけど」

「ではメアリーの曲の中ではどれが好きですか」

彼女は鼻根に横皺を入れて考えていた。

「……ファイトバック」

小さな声だったがそう答えた。今回の捜査の中でも出てきた、鈴村が子供時代に受けた虐待の歌だ。

「あの曲のどんなところが？」

「私、反抗期が長かったんです。大人からあれやれ、これやれと押し付けられるのが大嫌いだったんで」少し面倒臭そうに眉根を寄せる。

「お母さまがそうだったんですか」

「母はうるさいことは一切、言わなかったです。学校の先生とか、部活のコーチとか」

「僕もあの曲は好きですよ。《無言のきみの反乱に　仲間たちが立ち上がる》の部分とかすごくいいですよね。なるほど僕も反抗期が長かったんで、それであの曲が好きなのかな。ちょうど思春期に聴きましたし」

口ではそう言ったが、浮かんだのは《体を濡らしたきみは　まなじりを吊り上げて睨んだ》の部分だった。彩薫の目はけっして吊り上がっているわけではないのだが、容赦なく人を射すくめるように見返してくる。

「あの曲、反抗ではなく、虐待された子供を救う歌ですよね」彩薫が続けた。

「そんなことまで知ってるんですか」

「母から教えてもらったんです。だから一番の《体を濡らしたきみは》が二番は《心が汚されたきみは》に変わって、ラストで《当たり前のきょうが　あしたは普通に来るように》と終わるのは未来への望みなんだって」

エンジニアの南が話していたのと同じことを言った。寺田優子なら知っていて当然だ。優子は木宮と交際する前から、歌詞の意味に精通していたと藤田の原稿に繰り返し記してあった。

「もういいですか、刑事さんとお喋りしていると怒られるんで」

それこそ反抗する猫のような目で彩薫は言った。そこで思った。無理矢理当て嵌めるなら、この強い目付きは木宮似だ。

「仕事中ですものね。村木さん厳しそうだし」

「違います。母にです。刑事さんが来ても余計なことを喋らないでと言われたんで」

「お母さまに、ですか？」

気まずい空気が流れたが、「刑事さん、ライブの件、ＯＫが出ましたよ」と遠くから声がして、村木が笑顔で走ってきた。伴は村木に、立ち見席でいいので明後日のライブを観せてもらえないかと頼んだのだった。もちろん渡真利のと二人分だ。

「本当ですか？　ありがとうございます」

「どの席かは確定できないけど、開演の三十分くらい前に来てもらえれば、どこかしら用意します。立ち見でもいいんですよね？」

「もちろんです」

「刑事さんもメアリーからのファンだものね。あの伝説の横浜公演以来だし」

彼女は伴がファンだったことから、上司を口説いてくれたようだ。

「ですけど周りのお客さまに刑事さんと分からないようにお願いしますね」

「それは承知しています」

「私はこれで、いいですか？」割り込むように彩薫が言い、立ち去ろうとした。

「あら、彩薫ちゃんと話してたの？」

村木に怪訝な顔をされた。捜査をしていると思われたら、せっかくのライブ鑑賞の機会が消えてしまうと、咄嗟に頭を巡らせる。浮かんだことはこれくらいしかなかった。

「実は私事ですけど、最近、結婚したんですが、妻には四歳の子供がいるんです。でもなかなかお父さんと認めてくれなくて、パパではなく、奏くんって名前で呼ばれてるんです。女の子にとって、急に父親ができるのって嫌なのかと思って」

言いながら、父親のいない彩薫の前で、なんてデリカシーのないことを言うのだと自己嫌悪に陥る。

「奏くんって呼ばれてるんですか？　それっていいんじゃないですか、今っぽくて」

村木は笑ってくれ、場が少し和んだ。

「すみません、おかしなことを言って。では失礼します」そう言って踵を返そうとしたところで声がした。

「いた方がいいと思いますよ」

「えっ」

彩薫の声に驚いて振り返る。

「いないより、いてくれた方が、娘さんは寂しくないと思います」

表情を変えることなく彩薫は続けた。

「彩薫さんも幼少時は寂しかったですか」

その質問には答えなかった。ただ「それは子供のことを本当に思ってくれてる親だったら、という条件でですけど」と意味深なことを口にして、彼女はその場を離れた。

4

寺田優子は約束の時間より早く長山法律事務所に来ていて、来客用のソファーに座っていた。治郎が会うのは十数年振りだった。肩まである髪の長さは今も同じだが、ストレートになり、ダークブラウンに染めていた。幾分、当時より顔は丸みを帯びたが、皺も少なく、最後に会ってからほとんど歳を取っていないように思えた。いやクリスマスの前に新宿通りで、大学卒業後初めて会った時から彼女は変わっていない。

「待たせてしまったようだね」

遅れたわけではないがそう言って詫《わ》びた。優子の前ではいつも緊張して、普通に喋れるか不安になる。

「お久しぶりです。治郎さんにはいろいろお世話になったのに、いつも電話ばかりですみません。おかげで彩薫も頑張っています」

逮捕されたことを責めるでもなく、彩薫の話題から切り出した。

「そうらしいね。ライブジェットの偉いさんが、よく働くって感心していたよ」

刑事から聞いた話なのに、スタッフから連絡を受けたかのように伝えてしまう。自分は本当に小狡《こずる》いと、ほとほと嫌になる。

「そう言ってもらえると安心するわ。今日も朝六時に横浜に向かったから。埼玉からじゃ不便だからって、都内で一人暮らししたいそうよ」

「まだ十八歳だろ。優子ちゃんも心配じゃないの」

「私だって新潟から出てきて、十八から一人で住んでたんですよ。半年間は親に無理矢理、寮に入れられたけど」

「そういや、優子ちゃんも上京組だったね。すっかり忘れてたよ」

「上京って久々に聞きましたよ。なんだかすごく田舎から出てきたみたい」

「だってあの頃は新潟まで新幹線も通ってなかっただろ」

「もう。私が高校を卒業する時には開通してましたよ。私は新幹線で来たんですから」頰を膨らませ、「新幹線が通ったって全然田舎ですけどね」と続けた。

「ライブは明日だから、彩薫ちゃん、準備の最終段階に入っているかな。それとももう万全かな」

「昨日も遅くまでやってたみたい。ライブの仕事ができるなんてあの子が羨ましいわ。私もあの子くらいの歳で治郎さんと知り合いたかったな」

「知り合ってたじゃないか」そう答えてから「あの頃に頼まれてもなにもできなかったけどね。将来のことなどなにも考えてないぐうたらな学生だったから」と苦笑いを浮かべる。

「そんなことないでしょ。治郎さんは音楽業界に行きたいと思って、その通りにライター、評論家として成功したわけだし」

それは単なる偶然であって、自分の足で歩いた自覚はない。照れくさくなり「彩薫ちゃんのためにも、今回のライブは無事にやってくれるといいけどね」と話を戻した。

「今は体調はいいみたいだけど」

優子の顔を見た。保と会ったのかと思ったが、「刑事さんに言われたんですよ」と否定するように言葉を継ぎ足した。別に会ってもいいのに。喉元まで出たがすぐに嚥下《えんげ》する。

会話が止まり、場が急にしんみりした。優子はまだ治郎を見ていた。

「ここまで彩薫が育ったのも治郎さんが認知を頼んでくれたからよ。父親が分からないまま育ったら、彩薫は屈折していたと思う。ただでさえ、あの子は気が強くて、自分が納得できないと私の言うことなんて聞かなかったから」

「ベルの母親から、ちゃんと相続権を得られるようにすればよかったんだけど」

「それは私が必要ないって最初に言ったことだから」

そう言われたが、治郎は鈴村の遺産も出させるつもりで沖縄まで行った。苛立たしげに出てきたサミーは、そんなことを言い出せばすべてを拒否するという意思を全身に滲ませ、認知を求めた治郎に「それ以外の要求はないですね」と念を押した。この女を殺してやりたいと憎んだベルの気持ちが分かった。同じようなことを保もどこかで聞いたのだろう。だから治郎の知らない二人だけの場所で『サミー・ハズ・ダイド・スティリー』が生まれた。

「優子ちゃんにもいろいろしてもらって。去年送ってくれた新潟の地酒は最高だったよ」

酒だけではない。夏と暮れには必ず贈り物をしてくれる。彩薫と旅行に行けば、現地から土産を送ってくれ、そのたびに治郎は礼の電話を入れた。それが優子と続く数少ない交流であり、そういう時しか直接話をする機会はなかった。

「だけど今回のことは申し訳ない。優子ちゃんにもう二度とやらないと約束したのに、また手を出したのだから」

自分から口にして頭を下げた。

「やったことは仕方ないわ。もう繰り返さなければ」

前回と同じことを言われた。

「今回はさすがに自由の身になるのは難しそうだ。余計なこともしてしまったし」

保に大麻を送ったことを優子も聞いているだろう。説明はしなかったが、優子はそれについて非難してくることはなかった。

「もう俺とは会えなくなるから、だから最後にこうして会ってくれたのかな」

「最後って、そんな長くかかるわけではないでしょ」

会えなくなるわけではないと苦笑いで否定したが、治郎には、二度と会わないつもりでいるように聞こえた。

「治郎さんへの感謝は一生忘れないわ」

網膜に焼き付けるように自分のマドンナを凝視した。柔らかい瞳で見返され、改めて自分はこの女性に惚れ抜いたのだと実感する。恋心を抱いたのは保やベルが知り合うずっと前、大学時代から優子に一途《いちず》だった。ただ彼女の存在が頭からひとときも離れなくなったのは、彼女が保と付き合うようになってからだ。あの保がただ一人惚れた女性、そのことで余計に心が揺り動かされたのはベルも同じではないか。だからベルも執着した。

「こうして会ってくれただけでも感謝してるよ。優子ちゃんも仕事で忙しいだろうけど、無理しないで。彩薫ちゃんがこれからどんな活躍をしてくれるのか、楽しみにしてる」

二人きりであまり長くはいたくないだろうと、治郎は去ることにした。優子の眉間の皺が急に深くなり、まとう空気まで一変したように感じた。

「じゃあ」

腰を上げかけたところで、「治郎さん」と呼ばれた。

「あの時は、治郎さんは悪くないと言ったけど、こういうことが起きてしまったからには、あの時言ったことは間違いだった気がするの」

「だけどもう遅いよ。俺は二回もやってしまったんだから」

「遅くはないわ。まだこれからも治郎さんの人生はある。このままだと、また同じ過ちを繰り返してしまうわ」

優子の声に治郎の体は硬直した。

「お願い、自首して」

恐れていた言葉がついに出た。いつ言われるのかと思い悩み、ずっと怯えていたのだ。ようやく心の揺れが収まり、ゆっくりと顔を上げる。優子の目は潤んでいた。

「ずっと考えてたの。なぜあの時、あんな嘘を一緒についてしまったのかって。保さんも後悔しているわ」

「保が……」

「過ちは償わないことには救われないのよ」

治郎は、その時になって初めて分かった。

俺は救われたのではなかった。むしろ逆だったのだと。

5

「立ち見になりますけど、こちらでご覧いただけますか」

開演五分前に村木に案内されたのはアリーナ席の、ステージに向かって左端の通路だった。よくて二階の後方だと思っていたが、立ち見とはいえ、思いがけない絶好の場所だ。ここなら背後のスクリーンを通さなくても木宮の表情まで見ることができる。

「本来でしたら関係者席をご用意したかったんですけど、キャンセルがなくて、ごめんなさい」村木からは詫びられ、首からぶら下げる関係者パスを渡された。

「とんでもないです。村木さんたちはどちらで観られるんですか」

「私も彩薫ちゃんとここで観ますよ」

寺田彩薫は伴たちの後方に、少し離れて立っていた。彩薫は自分たちが準備した追加公演がまもなく開演するというのに硬い表情をしていた。話せる機会があれば「いないより、いてくれた方が、娘さんは寂しくない」「それは子供のことを本当に思ってくれてる親だったら、という条件でですけど」という言葉の真意を確認したかったが、そんな話は持ち出せないほど、彼女は人を寄せ付けないオーラのようなものを発していた。

海外ミュージシャンのサウンドエフェクト（ＳＥ）が流れる会場は以前より間隔をあけて、すでに三階席まで客が入っている。灯りのないステージ上に、バックバンドのギター、ベース、キーボード、ドラムが置いてあるのがうっすら見える。

「本当に終了後に楽屋に乗り込む気ですか？」

表情を曇らせて渡真利が耳打ちしてきた。

「そのつもりです。ここでやらなきゃ、渡真利さんの出張が無駄になってしまいますし」

「そうですけど、無断で行くとあの人の厚意をふいにすることになりませんか」

後目《しりめ》で村木を見る。お客さまに刑事と分からないようにと注意を受けたが、それは演者に対しても同じだ。もらったこのパスを使い、関係者以外立入禁止の通路を通って楽屋に行けば、村木は激怒するだろう。

渡真利を安心させるため「こういうライブでは招待客もたくさんいて、終演後に楽屋挨拶に行くんです。だから僕らだけじゃないですから」と言っておく。

「伴さんは楽屋挨拶なんてしたことあるんですか」

「ないですよ。アーティストに知り合いなんていませんし」

「それに僕らは木宮に招かれたわけではないんですよ」

「ハハッ、そうでしたね」

笑って頭を掻いた。それでも北村管理官に捜査継続の嘆願をした時点で、伴は木宮に接触するにはこのライブしかないと思っていた。

木宮に彩薫が彼の娘ではないのか問う。そしてシングルカットされた曲はすべてその頃の彩薫を歌ったものではないのか、そこまで問い詰めるつもりでいる。村木がいても構わないが、彩薫にはいてほしくない。

観客席のライトが消え、ＳＥが止んだ。いよいよ開演だ。息を呑む。まずバンド、バイオリン奏者、コーラスを含めたサポートメンバーが入ってきた。手を堂々と振る者もいれば静かに歩く者もいる。三十秒ほど置いて木宮保が登場した。声が上がり、客席は総立ちになった。木宮は黒いTシャツに深緑の綿パン、スニーカーというラフな格好だった。はにかみながら、アリーナに向かって軽く手を上げた。歓声はさらに膨らんでいく。

木宮がステージの真ん中より少し右側の椅子に着席すると、スタッフがメイプルのアコースティックギターを持ってきた。ストラップを肩にかけて少しチューニングする。歓喜していた客も、誰が指示したわけでもなく椅子に腰かけ、静かに始まる時を待っている。

木宮が背後のメンバーに目配せして、イントロを弾き始めた。ピックを使う木宮にしては珍しい指弾きだ。

朝の陽が眩しい　頬を動かす優しいさえずり
そよ風に体をくねらすリトルダンス

少しざらついた声で『リトルバード』を歌いだした。伴はここに来るまでに木宮の熱心なファンブログで確認してきたが、今回の全国ツアーではすべての会場でこのソロデビュー曲からスタートしていた。サビでは奥行きのある声で、言葉を包み込むようにして歌う。ムービングライトもレーザーもない静かなステージだが、観客は一曲目から完全に心を摑まれていた。

二曲目からはピックを持ち、椅子から立って『言葉探しのポエトリー』『レインパーティー』と続ける。やはり木宮にはピック弾きが似合う。バックバンド、コーラスが入るが、耳の中には木宮のギターの鳴りと、響きのある声だけが染み渡る。そこでふと思いが巡り、ズボンのポケットに入れたプリント用紙を出した。

「どうしたんですか、伴さん」

隣に立っていた渡真利に小声で訊かれる。

「これまでのライブとは構成が違うんです。これまでも二曲目は言葉探しのポエトリーでしたけど、三曲目はカラー&フレグランスでした」

「いろんなパターンがあるんじゃないですか」

三曲目の『レインパーティー』が終わるとステージが暗転した。木宮にだけスポットライトが落ち、彼はペットボトルに差し込んだストローで水を飲んだ。

「なんか疲れたな」

木宮がポツリと呟く。

「疲れてんのは俺だけか？　まだ始まったばかりなのに」

客席から笑い声が漏れた。

「本当はこのツアーは去年やるつもりだったんだよ。だけど去年は俺もみんなもライブどころじゃなかったもんな。それで企画会社からは去年の分も入れて、２ＤＡＹＳでどうですかと言われたけど、おいおい勘弁してくれ、一カ所ワンステージでも俺の体力じゃギリギリだよと、許してもらったんだ。それでも俺は昔からずっと好きなことだけをやらせてもらって生きてきたからね。周りにいっぱい迷惑かけて、こんぐらいで音を上げてちゃダメだよな」

そこでまた水を飲んだ。メアリー時代と比べてＭＣが巧くなった。ところが一分も話さないうちに「みんなの顔を見てたら元気が出てきたから、次やっちまおうか。じゃあ、ペインテッドカラー、いくぜぇ」と合図し、背後のドラマーがスティックでカウントを出した。アップテンポのイントロが始まった。

五曲目はさらにポップな曲調の『タンポポ』だった。五枚目のシングルで、六歳の彩薫を歌った曲である。その時には伴が抱いた予感は確信に変わっていた。

「渡真利さん、今日の曲の構成、シングルがリリースされた順番になっていますよ」

「それって、つまり？」

「そうです。彼女の成長通りの曲構成です」

気づかれないように背後に目を向けた。隣の村木は零れそうな笑顔で、歌に合わせて口を動かしているのに、彩薫は左手で右の二の腕を抱えるようにして口を固く結んでいる。

ぎゅうぎゅうに詰めた青いバッグ　背中にしょったら笑顔が零れた
ハンカチ持って　黄色の帽子を被ってさぁ出かけよう

バックコーラスの女性が「オゥ」と手を上げたのに合わせて、観客もノリノリで右手を突き上げる。青いバッグ――青いランドセルを背負った彩薫を、遠くから眺めているのを想像して、木宮はこの曲を書いた。父親になった今だからこそ、伴は彼の気持ちが分かる。

その後も『スナハマ』『スノーティアラ』『12の季節』『よろこびの鐘』『カラー&フレグランス』『ワンフレーズ』とリリース順に歌った。途中にいくつかシングルカットされなかった曲も挿んでいるが、歌詞の内容が《枕元に届いたおはようのメール　眠たいまぶたを擦って必死に漢字変換》《大人色したカクテル　もちろん中身はノンアルコール　波打ち際でざわつく渚のロマンティコ》など思春期であろう彩薫の年齢と一致した。アルバムの中でもあえて彩薫を歌った曲を選んだように思えた。

木宮は途中で二回、MCを挿んだが、いずれも水分補給が目的で、あまり長話をせずに歌い続けた。とても癌を患っているとは思えない。癌の一つは咽頭部にあるのに、声に変化もない。むしろメアリーでは使わなかったファルセットを織り交ぜて、巧みな表現で歌っている。

ここまでで十七曲、他の会場は十八曲だったから、残すは一曲か。

おめでとう　写真に向かって予行練習
きれいになったねこれ　俺のセリフじゃないな
スマホで届く距離なのに　アドレス帳の一番上から名前を消す

訴えかけるように、最新シングルの『ｍｅｍｏｒｙ』を歌いだす。

盛り上がる曲とバラードが交互になったり、セットリストの構成はけっしていいとはいえないが、観客は木宮が紡ぎ出す世界に引き込まれている。

伴も知らず知らずのうちに聴き入っていた。俺はどこまで木宮保の歌が好きなんだ。このあと、彼を追い込むという大きな仕事が控えているというのに。

歌が終わると、観客が立ち上がった。「木宮さ〜ん」女性だけでなく、男性からも声援が飛ぶ。木宮が立ち上がるとスタッフがすぐにギターを取りにきた。スタッフが捌《は》けると、木宮は観客の声援に応えながらサポートメンバーとともに袖に引き上げた。

　ほどなくアンコールがかかる。横浜シーアリーナは広いため、観客の声がまばらで揃わない。それでもみんな声を止めず、コールはいっそう大きくなっていく。客たちはもっと聴きたいのだ。それは伴も同じだった。

「終わりでしょうね」隣から声がした。

「渡真利さんは、どうしてそう思うんですか」

「だって体調が……」

　藤田治郎も話していたが、伴が確認したファンブログでは、名古屋公演はアンコールをやっていなかった。今回の全国ツアーでアンコールに応じた会場もあったが、元々、木宮がアンコールをやる確率は半々で、やらなくても不思議はない。

「出てくるはずですよ」

「どうして伴さんはそう思うのですか」

　伴はそっと後ろを振り返った。寺田彩薫は相変わらず片腕を押さえている。

　ステージ上の木宮は時々目を閉じることもあったが、それでも大半は目を見開き、強い視線を会場に向けていた。しかし一度も伴たちが立つアリーナの左端には顔を向けなかった。木宮が伴を見ることはない。だが背後の彩薫を探してもいい。自分の歌を彼女がどう思って聴いているのか、絶対に気になっているはずだ。

　アンコールがなければ灯るはずの会場のライトは、なかなかつかなかった。ファンもアンコールがあることが分かってきて、まばらだったコールが次第にまとまってきた。五分以上かかり、ステージが明るくなるのと同時に木宮を先頭にメンバーがステージに戻ってきた。拍手の渦が会場を包み込む。

なにを歌う気なのか。ファンブログではアンコールは『ペインテッドカラー』か『タンポポ』だったが、いずれも演奏してしまっている。アルペジオで聴き覚えのあるイントロだった。伴は二十二年前、十七歳だった自分に戻った。

出会った時の感動なんて薄っぺら　あの時は好きだという感情しかなかったのだから

二十二年前に横浜公演のアンコールで聴いた『ラスティングソング』。そのアコースティックヴァージョンだ。

花を見にいこうねと約束した時は　いつも咲く前だった
やっと行けるねと仲直りした時は　いつも花は散っていた
褒め言葉で着飾って　気づかれないよう憎しみを引き出しに隠す

メアリーとは違う静かなギター。
だが鼻にかかったけだるい歌い方はメアリーの頃と同じだった。そしてオリジナルと同じように二番の頭サビからは、ずっとギターが鳴りっぱなしだった。

歌だけが繰り返し流れる……

静かにそう歌い上げる。それでもギターは鳴り止まない。マイクから口を離し、エンディングソロが始まった。

これはメアリーの、鈴村竜之介のギターソロだ。木宮はアコギ一本で、鈴村のソロを再現しているのだ。伴には、木宮とは反対側のステージの下手《しもて》でギターを弾く鈴村竜之介の幻影が見えた。

ゆうに六分はかかった長い曲が終わると、大きな拍手が湧き、観客は総立ちになっていた。木宮は水を一口飲んだだけで、今度は立ち上がって次の曲を弾き始めた。激しいカッティング。これも何度も聴いた曲だ。

鈍色の空　降り出した雨
息苦しい校舎　飛び出した子猫
細い足を捕まえ　責める卑怯ものたち
体を濡らしたきみは　まなじりを吊り上げて睨んだ
ファイトバック　背後に閃光
ファイトバック　権威への抵抗
無言のきみの反乱に　仲間たちが立ち上がる

当たり前のきょうが　あしたは普通に来るように

激しいピッキングでエッジを立たせて演奏する。なぜこの曲を。木宮がソロになってファイトバックを演奏したとは聞いたことがない。あっと思わず背後を振り向いた。

——私、反抗期が長かったんです。大人からあれやれ、これやれと押し付けられるのが大嫌いだったんで。

彩薫の声が耳で反響した。彼女は腕を押さえたままだったが、それまでとは違った真剣な表情で、ステージを見入っている。

当たり前のきょうが　あしたは普通に来るように

木宮はフェードアウトしながら歌い終えた。

ファンは木宮がアンコールで二曲も歌ったことに感激し、会場は興奮のるつぼとなった。スタンディングオベーションの中、サポートメンバーは手を上げながら引き上げる。今度こそ終わりだろう。しかし木宮だけはその場から動かず、スタンドマイクに口を近づけた。

「予定調和のアンコールは嫌いな俺が二曲もやっちゃったよ。前のライブを、すっぽかした詫びだ。この中で前回も来ようとしてた人、どれくらいいる？」

客席に尋ねると結構な人が手を挙げた。

「だったら少しは罪滅ぼしができたかな。今のファイトバック、言うまでもなく俺が世話になったメアリーの曲だ。ソロになってステージでやったのは今日が初めてだよ」

観客たちがどよめき、拍手が起きる。木宮は一度も顔を向けていないが、それは間違いなく彩薫へのメッセージだ。

木宮はギターを抱えたまま、静かにしてくれと手で抑える仕草をした。

「実は俺は体調を崩してて、このライブ後に治療に入る。元気に戻ってくるつもりだけど、自分の納得がいくように歌えるかは分からない。病名は、まっ、隠したところで、じきバレるだろうから言っとくよ、肺癌だ、喉にも転移が見つかった」

水を打ったように客席が静まり返った。

「嘘でしょ」最初に発したのは、伴たちの近くの席の女性だった。「どうして?」「帰ってきてくれよ」男女問わず、励ましの声が方々から続く。

「まさかここで発表するとは」

渡真利も驚いていた。突然の告白に伴は振り向いた。ファンと一緒に口をぽかんと開けて立ち竦んでいる村木、その隣で彩薫もステージに視線が釘付けになって固まっている。

「必ず帰ってきてくださいね〜」「病気に負けないで〜」「頑張れ、保!」「癌なんてやっつけろ」励ましの声が止まない。木宮は目尻にたくさんの細かい皺を寄せた。

「癌なんて今時二人に一人がなる時代だぜ。必ずサバイバーとして戻ってくるから、湿っぽい話はこれでおしまい。応援してくれたみんなのために、もう一曲やるぞ〜」

木宮は叫んだが、すぐに歓喜の声が上がることはなかった。たった今、癌で闘病生活に入ると聞かされたばかりなのだ。木宮は「おいおい、しけた顔しないで盛り上げてくれよ」と手でファンを煽る。ファンもやっと手拍子し始め、それがうねりをあげるように会場を飲み込んでいく。椅子に座った木宮が手でマイクの位置を調整すると、潮が引いていくように客席は沈黙した。

「次は俺がこの世で一番尊敬する男が作った曲に、俺が詞をつけた。ある事情でお蔵入りになったけど、今回やることにしたよ。初めてだからどうなるか分からないけど、下手っぴだったらみんなで腹を抱えて笑ってくれ。ギター一本でやるから、座って楽にして聴いてくれよ」

そう言うと椅子に腰掛けたまま、タイトルも言わずにイントロを弾き始めた。

ミディアムテンポの耳に心地いい旋律だった。木宮は柔和な表情でマイクに口を寄せる。

おまえに最初に伝えたい　大地に息吹が芽生えたストーリー
思い通りにいかなくて　激しく暴れる俺の
心の傷は　いつしか消えている
朝から出てくる友達の話　分かった振りして合わせてく
神様がくれたひとしずくの命
ギターが奏でる俺の便りが　風に乗っておまえに届いた

一番を終えたところで、渡真利が「あの曲ですね」と言った。

「そうですね」

伴はそう返事をするのがやっとだった。『ツブ』というメアリー最後の未発表曲。シンプルだけど耳に残るメロディ。歌詞も素晴らしい。情景が浮かんだ。

だが間奏を聴きながら一番の歌詞を頭の中で整理すると、違和感を覚えた。

「鈴村の子だったんですかね」

渡真利の耳元で呟いた。

「私にもそう聞こえました。我々の考え過ぎだったんでしょうか」

歌い出しの《おまえに最初に伝えたい》は、自分の子供ができたことを鈴村が木宮に連絡したという意味なのだろう。鈴村が幼少時代に負った《激しく暴れる心の傷》が、《ひとしずくの命》が生まれたことで癒やされていく。《朝から出てくる友達の話　分かった振りして合わせてく》は子が父に、自分の友達について話す姿だ。一つ屋根の下で暮らす情景を、鈴村がギターを奏でながら木宮に報告している。

長めの間奏を終え、木宮は一度だけ、伴たちが立つアリーナの左側を見た。だがそれは一瞬で、すぐに二番を歌い始めた。

おまえが笑顔で伝えてきた　新たな命が生まれたメッセージ
くだらない歌詞しか浮かばなくて　自分が嫌になる俺に
人を信じる大切さを教えてくれた
朝から始まるいつもの親子喧嘩　ごめんの言葉はなくても心は通じてる
おまえのツブはこんなに育ったぞ
ギターが奏でるおまえの便りが　雨音の隙間から俺に届いた

最後はセブンスコードにテンションノートをつけて静かに弾き終えた。「初めてだからどうなるか分からない」「下手っぴだったらみんなで腹を抱えて笑ってくれ」と言ったが、そう感じる者など一人もいるはずがなかった。それくらい短い曲の中に家族愛と友情が含まれていた。

四人の映像が浮かんだ。鈴村家族と木宮と、いや家族というなら木宮なのか。ただ、彼は自分をその家族の枠の外側に置いた。

「やっぱり木宮の子だったんですね。二番を聴いて分かりました」渡真利が囁く。

「渡真利さん、これサミー・ハズ・ダイド・スティリーと同じですね。あの歌は一番が木宮の母親の死を哀しむ歌で、二番が鈴村の母親への憎しみの歌、このツブは一番が鈴村で二番が木宮と、順番が逆ですけど」

「あっ、本当だ」

一番は《おまえに最初に伝えたい》と鈴村が話していたのが、二番では《おまえが笑顔で伝えてきた》と視点を木宮に置き換えている。そして二番の《おまえのツブはこんなに育ったぞ……おまえの便りが……俺に届いた》という最後のフレーズ。寺田優子の体に宿した小さなツブを身近で見守った鈴村の報告を、実父である木宮が聞いている。二人の中に生じた約束のようなものが、この歌からは聞こえてきた。

観客は再び総立ちになった。「ありがとう、木宮さん」「保、頑張れよ」「また今の歌を聴かせてくれ」歓声はクレッシェンドしていく。

それより伴は彩薫のことが気になった。振り返ると彩薫は、二の腕を押さえていた左手を下ろしていた。ステージに視線を固定させ、まだ表情は硬い。似ていると思った。木宮保から受け継いだ強い目力。そう感じたところで、彩薫の瞳が揺れ、涙で滲んでいく。この歌で本当の父親に気づいたのか。いや、彼女ならもっと早く気づいていたのかもしれない。ただ実父なのに冷たいと思っていたのが、この曲で事情を知り、彼女は木宮に心を開いたのか。

「渡真利さん、行きましょうか」

「は、はい」

ギターをスタッフに渡し、客席に両手を振っている木宮を確認してから、伴は楽屋への通路に向かおうとする。そこにハンカチを目に当てた村木が近づいてきた。

「刑事さん」

見破られた。そう思った伴は、「渡真利さん、さぁ、早く」と身構えた渡真利の腕を引っ張り前に進もうとする。止められようが強行突破するつもりでいた。だが聞こえた村木の言葉に足が止まった。

「ライブ前に木宮さんから伝えられました。会場に刑事さんが来ているなら、終わったら楽屋に呼んでほしいと」

6

《二〇〇二年六月十八日、昼飯を取らずに三時過ぎまで部屋で『オール・アバウト・ザ・ベスト・バンド（メアリー・ルポルタージュ１９８４〜）』の執筆をしていた私は、一息入れてテレビをつけた。日韓W杯の決勝トーナメント一回戦、日本―トルコ戦。細かい雨が降る中を、両チームの選手が登場してきた。

その日は筆があまり乗らなかった。この滞在中に、酔った比嘉高雄とジョニー笹森が「ベルさん、恵理菜の時も俺の前でやっていいと言ってたんだよな。あの時は怯んだけど、優子だったらできそうだよ」と話していたのがずっと耳に残って消えなかったからだ。優子を連れてきたベルは、片時もそばを離れずに気を配っていた。空港に送る時にはお腹の子も案じていた。だが恵理菜にだって最初は紳士だった。またサディスティックな本性を現し、優子を苦しめる。そうならないようベルと一度話しておかないといけない。

テレビでは国歌斉唱を終えた両チームがピッチに散った。雨合羽を着たサポーターが大声援を送る。

私はサッカーを観る気にはなれず、リモコンを手にした。ちょうどキックオフの笛が聞こえたところで、電源を切った。

廊下に出て、前日まで優子も宿泊していた五〇一号室に向かう。部屋はドアストッパーで支えて半開きになっていた。高台にあるこのホテルは、海から気持ちいい風が森に向かって通り抜けるため、こうしておくとエアコンがなくても快適に過ごせる。チャイムを押すが返事はない。またコカインをやっているのか？　コカインもやめろ、二度と池之内に連絡するな。続ければいつか警察に捕まり、優子を悲しませるぞ。それも忠告しようと中に入った。

部屋にはいなかったが、バスルームのドアが開いていた。入浴中か。カーテンがかかっていてガラス張りの向こうは見えない。

湯気が立つバスルームに「ベル、いるんだろ」と声をかける。バスルームに足を踏み入れると、ベルはヘッドホンをして浴槽に浸かり、グラスに口をつけていた。床に空になったワイルドターキーが転がっていた。

「おお、治郎、やっと来たか。おまえと話がしたかったんだよ」

まるで私が来るのを待っていたかのように、ベルは片手でヘッドホンを外した。二重の瞼が落ちかけ、目が腫れている。相当飲んでいるようだったが、ラリっている様子ではなかった。

「なに聴いてんだよ？」

ベルはロックに限らず、日本人のヒップホップなども聴き、つねに新しい音楽を追求していた。

「この前、聴かせた俺たちの新曲だよ」

ベルは気持ちよさそうに体を揺らした。

「完成したのか」

「詞はまだだ。だけど保はもうすぐ完成すると言ってた」

二人がそのような会話をいつ、どこでしていたのか、私には想像がつかなかった。ただその程度なら電話でだってできるだろう。

「あいつも今回は悩まずに作れたみたいだ。なにせ保の子供の歌なんだからな」

そう言われた瞬間、私は耳鳴りがしたように、この男の言葉が聞き取れなかった。

「おい、今、なんて言った？」

「保の子供の歌だと言ったんだよ」

「優子が妊娠してる子って、保の子なのか？　保の子を妊娠してるのに、おまえは優子と一緒になる気なのか」

「ああ、結婚するつもりだ。どうだ、すげえサプライズだろ。また治郎を驚かせたいと思って、俺はずっとこのチャンスを待ってたんだよ」

私にはなにを言っているのか意味不明だった。この男なら優子の腹の中に保の子供がいるなんて、絶対に許さない、無理矢理病院に連れていってでも堕胎させる。それなのにベルの表情は緩んだままでいる。

「俺がゲスト出演したライブに偶然来て、次に会った時、優子から聞かされたんだ。保さんの子供を妊娠している、一度、流産したので、シングルマザーになってでも産むつもりだって。優子は、俺とは付き合えないという意味でそう話したみたいだけどな」

ますます頭が混乱する、次第にこの男にからかわれていると感じるようになった。

「悪い冗談はやめろ。最初は断るつもりだったにしても、優子は結局、おまえと付き合ったんじゃないか。おまえのことが好きになったんだろ？　おまえの子の可能性だってあるじゃないか」

優子が保と別れたのは二カ月前、その少し前にベルがライブで見つけて口説いたと聞いた。ベルのことだから付き合ってすぐに関係を持ったはずだ。

そう言ったところでベルは「俺の子供では絶対にない」と言い張る。

「なぜ違うと言える。生まれてくるまで誰の子かなんて分からないだろうが」

「俺は無精子症なんだよ」

「えっ」

「恵理菜と結婚してる時、こんな夫婦だけど、子供でもできたら、お互いもう少し優しくなれるだろうと子作りしたんだ。なかなかできないから病院で調べたら、医者から旦那さんに問題がありますと言われたよ。どうりで昔から、妊娠させなかったはずだよな」

苦笑を浮かべ、垂れてきた前髪を後ろに搔き上げた。

「それに俺と優子は付き合ったわけじゃない」

「付き合ってるから、連れてきたんだろ」

「東京に戻ったら、籍を入れる。だけど俺が言ってるのは、優子が俺のことを本当に好きかどうかということだ。俺だってそれくらい分かってるさ。だから子供の話を聞いてからは、俺は優子と付き合いたいのではなく、お腹の子の父親になりたい、ならせてほしいって頼んだんだ。俺は親に放っておかれて育ったし、保もひとり親で、母ちゃんが仕事している間、寂しい気持ちで過ごした。優子の子供にまで、同じ思いをさせたくねえだろ」

なにを聞かされようが私の頭は整理がつかなかった。そんなたわけた言い草に騙されてたまるか。

「おまえ、自分に子供ができないから、保の子の父親になろうとしているのか」

それではベルの復讐相手が増えるに過ぎない。ところがベルから思わぬことを言われる。

「保の子でなかったら、父親になりたいなんて思わなかったよ。保は俺の人生で唯一、敵わなかったヤツだからな」

今度こそ幻聴かと思った。耳の中でノイズが騒ぐ。

「いつからそんなこと思ってたんだよ」

「最初からさ。だから俺はあいつにバンドに入れてくれと頼んだわけだし」

保の『スピルバーグ』にベルが加入したのは事実だが、ベルに頼んだという謙虚さは見られなかった。自分の思い通りに振る舞い、好き勝手をして、メンバーをバラバラにした。しかしずっと抱いてきた疑問のいくつかが解消された。あれだけ自分の音楽性にこだわりを持ち、バンドに命を賭けていたベルの私生活が乱れ始めたのは、保が詞を作り出し、次々とヒット曲を編み出すようになってからだ。保の才能は、この男が誰よりも認めていた。それこそ嫉妬するくらいに。

「このこと、保は知ってるのか？」

「もちろんさ。優子から保さんが許してくれるならと言われたので、すぐに連絡して二人で会ったよ。二人で話したのなんて何年振りかだな。その場で、おまえの子の父親にならせてくれと頼んだ」

「保はなんて言った？」

「喜んでたよ」

「嘘つくな」

私は叫んだ。そんな関係ではないだろ。そのような仲なら、間に入った私がここまで煩わされることもなかった。

「治郎に嘘をついてどうすんだよ。保は詞ができないことで優子にきつく当たったと悔やんでた。自分が優子に愛想を尽かされたと思ってたようだけど、俺が『優子は保の子供が欲しくて一人で育てるつもりだったんだ』と話すと、ますます優子に申し訳ない気になったみたいだ」

「だったら責任とって、保が優子と結婚すればいいじゃないか」

「優子がそれは嫌だと言うんだ。別れたのに子供を理由によりを戻すのは、子供にとっても幸せではないって」

優子は保にベタ惚れだったのだ。それが本心であるはずがない。保の子供なのであれば、尚《なお》更《さら》、保と育てたいに決まっている。

「保はおまえが父親になることには、なんて言ってたんだよ」

「俺がどうしてもなりたい、ならせてくれと言うと、保はこう言ったよ。ベルの気持ちを聞いてから、俺が親だと主張するのは卑怯だな。本気で優子と子供を幸せにしてくれるというのなら、ベルに頼むのが一番だ」

「卑怯って、違うだろ。優子は保に戻ってきてほしくて、それで保に確認してくれと言ったんだろ?」

「そんなことはない。優子は苦しみながらも保への思いを断ったんだ。だから俺が父親になることを受け入れてくれたんだ」

「違うだろ。本音はそうじゃないだろ」

もはや抑えが利かないほど、私の体は震えていた。表情も相当に険しくなっていたはずだ。しかしベルにはなにも伝わっていないのか、グラスを傾けてウイスキーを飲み干した。ベルは焦点が定まらないような目で気楽に続けた。

「まっ、そういうことなんで、治郎、今後ともよろしく頼むよ。俺はこれからはメアリーに専念して、いい曲を作ってギターを弾く。保も俺が作った曲に最高の詞を乗せてくれるはずだ。子供が生まれることで、これまで詞作りに苦しんでいたあいつを解放してやれるかもしれない」

もう聞いていられなかった。

「おまえら散々、俺に迷惑をかけてきたくせに。俺がおまえたちのためにどれだけ尽くしてきたか、おまえら、分かってるのか」

苦労を認めてほしいわけではなかった。私を介してしか分かり合うことができなかったはずの二人が、私なしでこんなにも深く通じ合っていたことに、正常でいられないほど心が乱されたのだ。ただの妬みだったのかもしれないが、その時の感情は憎悪に近かった。

「どうしてそんなに怒んだよ。俺は治郎が祝福してくれると思って話したんだぞ」

「どうして祝福するんだ。急にこんな突拍子もない話を聞かされて……もういい、おまえら勝手にしろ」

「そう突き放しておいても、俺たちになにかあった時は助けてくれるんだろ？　治郎だってメアリーのメンバーだものな」

「なにがメンバーだ。大事な時は蚊帳《かや》の外に置くくせに」

腹に力を入れて大声で感情をぶつけたが、かなり酔っているのか、ベルは空になったグラスを床に置き、浴槽の縁に両手を乗せてゆったりと後ろにもたれかかった。

「治郎、俺はすごく感謝してんだよ。俺は少しばかり金持ちの家に生まれたけど、実際は孤児みたいに育った。そんな俺に初めてできた仲間が保、サダ坊、味本の三人と、治郎、おまえだよ。おまえたち四人は、孤独だった俺を家族のように迎えてくれた。とくに治郎には世話をかけたよな。俺たちが危なくなると必ず助けてくれたのが治郎だった」

「それは過去のことだ。金輪際、俺はおまえらには関わらない」

「そう言うなって、治郎。これからもおまえたちのことは任せろと言ってくれよ」

甘え声で、縁に置く両手を私に向かって伸ばした。ベルと保だけでなく、まさか優子と生まれてくる子供の面倒まで見ろと言ってるんじゃないだろうな。呆れて言葉を失ったが、ベルは赤みを帯びた顔で、私の反応など気にすることなく話し続ける。

「関わらないと言いながらも、治郎なら絶対に助けてくれるさ」

「二度と関与しないと言ってんだろ」

「そんなことはない。俺には分かってるから」

そう告げると、ベルは浴槽の中に入れていた足を出し、緩んだ目のまま、顎から沈むように湯の中に潜っていく。また、くだらねえ真似しやがって。私は相手にしなかった。目も浸り、髪の毛も消え、伸ばした二本の足以外はすべてが湯の中へと消えた。

「おい、ふざけるのもいい加減にしろよ」

私は近づかなかった。近づけば浮かび上がってくるに違いない。

湯面に泡が浮いていた。やはり、そうだ。中で呼吸していやがる。ところがその泡が途中から消えた。私は動悸が止まらなくなり、浴槽に駆け寄り、湯に広がったベルの髪の毛を引っ張りあげようとした。

刹那、湯の中から飛び出てきた手がバスタブの縁を握り、ベルの頭が浮き上がった。

豪快に口から湯を吐き、ベルは顔にかかった髪を両手で後ろに撫で付ける。

「ほら、やっぱり助けにきてくれたじゃねえか」

無邪気に笑い、両手を伸ばし私の太腿を抱えた。その時に私の心に微かに残っていた理性の糸がプツリと切れ、胸の中で業火が広がった。

「ふざけるな」

両手でベルの頭を湯の中へと押す。

「怒るなよ、治郎」まだ笑っている。

「調子のいいことばかり言いやがって、なにが絶対に助けてくれるだ。俺はおまえらの面倒を見るために生きてんじゃねえぞ」

体重を思い切りかけると、笑ったままベルは潜っていく。

目や髪が沈んでも、力を抜かなかった。せめて抵抗でもされたら冷静になれたが、手さえ湯から出さないことに、侮辱されたと私の頭は沸騰した。

俺は好きな女を二度も奪《と》られたのに、バンドを一番に考えて堪えたのだ。それがどれだけ苦しいものだったか、おまえらは知っていたのか。おまえらはそういう都合の悪い時になると、俺の存在を忘れていたんだろう。それとも治郎ならなにをされても大丈夫だと甘く見てたのか。だからまた驚かせたいなんてふざけた冗談が言えたのだ。なにが家族のように迎えてくれた、だ。なにが治郎だってメアリーのメンバー、だ。自分たちの人生に引きずり込んで、面倒なことを押しつけてきただけじゃねえか。俺のことを使用人のように思っていたくせに。

思えば、目黒の自宅に優子を呼んだ時に、いいや、最初に優子と楽屋で二人きりになった時に、無理矢理でも優子を奪っていればよかったのだ。そうすれば優子が保の子供を宿すことはなかった。それをこの男ときたら、優子に保が好きだと言われただけで、意気地もなく身を引いた。

いつしか怒りは保に飛び火した。俺が優子に気があったことを保は気づいていた。それなのに「ベルに頼むのが一番」だと。その役目こそ俺じゃないのか。保と優子の子なら、喜んで面倒をみた。なぜ俺ではない。なぜ俺じゃダメなんだ。いつもそうだ。こうやってこいつらは俺を疎外し、俺が離れようとすると、無限の悲苦《ひく》へと引き戻す。

おまえら、おまえら、と何度も叫び続け、私の両腕の力が緩むことはなかった。

ふと我に返った時には、湯面から泡は消えていた。

慌てて手を離す。さっきは自分から水面に顔を出したベルがまったく浮かんでこない。

「おい、ベル、ベル」

深く両手を潜り込ませ、ベルの両脇を挟んで力ずくで引っ張りあげた。水分を含んだ体は鉛のように重かった。ようやく口まで出た。顔は青白く変化し、白目を剥いている。

「大丈夫か、ベル、ベル」

浴槽にもたれかけさせ、体を揺するが、反応がない。

「ベル、ベル」

「どうしたんだ、治郎」

振り返るとバスルームの入り口にベースを握った保が立っていた。

「治郎、おまえ、なにやったんだ」

「ベルが、ベルが……」

保はベースを投げ捨て、近づいてくる。

「俺が溺れさせたんだ。あいつから優子がおまえの子供を妊娠した、その子の父親になる、また驚かせたかったと聞かされて、それで……」

「だからっておまえ」

「ベルにこれからもいろいろ助けてくれと言われた。俺がもうおまえらに関わらないと断ったら、あいつ溺れた振りして、それで俺が助けようとしたら、中から顔出して、ほら、やっぱり助けにきてくれたじゃねえかって。そう言われたら俺、頭に血が昇って、気づいた時にはベルを……」

「どけ」

保は私からベルの体を奪い取り、浴槽から床に引っ張りだし、頬を張って、心臓のあたりを押して蘇生させようとする。口をつけて人工呼吸も始めたが、ベルが息を吹き返すことはなかった。

「ダメだ、死んでる」

そう言った保はズボンのポケットから携帯電話を取り出した。救急車を呼ぶものだと思った。それとも警察か。

「比嘉か、まずいことが起きた。ベルが死んじまった。おまえ、以前、ホテルには誰にも会うことなく裏の駐車場に通じる脱出ルートがあるって言ってたよな。あれを教えてくれ」

私は驚きでただ保の横顔を眺めていた。

「分かった、その順で行けばいいんだな。車の鍵は？　分かった。じゃあホテルの車を使わせてもらうぞ。俺は今からすぐ救急車を呼ぶ」

電話を切ると「治郎、外の非常階段から下までおりたら、ゴミ置き場がある。その脇のドアが地下に通じていて、従業員用の駐車場に出られるらしい。そこの車を使って、俺が行きつけのダイナーに行け」と言った。

「行けって、保はどうすんだよ」

「俺はここに残り、俺が発見したことにする」

「だったら俺も残るよ」

そう答えたが、保から「おまえ、警察の尋問に堪えられるのか？　自分が来たら、すでにベルが死んでいたと言えるのか？」と目を剝いて睨まれた。

警察の前で嘘をつく。想像しただけで戦慄《せんりつ》し、「無理だ」と口から出た。

「なら俺に任せて、おまえはここから離れろ。今の話、俺は聞かなかったことにするから」

顎をしゃくって部屋から出るよう促すが、私は足が竦んで動けなかった。誰にも見つかることなく一人で逃げるなんて、とても私にはできない。

「俺一人で逃げるなんて無理だ。誰にも見つからずになんて」

声までが震えていた。

「分かった、じゃあ俺も行く」

そう言うと、携帯でまた比嘉に連絡する。

「気が変わった。おまえが救急車を呼んでくれ。ああ、内線で呼ばれて部屋に来たらベルが溺れてて、浴槽から引き揚げた時は息をしていなかったと言えばいい。詳しくはあとで話す。頼む、協力してくれ。いいな、すぐに呼べよ」

保はバスルームを出ていこうとする。

「なにやってんだ、行くぞ」

「でも、保……」

「いいから早く来い」

その時には私は意識が混濁し、彼の後ろに続いていた。保はTシャツの裾を使って非常口の扉を開け、外の螺旋階段を下りる。森の樹木が揺れるほど風が強く、階段から足を踏み外しそうになった。二段飛ばしで下りていく保とは、どんどん距離が広がっていく。

途中で階下の客室の方々から「あ〜」という悲鳴にも似た長いため息が一斉に漏れ聞こえた。あとになって日本が失点したのだと知ったが、その時は誰かに見つかったのではないかと恐怖を感じながら、必死に階段を駆け下りた。

一階までたどり着き、保が地下への出入り口を探していた時、私は、バスルームの入り口に立っていた保の姿を思い出した。

「保、部屋にベースを置きっぱなしじゃないのか？」

「あっ」

保は三たび比嘉に電話を入れ、楽器を自分の部屋に戻すように頼んだ。電話をしながらゴミ置き場の横に金属製の扉を見つけ、またTシャツの裾で扉を開け、中のライトをつけた。

そこも螺旋階段だった。下までたどり着くと、じめっとして嫌な臭いが鼻を突く。幅が二メートルぐらいしかない暗渠のような細い通路を保は走った。私も離されないように息を切らしてついていった。

古い鉄製のドアを開けると光が差し込み、従業員駐車場に出た。保は出入り口の壁にかけてあった鍵を取って車を発進させ、ホテルの裏門から道を下りていく。日本戦を失念していた私は、いつか車とすれ違って、自分たちが目撃されるのではないかと、心臓がずっと押し潰されそうだった。だが一台の車とも遭遇せずに、五分もかかることなく、ダイナーに到着した。

駐車場に車はなく、ジュークボックスはあるが、テレビのない店内は閑散としていた。その時になって私は、ベルを殺したこと、そして保を共犯者にしてしまったことについて後悔に駆られた。

「保には迷惑をかけられない。逃げるなら俺一人でいい。保は部屋に戻れ。でないと保まで犯罪者になってしまう」

むしろ部屋には自分が残って、保を逃がすべきだったのだ。それなのに保が第一発見者になると言ってくれた。俺は一人で逃げることもできなかった。

保が私の顔を見ることはなかった。ただ背中越しに声が聞こえた。

「ここまで来たんだ。もう遅い」

「だけど、このままだと……」

「俺たちがおまえをこんなにしちまったんだ。おまえだけをごたくさに巻き込むわけにはいかない」

保は一人でダイナーに入り、店主となにか話して財布から金を渡した。

そしていつもの窓際の席に座り、ポケットからタバコを出した。》

＊

メンバーやスタッフ、そして限られた関係者で執り行った初七日の法要のあと、処分することが決まっていた目黒のベルの家に、治郎と保、そして優子の三人だけが残った。

治郎は涙を流して優子に土下座した。お腹の子の父親になると決めたベルを殺したのだ。癇《かん》癪《しゃく》を起こされるか、それとも無視されるか、いずれにしても絶縁されることは覚悟していたのに、優子からは恨み節一つ発せられなかった。

「ベルさんがいなくなったことは今も受け入れられないけど、ベルさんも悪ノリして治郎さんを怒らせてしまったんだもの、治郎さんのせいだけにはできないわ。私は治郎さんには早く伝えた方がいいって言ったの。でもベルさんは治郎なら祝福してくれる、沖縄で俺の口から伝えるからって……そんなはずないのに。私もなんて説明していいか分からなくて……」

そこで言い淀《よど》んだ。治郎が思いを寄せていたことは優子も知っていた。だがベルは気づいていなかった。それも当然だ。ベルも治郎と同じで、保に嫉妬する側にいたのだから。

「いや、違うよ。俺がすべて悪いんだ。ベルを、お腹の子の父親を……」

それ以上は声にはならなかった。味本にもサダ坊にも伝えていないのに、ベルは治郎を驚かせようと、このチャンスを待っていたと話した。水中から浮かび上がって湯を吐き「ほら、やっぱり助けにきてくれたじゃねえか」と童心に返ったような笑みを広げた。治郎を仲間だ、メンバーだ、家族の一員だと認めてくれた。それなのにベルの気持ちが分からずに逆上した。

「俺は……」

自首する、何度も決めたことなのに、そこから先の言葉が出なかった。心の中を見抜かれたように優子から止められる。

「ううん、このままでいい。ベルさんだって治郎さんが捕まることは望んでいないと思う」

「俺もそう思う。そんなことをしたらあいつは、あんな悪ふざけ、しなきゃよかったと、悲しむだろう」

保からもそう言われた。二人の言葉に、事件以来、息が詰まるほど苦しんでいた自責の念から少しだけ解放された。捕まりたくない気持ちは日増しに強くなったが、そうなればなるほど、自分の存在が、彼らから置き去りにされそうで、事件から逃げたい気持ちと、そうでない思いが複雑に入り混じった。

「全部私が悪いのよ。私がベルさんに押し切られて、申し出を受けたから。だからベルさんを死なせてしまったのよ」

「それを言うなら優子を悲しませた俺の責任だ。だけども、保の子供だから俺が育てたいと言った時の、あんな嬉しそうなベルの顔を、俺は一生忘れられないよ」

二人だけで会話が行き来する。生まれてくる子供は、保が育てるものだと思ったが、優子は想像していたのとは違うことを言った。

「ベルさんが父親になると言ってくれたのに、死んだからってやっぱり保さんの子っていうのは、ベルさんに申し訳ない気がするの」

「優子がそう言ってくれて、ベルも天国で喜んでるよ。生活のことなら心配しないでくれ。俺ができる限りのことをするから」

「大丈夫よ、私もまた働くから。子供一人くらい育てていけるわ。ベルさんと偶然再会しなければ、保さんには知らせなかっただろうし」

優子からは、よりを戻したいという未練のある言葉は聞かれなかった。あの時、ベルが話していた通りだった。

どうやら治郎だけがなにも分かっていなかったようだ。治郎はここでもまた、自分の思いだけが三人から遠く離れていたことを知り、心の傷口はじくじくと痛んだ。

「俺はもう一度音楽をやる。そして毎月送金するよ。生まれてくる子が辛《つら》い思いをしたら、天国で見ているベルから怒られちまうだろ」

「そうね、ベルさんは保さんには厳しいから」

優子がこの日初めて、笑みを見せたところで、治郎は二人の会話に割り込んだ。

「優子ちゃんがベルの子として育てると言うなら、これくらいは自分にやらせてほしい」

そう言って頼み、彩薫が生まれた翌週にベルの母親に連絡を取り、ヴィスタビーチ・リゾートで認知させた。それだけで二人から許してもらえたとは思っていなかった。贖罪《しょくざい》のつもりで、いつか警察に捕まった時の上申書代わりに、あの日起きたすべてを原稿に書き始めた。執筆中はこんなに長く逃げられるとは考えておらず、すぐにバレて捕まるだろうと薄ぼんやりと考えていた。

保は音楽で彩薫を養育するとは言ったが、そう簡単に活動を再開するのは無理だと思っていた。なにせ最後の数年は一曲も書けなかったほど、詞作りに苦慮していたのだ。納得いく曲など作れるはずがない。

それが、彩薫がまだ一歳だった二〇〇四年九月にソロデビューし、その後、再び才能が降りてきたかのように、毎年のようにシングルを発表した。

その楽曲のすべてが彩薫を歌ったものだということを、治郎は三枚目、四歳の彩薫を描いた『レインパーティー』で気づいた。

治郎にも幼い頃、初めて買ってもらった長靴を履いて、雨の日にわざと水たまりの上を歩いた記憶があった。優子から保は彩薫とは会っていないと聞いたから、優子が彩薫の様子を克明に伝えているのだろう。

保の詞からは生き生きとした彩薫の姿だけでなく、父親としての使命感のようなもの、そして娘に会えない哀愁までが伝わってきた。保の歌を耳にするたびに治郎の心は激しく揺さぶられ、歌から逃げた。いくら避けたところで保の歌声はどこからともなく耳に届き、消し去ったはずの保への妬みまで復活した。心が狂う苦しさから逃れるため、軽率にも大麻に手をだして一度目の逮捕をされた。そしてまた今回も……。

東急田園都市線は通勤通学客で混雑していた。車内は冷房が利いていたのに、蒸し暑さで汗が出る。吊り革を握ったまま、ポケットの中を探したが、ハンカチは持っていなかった。

「藤田さん、すごい汗ですね。大丈夫ですか」

同行したリハビリ施設の職員が顔を向けた。

「電車ってこんなに暑かったでしたっけ？　久々に乗ったせいかな」

「すみません、こんなものしかないですけど、よかったら」

職員がポケットティッシュを出した。

「すみません」

受け取った中から、一枚抜いて首筋を拭う。発汗は収まらず、すべてのティッシュが、数駅も過ぎないうちに汗を含んで丸まった。

治郎は今朝、ようやく決心がつき、伴という刑事の携帯に電話をして自首したいと伝えた。また湾岸署に行くのか確認すると、伴から「警視庁に来ていただけますか」と言われた。

直通運転する地下鉄で永田町まで出た。そこで有楽町線に乗り換えて桜田門駅に到着した。出口を上がって目の前の建物を見上げる。治郎は足を止め、腹に力を入れて職員に告げた。

「ここからは一人で行きますので」

胸が苦しいほど心拍数が上がっている。

「私も中までご一緒しますよ」

「大丈夫です。ちゃんと一人で入りますから、ここで見ていてください」

職員から離れ、治郎は警視庁の玄関へと進む。立ち番の制服警官の横に、目がくりくりした渡真利という刑事が立っていた。

「お待ちしておりました。ご連絡いただきありがとうございます」

彼は丁寧に頭を下げた。礼を言われても、こんな時にどう返していいか分からない。

「ではご案内します」

そう言われた途端、灰色の心がさらに暗くなり、足が震えだした。殺人犯の懲役は何年だろうか。もうすぐ六十なのだ。二度と外の世界に出られないかもしれない。それでも過ちは償わないことには救われないと言った優子の言葉を思い起こし、鎖に繋がれたような重たい足を前に出す。

渡真利とエレベーターに乗った。停止し、扉が開き、あとをついていく。息をするのも苦しくなった。

「この部屋です」

前を歩く渡真利が、ドアを開けた。部屋には伴がいた。その奥には白シャツにジーンズを穿いた保が立っていた。

「保、おまえ、どうしてここに……」

声を発するが保はすぐには答えなかった。前に立つ伴が説明した。

「木宮さんが昨日のライブ後に我々に話してくれたんです。自分が犯人蔵匿の罪で裁かれても構わない。治郎は必ず自首する。だから彼が自首するまで待っていてほしいと」

「保……」

それ以上、声は続かなかった。

「治郎、よく決心してくれたな」

保が声を発した。じっと見返してくる。強い目力だったが、ベルを殺した時に受けたような冷たさは感じなかった。

「俺はあの時、治郎を犯罪者にしたくなかった。だから逃げてほしかったんだ」

くぐもった声だったが、耳までしっかり届いた。

「だけど今は後悔している。俺のしたことが治郎をいっそう苦しめた。今も俺は治郎が好きだし、感謝している。メアリーや木宮保がここまでやってこられたのは、全部、治郎のおかげだ」

言われてこみ上げてくるものがあった。だが無意識のうちに体を打ち振るようにして叫んでいた。

「感謝してるなんて言うな！　おまえのおかげだなんて言わないでくれ。俺はそんなもの、一度だって望んだことはない！」

絶叫に涙声が混じった。汗と涙のしずくが目の前で弾け飛んで、視界が揺らいでいく。

「藤田さん落ち着いて」

渡真利が取り鎮めてきたが、治郎は叫ぶのをやめなかった。

「俺はおまえらに好かれようとして十八年間も付きまとったわけじゃない。おまえらの音に惚れ込んだからだ」

「別に藤田さんは付きまとったわけではないでしょう」

伴にも宥められたが、誰がなんと言おうと付きまとったのだ。離れようとすればいつでも離れられた。それなのに離れなかった。

下半身の力が抜け、その場にくずおれるように膝をついた。人が近づく気配を覚え、肩に手を置かれた。刑事だと思ったが、足下に見えたのはジーンズの裾と、色の褪せたブルーのスニーカーだった。

「分かってるよ。俺たちはちゃんと分かってるから。なっ、治郎」

声の響きで顔を上げた。

うっすらと膜がかかったその先に、目尻に皺を寄せたいつもの保の顔があった。

本城雅人《ほんじょう・まさと》
1965年、神奈川県生まれ。
2009年『ノーバディノウズ』が松本清張賞候補となり作家デビュー。
17年『ミッドナイト・ジャーナル』で吉川英治文学新人賞を受賞。
18年『傍流の記者』が直木賞候補になり話題となった。
近著に『あかり野牧場』『オールドタイムズ』がある。

本書は、「小説幻冬」(2020年1月号〜8月号)の連載に加筆・修正したものです。

終わりの歌が聴こえる

2021年2月10日　第1刷発行

著者　本城雅人
発行人　見城 徹
編集人　菊地朱雅子
編集者　茅原秀行
発行所　株式会社 幻冬舎　GENTOSHA
〒151-0051 東京都渋谷区千駄ヶ谷4-9-7
電話　03(5411)6211〈編集〉
03(5411)6222〈営業〉
振替　00120-8-767643
印刷・製本所　中央精版印刷株式会社

Printed in Japan　ISBN978-4-344-03748-9 C0093
幻冬舎ホームページアドレス https://www.gentosha.co.jp/
この本に関するご意見・ご感想をメールでお寄せいただく場合は、comment@gentosha.co.jpまで。